OBSESSÃO ÍNTIMA

As Crônicas dos Krinars: Volume 2

ANNA ZAIRES

♠ Mozaika Publications ♠

Publicado pela Mozaika Publications, impressão da Mozaika LLC.
http://www.mozaikallc.com

Tradução de Christiane Jost, revisão de Karine Lima e Ayrton Jost.

e-ISBN: 978-1-63142-095-5
ISBN: 978-1-63142-096-2

Eu gostaria de dedicar Obsessão Íntima à minha família, especialmente ao meu marido, cuja paciência imensa e cujo apoio tornaram esse livro possível. (Obrigada, querido, por aguentar minha própria obsessão e ser um parceiro e colaborador tão incrível na criação deste trabalho!) Como com Encontros Íntimos, a maior parte do crédito pelo desenvolvimento da trama, pelos elementos científicos e pela edição geral é dele.

Eu também gostaria de agradecer ao restante da minha família por serem tão maravilhosos e sempre acreditarem em mim. Sou particularmente grata à minha sobrinha — a única outra pessoa que conheço que adora romances — por ler meu primeiro livro e dizer como ela o achou MARAVILHOSO.

E, novamente, gostaria de agradecer especialmente às minhas amigas T e L por serem as primeiras leitoras e as editoras. Vocês são as melhores!

Okrinar olhou para a imagem em frente a ele, com as mãos fechadas em punhos.

O holograma tridimensional mostrava Korum e os guardiães aproximando-se da cabana na praia. Um dos guardiães ergueu o braço e a cabana explodiu em pedaços, com fragmentos de madeira voando por toda parte. A estrutura frágil construída pelos humanos claramente não era páreo para a arma básica de nanojato que os guardiães carregavam.

O K ergueu a mão e a imagem mudou, com o dispositivo de gravação voador aproximando-se dos destroços para obter uma visão mais próxima. Ele não estava preocupado de o dispositivo ser detectado. Era menor do que um mosquito e fora projetado pelo próprio Korum.

Não, o dispositivo era perfeito para a tarefa.

Ao flutuar sobre a cabana, o K viu o drama que acontecia no porão, que fora exposto pela explosão. Os guardiães saltaram para o porão, enquanto Korum parecia estudar cuidadosamente o que restara da cabana no solo.

É claro, pensou o K, o nêmesis dele seria cuidadoso. Korum obviamente queria ter certeza de que nada nem ninguém escapasse da cena.

Os Kapas — o K também começara a chamá-los por aquele nome mentalmente — entraram em pânico e Rafor, de forma nada inteligente, atacou um dos guardiães. Um movimento tolo da parte dele, pensou o K sem compaixão alguma, observando enquanto o escudo protetor invisível que envolvia os guardiães repelia o ataque. Agora, o krinar de cabelos pretos estremecia incontrolavelmente no chão, com o sistema nervoso destruído pelo contato com o escudo mortal. Se ele fosse humano, teria morrido instantaneamente.

Os guardiães não o deixaram sofrer por muito tempo. Ao comando do líder deles, um dos guardiães rapidamente deixou Rafor inconsciente com a arma paralisante embutida nos dedos.

Os outros Kapas foram espertos o suficiente para evitar o destino de Rafor e ficaram parados enquanto os colares prateados para criminosos eram colocados no pescoço deles. Eles pareciam furiosos e desafiadores, mas não havia nada que pudessem fazer. Agora eram prisioneiros e seriam julgados pelo Conselho pelos crimes cometidos.

Depois de alguns minutos, Korum também saltou para o porão e o K viu que o inimigo estava furioso. Ele soubera que isso aconteceria. Os Kapas estavam praticamente acabados e Korum não teria qualquer misericórdia com eles.

Suspirando, o K desligou a imagem. Ele assistiria em mais detalhes depois. Por enquanto, precisava pensar em outra forma de neutralizar Korum e implementar seu plano.

O futuro da Terra dependia disso.

CAPÍTULO UM

— Seja bem-vinda ao lar, querida — disse Korum em tom suave quando a paisagem verde de Lenkarda apareceu sob os pés deles e a nave pousou tão silenciosamente quanto ao decolar.

Com o coração batendo forte no peito, Mia lentamente levantou-se do banco que a aconchegara de forma tão confortável. Korum já se levantara e estendeu a mão para ela. Mia hesitou por um segundo e aceitou-a, segurando a palma da mão dele com força. O amante que ela considerara como inimigo no mês anterior agora era a única fonte de conforto naquela terra estranha.

Eles saíram da aeronave, deram alguns passos e Korum parou. Virando-se de frente para a nave, ele fez um gesto leve com a mão livre. Subitamente, o ar em volta da cápsula começou a brilhar e Mia novamente ouviu o zumbido baixo que significava as nanomáquinas em operação.

— Você está construindo uma coisa diferente? — perguntou ela surpresa.

Ele balançou a cabeça negativamente com um sorriso.
— Não, estou desconstruindo.

E, enquanto Mia assistia, camadas de material marfim pareceram descascar da superfície da nave, dissolvendo-se em frente aos olhos dela. Um minuto depois, a nave desaparecera completamente, com todos os componentes retornando aos átomos individuais com os quais foram criados em Nova Iorque.

Apesar da tensão e da exaustão, Mia não pôde deixar de ficar maravilhada com o milagre que acabara de testemunhar. A nave que os levara por milhares de quilômetros em questão de minutos se desintegrara completamente, como se nunca tivesse existido.

— Por que você fez isso? — perguntou ela a Korum. — Por que a desconstruiu?

— Porque não há necessidade para que exista e ocupe espaço neste momento — explicou ele. — Posso criá-la novamente sempre que precisarmos dela.

Era verdade, ele podia. Mia testemunhara aquilo apenas alguns minutos antes no telhado do apartamento de Manhattan. E agora ele a desconstruíra. A cápsula que os transportara até lá não existia mais.

Quando as implicações daquilo a atingiram, o coração bateu mais depressa novamente e, de súbito, ela achou difícil respirar.

Uma onda de pânico a invadiu.

Ela agora estava presa na Costa Rica, na principal colônia dos Ks, completamente dependente de Korum para tudo. Ele criara a nave que os levara até lá e acabara de desmanchá-la. Se havia outra forma de sair de Lenkarda, Mia não sabia.

E se ele mentira para ela mais cedo? E se ela nunca mais visse a família?

Ela devia estar com uma expressão tão aterrorizada quanto se sentia, pois Korum apertou a mão dela gentilmente. A sensação da mão larga e quente dele foi estranhamente reconfortante. — Não se preocupe — disse ele em tom suave. — Ficará tudo bem, eu prometo.

Mia se concentrou em respirar fundo, tentando reprimir o pânico. Ela não tinha outra opção além de confiar nele agora. Mesmo em Nova Iorque, ele podia fazer o que quisesse com ela. Não havia motivos para que ele fizesse promessas que não pretendia cumprir.

Ainda assim, o medo irracional a corroeu por dentro, juntando-se à confusão de emoções que fervilhava. O conhecimento de que Korum a manipulara o tempo inteiro, usando-a para acabar com a Resistência, era como ácido no estômago, queimando-a por dentro. Tudo o que ele fizera, tudo o que dissera, fora tudo parte do plano dele. Apesar de ela ter sofrido muito por espioná-lo, ele provavelmente rira secretamente das tentativas ridículas de enganá-lo, de ajudar à causa que Korum soubera estar condenada desde o início.

Ela se sentia uma completa idiota por ter feito tudo o que a Resistência lhe dissera para fazer. Parecera fazer tanto sentido na época. Ela se sentira tão nobre ajudando a raça humana a lutar contra os invasores que tomaram o planeta. E, em vez disso, ela inadvertidamente participara de uma disputa de poder por um pequeno grupo de Ks.

Por que não parara para pensar, para analisar completamente a situação?

Korum dissera a ela que o movimento todo da Resistência estivera errado e tinha uma missão totalmente enganada. E, apesar de si mesma, Mia acreditara nele.

Os Ks não tinham matado os combatentes da liberdade que atacaram os Centros. E aquele fato simples disse a ela muito sobre os krinars e a visão dela sobre os humanos. Se os Ks fossem realmente os monstros retratados pela Resistência, nenhum dos combatentes teria sobrevivido.

Ao mesmo tempo, ela não confiava totalmente na explicação de Korum sobre o que era uma *caerle*. Quando John falara sobre a irmã sequestrada, houvera dor demais na voz dele para que fosse uma mentira. E as ações de Korum em relação a ela concordavam muito mais com a explicação de John do que a dele próprio. O amante negara que os Ks mantinham humanos como escravos sexuais. Ainda assim, dera a ela muito pouca opção sobre qualquer coisa no relacionamento deles até o momento. Ele a quisera e, simples assim, a vida dela não lhe pertencia mais. Ela fora arrebatada e levada para a cobertura dele em TriBeCa. E, agora, lá estava ela, no Centro dos Ks na Costa Rica, seguindo-o em direção a um destino desconhecido.

Apesar de temer a resposta à pergunta, ela precisava saber. — Dana está aqui? — perguntou Mia com cuidado, sem querer provocar a raiva dele. — A irmã de John? John disse que ela é uma *caerle* em Lenkarda...

— Não — disse Korum, lançando-lhe um olhar impenetrável. — John recebeu informações erradas dos Kapas, suponho eu que deliberadamente.

— Ela não é uma *caerle*?

— Não, Mia, ela nunca foi uma *caerle* no verdadeiro sentido da palavra. Ela era o que você chamaria de xeno, uma humana obcecada por tudo o que diz respeito aos krinars. A família dela não sabia disso. Quando ela conheceu Lotir no México, implorou para ir com ele, que concordou em levá-la junto por um período. Da última vez em que tive notícias, ela conseguiu que alguém mais a levasse para Krina. Imagino que esteja feliz lá, considerando as preferências que tem. Quanto ao motivo para ter partido sem dizer nada à família, imagino que provavelmente tenha algo a ver com o pai dela.

— O pai dela?

— Dana e John não tiveram uma infância muito feliz — disse Korum. Mia sentiu a mão dele apertar a sua com um pouco mais de força. — O pai deles é alguém que deveria ter sido exterminado há muito tempo. Com base nas informações que obtivemos sobre o seu contato na Resistência, o pai de John tem um fetiche em particular que envolve crianças muito jovens...

— Ele é um pedófilo? — perguntou Mia baixinho, sentindo a bile subindo pela garganta com a ideia.

Korum assentiu. — Sim, é. Acredito que os próprios filhos foram as principais vítimas das afeições dele.

Horrorizada e cheia de pena por John e Dana, Mia afastou o olhar. Se aquilo fosse verdade, ela não poderia culpar Dana por querer ir embora, deixar para trás tudo que tivesse conexão com a vida passada. Apesar de a família de Mia ser normal e amorosa, ela tivera interações com vítimas de abuso infantil e doméstico como parte do estágio no verão anterior. Sabia das cicatrizes deixadas na personalidade da criança. Quando ficavam mais velhas, algumas dessas crianças se voltavam para drogas ou álcool para diminuir a dor. Pelo jeito, Dana se voltara para sexo com os Ks.

Claro, isso supondo que Korum não mentira a ela sobre tudo aquilo.

Pensando no assunto, Mia chegou à conclusão que ele provavelmente não estava mentindo. Por que precisaria mentir? Ela não poderia terminar tudo com ele se descobrisse que Dana era mantida lá contra a vontade.

— E John? — perguntou ela. — Ele está bem? E Leslie?

— Eu acho que sim — disse ele, com a voz perceptivelmente mais fria. — Nenhum dos dois foi capturado ainda.

Aliviada, Mia decidiu não insistir no assunto. Ela suspeitava que conversar com Korum sobre a Resistência não era o curso de ação mais inteligente naquele momento. Em vez disso, ela voltou a atenção para os arredores.

— Para onde vamos? — perguntou ela, olhando em volta. Estavam andando pelo que parecia ser uma floresta intocada. Os pés esmagavam galhos e gravetos e ela ouvia sons da natureza por toda parte: pássaros, zunidos de algum tipo de inseto, folhas farfalhando. Mia não tinha ideia do que ele pretendia fazer durante o restante do dia, mas ela só queria enterrar a cabeça sob um cobertor e esconder-se por várias horas. Os eventos daquela manhã e o redemoinho emocional resultante a deixaram completamente esgotada e ela precisava muito de um tempo de paz para analisar tudo o que acontecera.

— Para a minha casa — respondeu Korum, virando a cabeça na direção dela. Havia um sorriso leve no rosto dele novamente. — É perto daqui. Você poderá relaxar e descansar um pouco quando chegarmos lá.

Mia olhou para ele desconfiada. A resposta fora incrivelmente próxima do que estivera pensando. — Você consegue ler a minha mente? — perguntou ela horrorizada com a possibilidade.

Ele sorriu, mostrando a covinha na bochecha esquerda. — Isso seria muito bacana, mas não. É só que já conheço você o suficiente para saber quando está exausta.

Aliviada, Mia assentiu e concentrou-se em colocar um pé na frente do outro enquanto andavam pela floresta. Apesar de tudo, aquele sorriso bonito dele fez com que uma sensação reconfortante a invadisse.

Você é uma idiota, Mia.

Como ela conseguia se sentir assim depois de tudo pelo que ele a fizera passar, depois de tê-la manipulado daquela forma? Que tipo de pessoa era ela para se apaixonar por um alienígena que assumira o controle total da vida dela?

Ela se sentia enojada de si mesma, mas não podia fazer nada. Quando ele sorria daquele jeito, ela quase conseguia se esquecer de tudo o que acontecera devido à pura alegria de simplesmente estar perto dele. Sob toda a amargura, ela estava muito feliz pelo fato de a Resistência ter fracassado. E por ele ainda estar na vida dela.

A mente dela continuava voltando para o que ele dissera mais cedo... para a confissão de que ele gostava dela. Korum dissera que não pretendia que isso acontecesse e Mia percebeu que estivera certa ao temê-lo e resistir a ele no início. Que ele realmente a considerara, no início, como um brinquedo humano que poderia usar e descartar como quisesse. É claro, "gostar" estava muito longe de ser uma declaração de amor, mas era mais do que ela esperara ouvir dele. Como um bálsamo aplicado a uma ferida, as palavras dele fizeram com que ela se sentisse um pouco melhor, dando-lhe a esperança de que, no fim das contas, talvez tudo ficasse bem. Que, talvez, ele mantivesse a promessa e ela veria a família novamente.

Aquele pensamento se dissipou quando ela pisou em algo gosmento. Assustada, Mia olhou para baixo e viu que pisara em um inseto grande. — Eca!

— O que foi? — perguntou Korum surpreso.

— Acabei de pisar em alguma coisa — explicou Mia com nojo, tentando limpar o tênis na vegetação próxima.

Ele pareceu achar graça. — Não me diga... Você tem medo de insetos?

— Eu não diria necessariamente medo — disse Mia devagar. — Mas eu os acho nojentos.

Ele riu. — Por quê? Eles são só mais um conjunto de criaturas vivas, como eu e você.

Mia deu de ombros e resolveu não tentar explicar a ele. Nem tinha certeza se ela mesma entendia. Em vez disso, resolveu prestar mais atenção aos arredores. Apesar de ter crescido na Flórida, ela não se sentia muito confortável com a natureza tropical na forma selvagem. Preferia muito mais caminhos pavimentados em parques com belas paisagens, onde podia se sentar em um banco e aproveitar o ar fresco sem encontrar insetos.

— Vocês não têm estradas nem calçadas? — perguntou

ela a Korum com consternação, saltando sobre o que parecia ser um formigueiro.

Ele sorriu para ela. — Não. Gostamos do meio ambiente o mais próximo possível do estado original.

Mia franziu o nariz, sem gostar nada daquilo. Os tênis já estavam cobertos de terra e ela estava grata pelo fato de a estação úmida na Costa Rica ainda não ter oficialmente iniciado. Caso contrário, imaginou que estariam atravessando um pântano. Dado o estado altamente avançado da tecnologia dos krinars, ela achava estranho que escolhessem viver em condições tão primitivas.

Um minuto depois, entraram em uma clareira muito maior que a anterior. Havia uma estrutura incomum de cor creme no meio dela, em formato de um cubo alongado com cantos arredondados. Ela não tinha janelas, portas nem qualquer abertura visível.

— Essa é a sua casa?

Mia vira estruturas como aquela no mapa tridimensional no escritório de Korum mais cedo naquele dia. À distância, elas pareciam muito estranhas e alienígenas, e aquela impressão era ainda mais forte agora que estava parada perto dela. Parecia tão incrivelmente *estrangeira*, tão diferente de tudo o que vira na vida.

Korum assentiu, conduzindo-a em direção ao prédio. — Sim, esta é a minha casa. E, agora, também é a sua.

Mia engoliu em seco nervosamente, com a ansiedade aumentando por causa da última frase dele. Por que ele continuava dizendo aquilo? Será que queria que ela morasse lá permanentemente? Ele prometera levá-la de volta a Nova Iorque para terminar a faculdade e Mia se agarrou àquela ideia desesperadamente ao olhar para as paredes pálidas da casa em frente a ela.

Ao se aproximarem, uma parte da parede subitamente se desintegrou em frente a eles, criando uma abertura grande o suficiente para que pudessem passar.

Mia arquejou surpresa e Korum sorriu com a reação dela. — Não se preocupe — disse ele. — Este é um prédio inteligente. Ele se antecipa às nossas necessidades e cria portas conforme necessário. Não há do que ter medo.

— Ele faz isso para qualquer pessoa ou somente para você? — perguntou Mia, parando logo antes da abertura. Ela sabia que a relutância em entrar era ilógica. Se Korum pretendia mantê-la prisioneira, não havia nada que pudesse fazer a respeito. Ela já estava em uma colônia alienígena sem ter como escapar. Ainda assim, não conseguiu se forçar a entrar voluntariamente na nova "casa", a não ser tivesse certeza de que poderia sair por conta própria.

Parecendo notar a causa da preocupação dela, Korum lhe lançou um olhar reconfortante. — Ele fará isso para você também. Você poderá entrar e sair quando quiser, apesar de eu achar melhor que fique perto de mim nas primeiras semanas... pelo menos, até que se acostume com nosso estilo de vida e que eu tenha a oportunidade de apresentá-la aos outros.

Soltando aliviada a respiração, Mia olhou para ele. — Obrigada — disse ela baixinho, sentindo parte do pânico desaparecendo.

Talvez estar lá não fosse tão ruim, afinal de contas. Se ele realmente a levasse a Nova Iorque no fim do verão, a estadia dela em Lenkarda talvez fosse exatamente aquilo: alguns meses passados em um local incrível que poucos humanos poderiam imaginar como era, com a criatura extraordinária por quem ela se apaixonara.

Sentindo-se ligeiramente melhor sobre a situação, Mia passou pela abertura, entrando em uma residência krinar pela primeira vez.

A VISÃO que teve do interior foi totalmente inesperada.

Mia se preparara para algo alienígena e de alta tecnologia, talvez cadeiras flutuantes similares às da nave que os transportara até lá. Em vez disso, o aposento parecia exatamente como a cobertura de Korum em Nova Iorque, incluindo o sofá cor de creme. Mia corou ao se lembrar do que acontecera naquele sofá pouco antes. Somente as paredes eram diferentes. Pareciam ser feitas do mesmo material transparente da nave e ela via a vegetação do lado de fora, em vez do rio Hudson.

— Você tem os mesmos móveis aqui? — perguntou ela surpresa, largando a mão dele e dando um passo à frente para absorver a visão estranha. Ela não conseguia imaginar que lojas de móveis fizessem entregas nos Centros dos Ks. Por outro lado, ele provavelmente podia conjurar o que quisesse usando a nanotecnologia.

— Não exatamente — respondeu Korum, sorrindo. — Eu preparei tudo antes da sua chegada. Achei que seria mais fácil para você se acostumar se puder relaxar em arredores familiares pelas primeiras semanas. Depois que se sentir mais confortável, posso mostrar como vivo normalmente.

Mia piscou repetidamente. — Você preparou isto tudo para mim? Quando?

Mesmo com a fabricação rápida, ou fosse como Korum chamara a tecnologia que permitia criar coisas do nada, ele provavelmente ainda precisaria de um pouco de tempo para fazer tudo aquilo. Quando ele tivera uma oportunidade de sequer pensar no assunto, considerando todos os eventos daquela manhã? Ela tentou imaginá-lo criando um sofá enquanto capturava Kapas e quase riu alto.

— Um pouco antes — disse Korum ambiguamente, dando de ombros.

Mia franziu a testa. — Então... não foi hoje? — Por algum motivo, o momento do gesto parecia importante.

— Não, não foi hoje.

Mia o encarou. — Você planejou isso há mais tempo? Quero dizer, de eu vir para cá.

— É claro — disse ele casualmente. — Eu planejo tudo.

Mia respirou fundo. — E se eu não estivesse correndo perigo por causa da Resistência? Você ainda teria me trazido para cá?

Korum olhou para ela com a expressão indecifrável. — Isso importa? — perguntou ele em tom suave.

Importava para Mia, mas ela não queria entrar naquela discussão no momento. Portanto, simplesmente deu de ombros e afastou o olhar, estudando o aposento. Era um tanto reconfortante estar em um lugar que, pelo menos, parecia similar. E tinha que admitir que ele fizera algo atencioso, criar um ambiente humano para ela na casa dele.

— Está com fome? — perguntou Korum com um sorriso.

Fazer comida para ela parecia ser uma das atividades favoritas dele. Ele até mesmo a alimentara naquela manhã, quando ela temera que a matasse por ajudar a Resistência. Era uma das coisas que sempre a fizera se sentir tão em conflito sobre ele e sobre o relacionamento deles de forma geral. Apesar da arrogância, ele conseguia ser incrivelmente atencioso. Isso deixava Mia maluca, o fato de ele nunca agir realmente como o vilão que sempre achara que fosse.

Ela balançou a cabeça negativamente. — Não, obrigada. Ainda estou cheia por causa daquele sanduíche mais cedo. — E realmente estava. Só o que queria era deitar e tentar dar um descanso para o cérebro.

— Está bem — disse Korum. — Você pode relaxar aqui um pouco. Tenho que sair por cerca de uma hora. Acha que ficará bem sozinha?

Mia assentiu. — Há uma cama em algum lugar? — perguntou ela.

— É claro. Venha comigo.

Mia seguiu Korum enquanto ele andava por um corredor familiar até o quarto que era idêntico ao do apartamento em TriBeCa. Ela notou também onde ficava o banheiro.

— Então, tudo que existe aqui são coisas que sei usar? — perguntou ela.

— Sim, praticamente tudo — disse ele, estendendo a

mão e acariciando gentilmente o rosto dela. Os dedos dele estavam quentes. — A cama provavelmente é mais confortável do que você está acostumada, pois ela usa a mesma tecnologia inteligente da cadeira na nave e das paredes da casa. Achei que você não se importaria com isso. Não se assuste se ela se ajustar ao seu corpo, está bem?

Apesar da tensão que lhe apertava as têmporas, Mia sorriu, lembrando-se de como o banco da aeronave fora confortável. — Está bem, parece ótimo. Estou ansiosa para testá-la.

— Tenho certeza de que você gostará dela. — Os olhos dele brilharam com uma emoção desconhecida. — Tire um cochilo, se quiser. Voltarei em breve.

Inclinando-se para a frente, ele beijou-lhe a testa e saiu, deixando-a sozinha em uma casa inteligente dentro do assentamento alienígena.

A CERCA de um quilômetro de distância, o krinar observou quando o nêmesis dele chegou com a *caerle*.

A maneira gentil como Korum segurou a mão dela ao conduzi-la para a casa era tão incomum que o K quase riu alto. Era um desenrolar interessante, o envolvimento de uma garota humana. Será que isso mudaria alguma coisa? Por algum motivo, ele duvidava.

O inimigo dele não se desviaria do curso e, certamente, não por uma humana.

Não, só havia uma maneira de salvar a raça humana.

E ele era o único que poderia fazer isso.

CAPÍTULO DOIS

Mia acordou na escuridão completa.

Ela ficou deitada por um momento, tentando adivinhar a hora. Sentia-se incrivelmente descansada, com cada músculo do corpo relaxado e a mente completamente limpa. Ela imediatamente soube que estava na casa de Korum em Lenkarda, deitada na cama "inteligente" dele. Espreguiçando-se com um bocejo, ela ficou imaginando como Korum conseguira dormir em um colchão normal dos humanos em Nova Iorque. Ela não desejaria dormir em qualquer outro lugar além daquela cama pelo resto da vida.

Os lençóis estavam enrolados em volta do corpo, acariciando a pele nua com um toque leve e sensual. Ela não estava nem com calor nem com frio, e o travesseiro apoiava a cabeça e o pescoço da forma certa. A tensão que sentira mais cedo desaparecera completamente.

Ela não tencionara pegar no sono, mas o descanso decididamente fizera milagres no estado de espírito.

Depois que Korum saíra, ela tomara um banho e subira na cama com a intenção de descansar por alguns minutos. Assim que se deitara, os lençóis se moveram em volta dela, envolvendo-a em um casulo gentil. Ela sentira vibrações sutis nas partes mais tensas do corpo. Era como se dedos macios estivessem massageando os nós nas costas e no pescoço. Lembrava de ter adorado a sensação e devia ter caído no sono, pois não se lembrava de mais nada.

Sentindo que ela estava acordada, o quarto gradualmente ficou mais claro, apesar de não haver fonte óbvia de luz artificial.

Era uma ideia inteligente, pensou Mia, fazer com que a luz ligasse bem devagar. Uma luz brilhante após a escuridão total normalmente causava dor nos olhos, mas, ainda assim, era como a maioria das luminárias humanas funcionava. As luzes simplesmente ligavam e desligavam, desconsiderando o fato de que as transições entre claro e escuro na natureza eram muito mais sutis.

Relutante em deixar o conforto da cama, Mia ficou deitada, tentando decidir o que fazer em seguida. A sensação doentia de pânico anterior desaparecera e ela conseguia pensar mais claramente.

Era verdade que Korum a usara e manipulara.

Mas, para ser justa, ele fizera tudo aquilo para proteger a própria raça, como ela pensara que estava ajudando a humanidade ao espioná-lo. A sensação de traição que sentira no dia anterior fora irracional, totalmente fora de lugar, considerando a natureza do relacionamento deles e das próprias ações em relação a ele. O fato de que ele realmente não fizera nada para puni-la pela traição *dela* dizia muito sobre as intenções de Korum.

Ela estivera errada ao pintá-lo de forma tão sombria antes. Se ele não a machucara pelo que fizera até então, provavelmente nunca o faria.

No entanto, ele claramente não tinha problema algum em desconsiderar os desejos dela. Prova disso era que ela estava em Lenkarda. Ainda assim, se ele dissera a verdade, ela ainda poderia visitar os pais em breve e até mesmo voltar para Nova Iorque para terminar a faculdade.

No fim das contas, a situação dela era muito melhor do que temera naquela manhã, quando achara que ele talvez a matasse por ajudar a Resistência.

Ainda assim, as circunstâncias em que se encontrava eram inquietantes. Estava em um Centro dos Ks, não falava a linguagem deles, não conhecia ninguém além de Korum e não fazia ideia de como usar até mesmo as tecnologias mais básicas dos krinars. Como humana, ela era a estrangeira lá. Será que os Ks achavam que era burra por causa do que era? Porque não conseguia entender a linguagem dos krinars nem ler dez livros em poucas horas, como Korum conseguia? Será que fariam gozação da ignorância dela e da falta de conhecimento da tecnologia? Ela não tinha familiaridade com tecnologia, nem mesmo pelos padrões humanos. Em geral, a arrogância de Korum era simplesmente parte da personalidade dele ou era algo normal da raça dele e da atitude geral que tinham em relação aos humanos?

É claro que agonizar sobre tudo aquilo não mudava os fatos. Gostasse ou não, ela ficaria em Lenkarda pelo menos

nos próximos dois ou três meses e tinha que aproveitá-lo ao máximo. E, enquanto isso, havia tanta coisa que poderia aprender ali...

A porta do quarto se abriu silenciosamente e Korum entrou, interrompendo-lhe os pensamentos. — Ei, dorminhoca. Como se sente?

Mia não pôde deixar de sorrir para ele, esquecendo por um momento as preocupações. Pela primeira vez desde que o conhecera, Korum vestia roupas dos krinars: uma camiseta sem mangas feita de um material branco que parecia macio e bermudas largas que terminavam logo acima dos joelhos. Era uma roupa simples, mas acentuava muito o corpo musculoso. Ele estava incrivelmente bonito, com a pele lisa cor de bronze brilhando de saúde e os olhos âmbar brilhando ao vê-la deitada na cama.

— A cama é incrível — confidenciou Mia. — Não sei como você consegue dormir em outro lugar.

Ele sorriu, sentando-se perto dela e brincando com um cacho dos seus cabelos. — Eu sei. Foi um grande sacrifício. Mas a sua presença deixou a cama bem tolerável.

Mia riu e rolou o corpo, ficando de bruços e sentindo-se absurdamente feliz. — E agora? Vou conhecer outros objetos inteligentes? Devo dizer que a sua tecnologia é muito bacana.

— Ah, você não faz ideia de como nossa tecnologia é bacana — disse Korum, olhando-a com um sorriso misterioso. — Mas você descobrirá em breve.

Inclinando-se para baixo, ele beijou o ombro exposto de Mia e, em seguida, acariciou-lhe de leve o pescoço com a boca quente e macia. Fechando os olhos, Mia estremeceu com a sensação agradável. O corpo respondeu imediatamente ao toque dele e ela gemeu suavemente, sentindo uma onda de umidade quente entre as pernas.

Ele parou e sentou-se novamente.

Surpresa, Mia abriu os olhos e olhou para ele. — Você não me quer? — perguntou baixinho, tentando manter a mágoa fora da voz.

— O quê? Não, minha querida, quero muito você. — E era verdade. Ela pôde ver os pontos dourados nos olhos expressivos dele e o material macio da bermuda não conseguiu ocultar a ereção.

— Então, por que parou? — perguntou Mia, tentando não soar como uma criança que acabara de perder o doce.

Ele suspirou, parecendo frustrado. — Um amigo meu virá aqui para conhecê-la. Chegará em alguns minutos.

Mia olhou para ele surpresa. — O seu amigo quer me conhecer? Por quê?

Korum sorriu. — Porque ele me ouviu falar muito sobre você. E também porque ele é um dos nossos maiores especialistas em mente e pode ajudar você com o processo de ajuste.

Mia franziu a testa de leve. — Um especialista em mente? Você quer que eu me consulte com um psiquiatra?

Korum sacudiu a cabeça negativamente, sorrindo. — Não, ele não é um psiquiatra. Na nossa sociedade, um especialista em mente é alguém que lida com todos os aspectos do cérebro. Ele é uma combinação de neurocirurgião, psiquiatra e terapeuta, literalmente um especialista em todas as questões relacionadas à mente.

Aquilo era interessante, mas não respondia à pergunta dela. — Então, por que ele quer me ver?

— Porque acho que há algo que ele pode fazer para deixá-la mais à vontade aqui — disse Korum, passando os dedos pelo braço dela, acariciando-o de leve.

Mia notara que ele gostava de fazer aquilo, tocá-la aleatoriamente durante as conversas, como se precisasse de contato físico constante. Ela não se importava. Era aquela química sobre a qual ele falara antes. O corpo deles gravitava em direção um ao outro como dois objetos no espaço.

Ela se forçou a voltar a atenção novamente para a conversa. — Como o quê? — perguntou ela, sentindo-se ligeiramente desconfiada.

— Bem, por exemplo, você gostaria de conseguir entender e falar nossa linguagem?

Mia arregalou os olhos e assentiu ansiosa. — É claro!

— Já parou para pensar como consigo falar inglês tão bem? E todos os outros idiomas dos humanos? Como todos nós conseguimos?

— Eu não sabia que você falava outros idiomas além do inglês — confessou Mia, olhando para ele maravilhada. Ela se perguntara brevemente como o inglês dele era tão perfeito, mas sempre supusera que os Ks simplesmente estudaram tudo antes de ir para a Terra. Korum era incrivelmente inteligente e, portanto, ela nunca questionara o fato de ele saber o idioma dela e de conseguir falar sem sotaque algum. E agora ele dissera que também falava vários outros idiomas?

— Então, você fala francês? — perguntou ela. Quando

ele assentiu, ela continuou: — Espanhol? Russo? Polonês? Mandarim? — Ele fez um gesto afirmativo para cada uma das perguntas.

— Está bem... e swahili? — perguntou Mia, certa de que ele diria não.

— Esse também — disse ele, sorrindo quando ela fez uma expressão atônita.

— Está bem — disse Mia lentamente. — Suponho que está prestes a me dizer que não é puramente porque é inteligente.

Ele sorriu. — Exatamente. Eu poderia ter aprendido os idiomas por conta própria, com tempo suficiente. Mas há uma forma mais eficiente e é isso que Saret pode fazer por você.

Mia o encarou. — Ele pode me ensinar a falar krinar?

— Melhor que isso. Ele pode lhe dar as mesmas habilidades que eu tenho: compreensão e conhecimento imediatos de qualquer idioma, seja humano ou krinar.

Mia abriu a boca chocada, com o coração batendo mais depressa por causa da empolgação. — Como?

— Dando a você um minúsculo implante que influenciará uma região específica do cérebro e agirá como um dispositivo de tradução altamente avançado.

— Um implante no cérebro? — A empolgação imediatamente se transformou em horror quando as entranhas de Mia violentamente rejeitaram a ideia. Ele já colocara dispositivos de rastreamento na palma das mãos dela. A última coisa de que precisava era tecnologia alienígena influenciando o cérebro. A habilidade que ele descrevera era incrível e Mia a queria desesperadamente, mas não àquele preço.

— O dispositivo não é exatamente o que você está imaginando — disse Korum. — Será minúsculo, do tamanho de uma célula, e você não sentirá desconforto em momento algum. Nem durante a inserção nem depois.

— E se eu disser que não, que não quero o dispositivo? — perguntou Mia baixinho, alarmada com a ideia de que Korum já pedira ao especialista em mente que fosse lá.

— Por que não? — Ele olhou para ela, franzindo a testa ligeiramente.

— Você realmente precisa perguntar isso? — exclamou ela incrédula. — Você me *brilhou*. Colocou dispositivos de rastreamento em mim com o pretexto de curar minhas mãos. Você achou mesmo que eu aceitaria que colocasse algo no meu cérebro?

Korum franziu a testa mais profundamente. — Ele não tem nenhuma funcionalidade extra, Mia. — Ele não parecia nem um pouco arrependido de tê-la brilhado.

— É mesmo? — perguntou ela em tom amargo. — Ele não faz nada extra? Não influencia meus pensamentos ou sentimentos de alguma forma?

— Não, minha querida, ele não faz isso. — Ele pareceu ligeiramente divertido com a ideia.

— Não quero um implante no cérebro — disse Mia firmemente, olhando para ele com expressão séria.

Ele a encarou. — Mia — disse ele em tom suave —, se eu realmente quisesse colocar alguma coisa execrável em seu cérebro, poderia ter feito isso de um milhão de formas. Posso implantar qualquer coisa em seu corpo, em qualquer momento, e você não teria a menor ideia disso. O único motivo pelo qual ofereço essa habilidade é porque quero que você se sinta confortável aqui, que consiga se comunicar com todos por conta própria. Se não quer fazer isso, é decisão sua. Não a forçarei. Mas pouquíssimos humanos têm essa oportunidade e aconselho você a pensar muito bem no assunto antes de recusar.

Mia afastou o olhar ao perceber que ele tinha razão. Ele não precisava informá-la nem obter consentimento para qualquer coisa que quisesse fazer com ela. O pânico que achara ter sob controle ameaçou emergir novamente e ela se esforçou para reprimi-lo.

Alguma coisa não fazia muito sentido para ela. Respirando fundo, Mia olhou novamente para ele, estudando a expressão inescrutável de Korum. Mia se incomodava com o fato de entendê-lo tão pouco, que a pessoa que tinha tanto poder sobre ela ainda era um completo desconhecido.

— Korum... — Ela não tinha certeza se deveria levantar o assunto, mas não conseguiu resistir. A pergunta a atormentara por semanas. — Por que você me brilhou? Eu nem tinha conhecido ninguém da Resistência ainda e você não precisava me vigiar por causa do seu grande plano...

— Porque eu queria ter certeza de que sempre poderia encontrá-la — disse e havia um tom possessivo na voz dele que a assustou. — Eu a segurei nos braços naquele dia e soube que queria mais. Eu queria tudo, Mia. Você foi minha daquele momento em diante e eu não tinha intenção alguma de perdê-la, nem por um momento sequer.

Nem por um momento sequer? Ele percebia como isso

soava insano? Ele vira uma garota que queria e garantira que sempre saberia a localização dela.

O fato de ele achar que isso era a coisa certa a fazer era aterrorizante. Como ela conseguiria lidar com alguém como ele? Korum não tinha concepção dos limites em relação a ela, nenhum respeito pela liberdade de escolha dela. Ele acabara de admitir casualmente um ato horrível e ela não tinha ideia do que poderia dizer.

Ao vê-la em silêncio, Korum respirou fundo e levantou-se. — Você deveria se vestir — disse ele baixinho. — Saret chegará daqui a pouco.

Mia assentiu e sentou-se, segurando o lençol contra o peito. Aquele não era o momento de analisar as complexidades do relacionamento deles. Respirando fundo, ela afastou o medo. Não havia como mudar a situação e concentrar-se nos pontos negativos só deixaria as coisas piores. Ela precisava encontrar uma forma de se dar bem com o amante e de lidar melhor com a natureza dominadora dele.

— O que eu devo vestir? — perguntou Mia. — Eu não trouxe nenhuma roupa...

— Quer usar *jeans* e camiseta, como está acostumada, ou quer se vestir como todos os outros aqui? — perguntou Korum com um pequeno sorriso surgindo no rosto. Parte da tensão no quarto se dissipou.

— Ahm, como todo mundo, acho. — Ela não queria se destacar de forma negativa.

— Está bem. — Korum fez um gesto leve com a mão e entregou a ela um material de cor clara que não estivera lá um segundo antes.

Com os olhos arregalados, Mia ficou olhando para a roupa que ele acabara de lhe entregar. — Mais fabricação instantânea? — perguntou ela, tentando agir como se não fosse um grande choque ver as coisas materializando-se do nada.

Ele sorriu. — Isso mesmo. Se não gosta dessa roupa, posso lhe dar alguma outra coisa. Vamos, experimente.

Mia soltou o lençol e saiu da cama, sentindo-se confortável com a nudez. Apesar de todas as falhas, Korum fizera maravilhas pela imagem corporal e pela autoconfiança dela. Por dizer repetidamente como a achava linda, ela não se preocupava mais por ser magra demais nem por ter cabelos rebeldes e pele pálida. Ele teria sido um achado nos anos de insegurança da adolescência.

Não, mentira. Nenhuma adolescente deveria se sujeitar a alguém tão impressionante.

Pegando o vestido, ela o vestiu, certificando-se de que o decote baixo ficasse nas costas. — O que acha? — perguntou, girando o corpo.

Ele sorriu com um brilho quente nos olhos. — Ficou perfeito em você.

Havia agora um volume na bermuda dele e Mia sorriu para si mesma satisfeita. Apesar de tudo, era bom saber que tinha aquele efeito nele, que a necessidade dele era tão forte quanto a dela. Pelo menos nisso, eram iguais.

Curiosa para ver como era o vestido, ela andou até o espelho no outro lado do quarto.

Korum tinha razão, o vestido era muito bonito. Similar ao estilo dos vestidos que ela vira as Kapas usando, tinha um belo tom marfim com subtons mais escuros, e caía no corpo de forma perfeita. As costas e os ombros estavam na maior parte expostos, enquanto que a frente ficava modestamente coberta, com pregas estratégicas em volta da área do peito para ocultar os mamilos. O comprimento também era exato para ela, com a saia leve terminando alguns centímetros acima dos joelhos.

Quando ela se virou, ele lhe entregou um par de sandálias baixas cor de marfim, feitas de um material incomumente macio. Mia as experimentou. Elas cabiam perfeitamente e eram surpreendentemente confortáveis.

— Ótimo, obrigada — disse ela. Em seguida, lembrando-se de um último item crucial, perguntou: — E roupas íntimas?

— Nós não usamos roupas íntimas — disse Korum. — Posso fazê-las para você, se insistir, mas talvez seja melhor tentar usar apenas as nossas roupas.

Nada de roupas íntimas? — E se o vestido esvoaçar ou coisa parecida?

— Não acontecerá. O material também é inteligente. Foi projetado para aderir ao corpo da maneira certa. Ao se mover ou dobrar o corpo em certa direção, ele se moverá com você para que esteja sempre coberta.

Aquilo era interessante. Mia pensou nos incontáveis problemas de figurino em Hollywood que poderiam ser evitados com roupas dos Ks. — Está bem, então acho que estou pronta — disse ela. — Preciso usar o banheiro e, depois disso, estarei realmente pronta para ir.

— Excelente — disse Korum, sorrindo. — Vejo você na sala de estar.

E, com um beijo rápido na testa dela, ele saiu do quarto.

— Gostei do que você fez com o lugar. Muito americano do século vinte e um.

O amigo de Korum acabara de chegar e olhava em volta com um sorriso. Ele era alguns centímetros mais baixo que Korum, mas era tão forte quanto ele, além de ter a cor mais escura típica dos Ks. No entanto, o rosto dele era mais redondo e as maçãs do rosto mais acentuadas, relembrando alguém de descendência asiática.

— O que posso dizer? Você sabe que tenho bom gosto — disse Korum, levantando-se do sofá onde estivera sentado com Mia para cumprimentar o recém-chegado. Aproximando-se, Korum tocou de leve no ombro dele com a palma da mão e o outro K retribuiu o gesto.

Mia achou que aquela era a versão K de um aperto de mão.

Virando-se para ela, Korum disse: — Mia, esse é o meu amigo Saret. Saret, essa é Mia, minha *caerle*.

Saret sorriu, com os olhos castanhos brilhando. Ele parecia honestamente feliz em vê-la. — Olá, Mia. Bem-vinda ao nosso Centro. Espero que esteja gostando até agora.

Mia se levantou e sorriu de volta. Era estranho conhecer outro K. Com a exceção de alguns encontros breves com os colegas dese Korum, o amante era o único Krinar com quem interagira até o momento.

— Estou gostando muito, obrigada.

Será que deveria oferecer a mão para que ele apertasse? Ou fazer aquele gesto do ombro que Korum acabara de fazer? Ela não tinha ideia de quais eram as regras de contato físico dos Ks e não queria ofendê-lo acidentalmente.

— Você já foi em algum outro lugar em Lenkarda até o momento? Korum me disse que você só chegou hoje pela manhã.

Mia balançou a cabeça com tristeza. — Não, ainda não. Receio que eu tenha passado a maior parte do dia dormindo. — Ela nem sabia que horas eram. Pelas paredes transparentes da casa, conseguia ver que estava escuro do lado de fora. Devia ser início da noite ou talvez até mesmo muito tarde.

— Mia estava ajustando-se ao fuso horário e exausta com o que aconteceu mais cedo — explicou Korum, andando até o lado dela e colocando uma mão possessiva nas costas de Mia. Ele a puxou para que se sentasse no sofá ao lado dele e Saret se sentou em uma das poltronas em frente a eles.

— É claro — disse Saret. — Eu entendo totalmente. Deve ter sido muito traumático para você descobrir a verdade daquela forma.

Mia olhou para ele surpresa. Quanto ele sabia? Korum contara tudo a ele, incluindo o papel dela no ataque da Resistência aos Centros dos Ks? Ela não tinha ideia de como as ações que tomara seriam vistas pelos krinars. Ela seria punida de alguma forma por ajudar a Resistência?

— Bem, a coisa boa é que terminou — disse Korum, pegando uma das mãos de Mia e acariciando a palma da mão dela com o polegar. Virando-se para ela, ele prometeu: — Você nunca mais precisará se preocupar com nada disso.

— Na verdade — disse Saret com um olhar pesaroso no rosto bonito —, receio que possa haver mais uma coisa que Mia tenha que fazer.

O rosto de Korum ficou sombrio. — Eu já disse a elas que não. Ela já passou pelo suficiente.

Saret suspirou. — Houve uma solicitação formal das Nações Unidas...

— Que se fodam as Nações Unidas. Eles não têm o direito de solicitar nada depois desse vexame. Eles têm muita sorte de não termos retaliado...

— Que seja, mas a maioria do Conselho acredita que é importante estender este gesto de boa vontade a eles.

Mia ouviu a discussão dos dois com uma sensação gelada por dentro. As Nações Unidas? O Conselho? O que isso tinha a ver com ela?

— Que o Conselho também se foda — disse Korum em tom neutro. — Não há necessidade alguma disso e eles sabem. Ela é minha *caerle* e eles não me dizem o que fazer.

— Ela não é só sua *caerle*, Korum, e você sabe disso. Ela é uma das testemunhas no que será o maior julgamento dos últimos dez mil anos. Sem falar nos processos dos humanos...

Mia sentiu vontade de vomitar ao começar a entender aonde a conversa se encaminhava. — Desculpe-me — falou ela baixinho. — O que exatamente precisam que eu faça?

— Não importa — disse Korum. — Eles não podem obrigá-la a fazer nada sem a minha permissão.

Saret suspirou novamente. — Escute, o Conselho também quer o depoimento dela. Seria muito melhor se você simplesmente a deixasse fazer isso...

Olhando para os dois, Mia começou a se sentir furiosa. Estavam falando dela como se fosse uma criança ou um animal de estimação. Não importava o que queriam que ela fizesse, deveria ser uma decisão dela, não de Korum.

— Ela não precisa disso agora — disse Korum firmemente. — Eles têm bastante provas e não vou deixar que ela passe por mais estresse...

— Desculpe-me — disse Mia novamente em tom frio. — Eu quero saber do que diabos vocês estão falando.

Claramente atônito, Saret riu e Korum olhou para ela com uma expressão de desaprovação.

— Acho que a sua *caerle* é mais corajosa do que você pensa — disse Saret para Korum, ainda rindo. Virando-se para Mia, ele explicou: — Veja bem, Mia, os traidores que você nos ajudou a capturar, os Kapas, como os seus amigos da Resistência os chamam, serão julgados de acordo com as nossas leis. Apesar de nosso processo judicial ser bastante diferente do que você está acostumada, exigimos que todas as provas disponíveis sejam apresentadas. Bem como os depoimentos de todas as testemunhas. Como você esteve envolvida durante todo o tempo, seu depoimento poderia ser importante para determinar se serão condenados e qual será a gravidade da punição.

— Vocês querem que eu deponha em um julgamento dos krinars? — perguntou Mia em tom incrédulo.

— Sim, exatamente. E também recebemos uma solicitação formal do embaixador das Nações Unidas para a sua presença...

— Ela não fará isso, Saret. Esqueça. Pode voltar a Arus e dizer a ele que isso não acontecerá.

— Olhe, Korum, tem certeza disso? Estamos tão perto de conseguir a aprovação... Você sabe que isso não será visto de forma favorável...

— Eu sei — disse Korum. — E estou disposto a correr o risco. Não será a primeira vez que ficarão furiosos comigo.

Saret parecia frustrado. — Está bem, mas acho que você está cometendo um erro. Só o que ela precisa fazer é ir até lá e falar...

— Você sabe tão bem quanto eu que, se ela for até lá, o Protetor tentará destruí-la. Não vou deixar que passe por isso. E não a quero por perto das Nações Unidas agora, é perigoso demais. Além do mais, a mídia dos humanos poderá farejar a história e Mia não precisa que o mundo inteiro assista ao depoimento dela para as Nações Unidas. A família dela ainda não sabe de nada.

Com a fúria esquecida, Mia apertou a mão de Korum em gratidão. Ela não pôde deixar de ficar emocionada pela proteção dele. Era difícil dizer o que era menos atraente: a ideia de aparecer em frente ao Conselho dos krinars ou nas Nações Unidas com o mundo inteiro assistindo.

— Arus disse que podem fazer outros preparativos para ela. A audiência das Nações Unidas pode acontecer a portas fechadas, sem que nada vaze para a mídia. E o Conselho concordou em aceitar que o depoimento dela seja gravado para o julgamento.

— Diga a Arus que ele poderá conversar diretamente comigo se estiver tão determinado a fazer com que isso aconteça — disse Korum baixinho com os olhos apertados de raiva. — Ela é minha *caerle*. Se ele quiser que ela faça alguma coisa, precisará me pedir de forma muito, muito simpática. E, depois disso, se Mia disser que não tem problemas em fazer isso, talvez eu considere a ideia.

Saret sorriu pesaroso. — É claro. Você sabe como odeio estar no meio disto. Você e Arus podem conversar sobre o assunto. Pediram-me que entregasse uma mensagem e minha responsabilidade termina aqui.

Korum assentiu. — Eu entendo.

A expressão no rosto dele ainda era sombria e Mia se mexeu no sofá, sentindo-se desconfortável com o papel que inadvertidamente tivera naquele desentendimento. Ela precisava saber mais sobre aquele julgamento e o que tudo aquilo significava, mas não queria fazer mais perguntas em frente a Saret. Em vez disso, querendo diminuir a tensão na sala, ela perguntou cuidadosamente: — Então, como vocês dois se conheceram?

Saret sorriu para ela, compreendendo o que fazia. — Ah, nós nos conhecemos há muito tempo, desde que éramos crianças.

Mia arregalou os olhos. Se eles se conheciam desde que eram crianças, ela estava na presença de dois alienígenas que mediam a idade em milhares de anos. — Vocês foram colegas na escola ou coisa parecida? — perguntou ela fascinada.

Korum balançou a cabeça negativamente, com os lábios curvando-se de leve. — Não exatamente. Nós brincávamos juntos. Nossas crianças são educadas de forma muito diferente da dos humanos. Não temos escolas como vocês.

— Não? Então como as crianças de vocês aprendem?

Saret sorriu para ela, parecendo contente com a curiosidade dela. — Muito com base em brincadeiras.

Deixamos que elas desenvolvam a maior parte das habilidades principais de que precisam com a socialização e a interação com outros, sejam crianças ou adultos. Mais tarde, elas fazem estágios em várias áreas com o objetivo de aprimorar as habilidades de solução de problemas e pensamento crítico.

Mia olhou para ele em fascinação. — Mas como elas aprendem coisas como matemática, história ou redação?

Saret fez um gesto indiferente com a mão. — Ah, essas coisas são fáceis. Não sei se Korum já falou sobre isso com você...

— Não, ainda não — disse Korum. — Você chegou aqui logo depois que Mia acordou. Só tive tempo de mencionar o implante de linguagens.

— Ah, excelente! — Saret pareceu empolgado. — Gostaria de fazer isso hoje à noite, Mia?

Mia hesitou. Se Korum não estivesse mentindo, ela seria uma idiota se deixasse passar aquela oportunidade. — Pode, por favor, explicar de novo exatamente o que é esse implante e o que ele faz? — perguntou ela, olhando para Saret.

Korum suspirou, parecendo exasperado. — Sim, Saret, por favor, diga a Mia exatamente o que é o implante. Parece que ela não confia na minha explicação.

— Pode me culpar por isso? — perguntou ela a Korum, tentando manter a amargura fora da voz.

Saret ergueu as sobrancelhas e sorriu novamente. — Vejo que ainda há alguns problemas não resolvidos.

Korum lhe lançou um olhar de advertência e o sorriso de Saret desapareceu no mesmo instante. — Deixe para lá

— disse ele apressadamente. — Não sei o que Korum disse a você, Mia, mas o implante de linguagem é um dispositivo muito simples que muitos krinars recebem ao atingirem a maturidade, quando o cérebro está totalmente desenvolvido. É um computador microscópico, feito de um material biológico especial que, essencialmente, age como um tradutor altamente avançado. A função dele é converter dados de uma forma para outra, de padrão para idioma e vice-versa. Ele age somente em uma área do cérebro e não tem absolutamente nenhum efeito colateral prejudicial.

— Ele pode ter algum defeito? — perguntou Mia. — Ou pode fazer mais alguma coisa comigo?

— Como o quê? — Saret parecia perplexo. — E não, essa tecnologia existe há mais de dez mil anos e chegou totalmente à perfeição. Ele não apresenta defeitos, nunca.

— Ele pode fazer com que eu pense algo que não queira? Ou transmitir meus pensamentos? — Ao dizer aquilo em voz alta, Mia percebeu como soara ridícula.

Saret balançou a cabeça com um sorriso. — Não, nada parecido com isso. É um dispositivo muito básico. Você está falando de ciência muito mais avançada. O controle da mente e a leitura de pensamentos ainda estão em estágios teóricos de desenvolvimento.

— Mas é teoricamente possível? — perguntou Mia espantada, com a psicóloga dentro dela subitamente salivando à perspectiva de aprender pelo menos um pouco do que os krinars sabiam sobre o cérebro. Agora que não estava mais tão nervosa, Mia percebeu que o K sentado à frente dela era provavelmente um baú do tesouro em termos de conhecimento na área de estudo que ela escolhera.

Saret assentiu. — Teoricamente, sim. Na prática, ainda não.

Mia abriu a boca para fazer outra pergunta, mas Korum a interrompeu, parecendo se divertir com o interesse aberto dela. — Então, isso a deixa mais confortável sobre o implante?

Mia considerou a ideia por um segundo. Será que poderia confiar neles? Korum já provara ser um excelente manipulador e ela não sabia como era Saret. Por outro lado, como Korum dissera, eles não precisavam realmente da permissão dela para fazer aquilo. O fato de estarem dando a ela a escolha foi o que acabou por convencê-la.

— Eu acho que sim — disse ela lentamente.

— Está bem. Saret, quer fazer as honras?

— Ahm, espere — disse Mia, com o coração batendo mais depressa. — Você quer dizer que posso colocá-lo agora mesmo? Há alguma anestesia ou algo parecido?

Saret sorriu. — Não, nada parecido. É muito fácil, você nem vai sentir.

— Está bem...

Korum se levantou, ainda segurando a mão de Mia. Saret também se levantou e aproximou-se deles. — Posso? — perguntou ele a Korum, chegando mais perto de Mia.

Korum assentiu e Saret estendeu a mão direita, empurrando o cabelo de Mia para trás da orelha esquerda. Ela estremeceu ligeiramente com o toque estranho. Ela enterrou as unhas na mão de Korum e lutou contra a vontade de se encolher. Apesar de terem dito que não sentiria dor alguma, ela não conseguiu evitar a reação primitiva.

— Pronto. — Saret deu um passo atrás.

— O quê? — Mia piscou algumas vezes em choque.

— Está feito. Você agora tem o implante. Esperaremos cerca de um minuto para que ele sincronize com seus caminhos nervosos e depois poderemos testá-lo.

— Mas como? Por onde ele entrou?

— Ele atravessou a pele — explicou Korum, sorrindo para ela. — Você não sentiu nada, sentiu?

— Não, não senti nada. — Eles estavam brincando com ela?

Saret riu divertido com a reação dela. — Ótimo, você não deveria ter sentido. O dispositivo propriamente dito tem propriedades anestésicas e você não deveria sentir o minúsculo corte que ele fez na pele fina atrás da orelha.

Mia ergueu a mão esquerda, procurando o ferimento, mas não havia nada.

— Então, diga-me, Mia. Está sentindo alguma coisa diferente? Está pensando alguma coisa em que não deveria pensar? — perguntou Korum com um brilho zombeteiro nos olhos.

Mia balançou a cabeça negativamente, franzindo a testa de leve para ele. Ela não gostava que ele zombasse de sua ignorância.

E, em seguida, ela prendeu a respiração.

Korum acabara de falar com ela em krinar... e ela entendera tudo o que ele dissera.

— Espere um segundo — disse ela. As palavras que saíram de sua boca eram estranhas e nada familiares.

Mesmo assim, ela sabia exatamente o que significavam e os músculos do rosto não pareciam ter problema algum em formar os sons. — Você acabou de falar em krinar!

Korum sorriu. — E você também. Como se sente?

Mia piscou algumas vezes. Parecia estranho, mas, mesmo assim, não exigia esforço algum. — Parece tudo bem — disse ela novamente em krinar. — Eu só não entendo como isso funciona. E se eu quiser dizer alguma coisa em inglês?

— Se quiser dizer alguma coisa em inglês, você só precisa pensar em inglês e trocará de idioma — explicou Saret. — Nesse momento, a resposta natural do seu cérebro é falar em krinar porque é o idioma no qual estamos falando com você. Precisa pensar ativamente que quer falar em inglês para conseguir fazer isso quando se confrontar com a fala em krinar. No entanto, mais tarde, quando se acostumar com o implante, trocar de um idioma para outro será automático e não exigirá qualquer pensamento extra. Não é muito diferente de ser poliglota. Você sabe que pessoas falam diversos idiomas fluentemente. E agora você tem a mesma habilidade, só que em um nível completamente diferente.

Mia ouviu a explicação dele, finalmente percebendo a realidade. — Uau — disse ela baixinho. — Então, agora, posso realmente falar em qualquer idioma? Simples assim?

Ela queria saltar em volta da sala, gritando de alegria, e controlou-se com muito esforço, sem querer parecer uma criança tola na frente do amigo de Korum. Era algo tão incrível. Ela sempre fora boa com idiomas na escola e estudara espanhol e francês no segundo grau, mas nunca chegara a ser fluente. E agora podia falar qualquer idioma que quisesse? Com a relutância anterior esquecida, Mia só conseguia pensar nas possibilidades inacreditáveis que tinha à frente.

— Simples assim — confirmou Korum, olhando para ela com um sorriso. Saret também assentiu.

Esforçando-se para parecer composta, Mia lutou contra o sorriso imenso que ameaçava surgir-lhe no rosto. — Obrigada — disse ela a Saret. — Eu agradeço muito mesmo.

— De nada, Mia. Espero vê-la em breve. — E, com isso, Saret tocou novamente no ombro de Korum e partiu, com a parede à direita deles desintegrando-se para dar passagem a ele.

CAPÍTULO TRÊS

Depois que Saret partiu, Mia não conseguiu mais conter a empolgação. Ela tinha a sensação de que engasgaria com o prazer puro que a enchia por dentro e sabia que estava sorrindo naquele momento, provavelmente parecendo uma idiota. Mas ela não conseguia mais se importar, pois a empolgação era intensa demais para ser reprimida.

Agora ela era poliglota!

Ela tentou se imaginar falando cantonês e as palavras subitamente surgiram-lhe na mente. Abrindo a boca, ela ouviu os sons guturais saindo ao dizer para Korum: — Não consigo acreditar que isso seja real. — Trocando para russo, ela continuou: — Não consigo acreditar que posso fazer isso! — E novamente em alemão, quase saltando de alegria: — Ah, meu Deus, eu consigo falar todos os idiomas!

Ele sorriu para ela, com o rosto brilhando de prazer.

Soltando a mão de Mia, ele levou a palma da mão até o rosto dela, curvando-a em volta da face. Olhando para ela, ele disse em inglês: — Fico feliz por estar tão empolgada. Há tanta coisa que quero mostrar a você, querida...

Mia o encarou, com a empolgação pela habilidade recém-descoberta subitamente transformando-se em algo mais. Ele era tão lindo e a expressão doce no rosto dele ao olhar para ela deixou-a com o coração apertado. — Korum — disse ela suavemente —, eu...

Ela não sabia o que dizer, como podia expressar o que estava sentindo. Ainda havia tanta coisa não resolvida entre eles, mas, naquele momento, ela não conseguia se importar como a forma como o relacionamento deles começara, com todas as mentiras e traições mútuas. Naquele momento, só sabia que o amava, que cada parte dela queria estar com ele.

Estendendo a mão, ela passou o braço em volta do pescoço dele e puxou-lhe gentilmente o rosto em sua direção. Ficando na ponta dos pés, ela o beijou na boca, com os lábios macios e incertos. Mia raramente dava o primeiro passo, era ele quem normalmente iniciava o sexo no relacionamento, e ela conseguiu sentir a tensão súbita dele ao tocá-lo.

Ele retribuiu o beijo, com a boca quente e ansiosa, e ela se viu erguida nos braços dele e sendo carregada. O destino acabou sendo o quarto e eles terminaram sobre a cama, com o corpo poderoso dele cobrindo o dela, pressionando-a contra o colchão com o peso. As mãos de Mia agarraram freneticamente a camiseta dele, tentando achar uma forma de tirá-la para sentir a nudez dele contra a dela. Mia se sentia como se a pele sensível estivesse queimando e a barreira de roupas entre eles era simplesmente insuportável. Querendo mais, ela aprofundou o beijo, segurando o lábio inferior dele entre os dentes e mordendo-o de leve.

Korum respirou fundo e ela sentiu quando ele se afastou abruptamente. Antes que pudesse sequer piscar, ele recuou sobre a cama e rapidamente tirou a camiseta e a bermuda, revelando a ereção imensa. A boca de Mia ficou cheia d'água ao ver o corpo nu de Korum, com os músculos firmes cobertos pela pele dourada macia e o peito ligeiramente salpicado de pelos escuros. Em seguida, ele estava sobre ela, arrancando o vestido e deixando-a deitada e exposta diante dos olhos dele.

Colocando-se sobre o corpo dela, ele a beijou novamente, mais agressivamente dessa vez. A mão de Korum desceu pelo corpo de Mia em direção à junção entre as pernas. Mia gemeu, arqueando os quadris para mais perto da mão dele. Os dedos de Korum acariciaram de leve as dobras dela antes que um dos dedos encontrasse o caminho para a abertura, pressionando-a profundamente, fazendo com que os músculos internos de Mia se contraíssem com uma onda súbita de prazer. — Adoro ver você molhada assim — murmurou ele, penetrando-a com um dedo e depois com dois, abrindo-a mais e preparando-a para ser possuída. Mia gritou, jogando a cabeça para trás, e sentiu o calor úmido da boca de Korum no pescoço, lambendo e beijando a área sensível.

Havia também algo mais, uma sensação estranha e agradável que ela registrou no fundo da mente. Era uma vibração aconchegante, que parecia vir de dedos que deslizavam pelas costas, acariciando e massageando os ombros, a curva da espinha, apertando gentilmente as nádegas e as coxas.

A cama, percebeu ela vagamente, tinha que ser a cama inteligente. Em seguida, ela esqueceu totalmente da cama, imersa demais no que Korum fazia para prestar atenção em qualquer outra coisa. Os dedos dele encontraram um ritmo, duas investidas curvas e uma profunda, e o polegar agora circulava o clitóris de uma forma que quase a deixava louca. Ela enterrou as unhas nas costas dele, com o corpo inteiro estremecendo com sofreguidão. Logo depois, o polegar dele pressionou diretamente o clitóris e ela derreteu, convulsionando nos braços de Korum à medida que ondas de prazer percorriam-lhe o corpo inteiro.

Depois que a última onda de choque terminou, Mia abriu os olhos e encarou-o. Ele a olhava com uma voracidade tão ávida que ela prendeu a respiração, sentindo as entranhas se contraírem novamente com desejo. Ele ainda tinha os dedos dentro dela e retirou-os lentamente, fazendo com que ela tremesse de prazer.

Levando a mão até o rosto, Korum lambeu os dedos lentamente, claramente saboreando o gosto dela. Mia o encarou hipnotizada, incapaz de afastar os olhos enquanto sentia o joelho dele afastando-lhe as pernas e a rigidez do pênis pressionando as dobras vulneráveis.

Ele começou a penetrá-la, ainda encarando-a nos olhos,

e Mia arquejou com a sensação. Apesar de terem feito sexo apenas algumas horas antes e de ele tê-la preparado com os dedos, o corpo ainda precisou de um momento para acomodá-lo, para se estender em volta do órgão que a penetrava de forma tão implacável. Havia algo incrivelmente íntimo em estar com ele daquele jeito, sentindo a pele nua contra os seios e o pênis dentro dela enquanto mantinham o olhar preso ao do outro. Era como se ele quisesse possuir mais do que apenas o corpo dela, pensou Mia vagamente, como se quisesse mais do que apenas sexo.

Ainda olhando para ela, ele começou a mover os quadris, primeiro lentamente e depois em ritmo mais acelerado, com cada investida aumentando a tensão que recomeçara a se acumular dentro dela. Entregando-se às sensações, Mia gemeu e fechou os olhos, sentindo cada investida bem fundo no ventre. Korum abaixou a cabeça e ela sentiu o calor da respiração dele contra a orelha, que ele lambeu de leve, fazendo-a estremecer novamente. Em seguida, ele aumentou o ritmo novamente, com os quadris investindo com tanta força que ela foi espremida no colchão, mal conseguindo recuperar o fôlego entre os movimentos.

Ela sentiu o corpo inteiro enrijecer e gritou ao sentir outro orgasmo, com os músculos internos apertando-o com força. Quando as pulsações começaram a reduzir, Mia sentiu o pênis inchando dentro dela e ele gozou com um grito rouco, penetrando-a com força até que as contrações cessaram.

Respirando com dificuldade, Mia ficou deitada sob o corpo pesado dele. Percebendo isso, ele rolou o corpo para o lado e puxou-a para perto, abraçando-a pelas costas. Em seguida, repousou a mão sobre o seio dela e segurou-a naquela posição, encostada nele. À medida que o coração galopante se acalmava, ela se sentiu lânguida, relaxada... e incrivelmente contente.

— Está com sono? — sussurrou Korum no ouvido dela, acariciando o mamilo de Mia de leve com o polegar, fazendo com que ele se enrijecesse.

— Não — sussurrou ela em resposta. Mia sentia como se cada músculo do corpo tivesse se transformado em líquido, mas não estava com sono. O longo cochilo que tirara mais cedo cuidara disso. — Que horas são?

— Cerca de onze horas da noite.

— Eu dormi o dia inteiro? — Não era de se admirar que estivesse tão descansada.

— Você devia estar exausta — murmurou ele, erguendo a mão para afastar os cabelos dela para o lado. Mia percebeu, um pouco divertida, que os cachos provavelmente faziam cócegas no rosto dele.

— Então, Saret atende em casa tão tarde? — perguntou ela, com a mente voltando à habilidade nova e incrível que tinha. Um sorriso imenso surgiu-lhe no rosto quando se imaginou demonstrando aquela habilidade à família e aos amigos. Ficariam com tanta inveja...

— Não é tão tarde assim para nós — explicou Korum, virando-a nos braços dele para que ela ficasse de frente. — Você sabe que não dormimos tanto quanto os humanos. Qualquer momento antes de uma hora e depois das cinco horas da manhã é considerado horário normal de trabalho e visita.

Mia piscou algumas vezes e o sorriso desapareceu. Fazia sentido, claro, mas era mais um motivo para se sentir uma estranha lá. Se tentasse manter o horário "normal" deles, rapidamente ficaria esgotada por falta de sono.

— Você devia se sentir muito entediado em Nova Iorque — disse ela baixinho. — Eu dormia o tempo todo e havia poucos lugares abertos tarde da noite.

Ele sorriu e balançou a cabeça negativamente. — Não, nem um pouco. Enquanto você estava dormindo tão docemente na minha cama, eu colocava o trabalho em dia.

— Que tipo de trabalho? Os projetos? — perguntou Mia com curiosidade. Ainda havia tanto que não sabia sobre ele, sobre como passava os dias e as noites quando não estava com ela. Fora esclarecedor observar a interação dele com Saret mais cedo. Ela vira de relance quem Korum era fora do relacionamento deles e estava ansiosa para saber mais.

— Sim, frequentemente trabalho nos projetos. Essa é a minha paixão, é o que realmente amo fazer — respondeu ele prontamente, com uma expressão suave nos olhos. — Também preciso cuidar da minha empresa, o que gasta uma boa parte do meu tempo. Tenho vários projetistas talentosos trabalhando para mim, aqui e em Krina, e há sempre alguma coisa que precisa da minha atenção...

— Há pessoas trabalhando para você em Krina? — perguntou Mia surpresa. — Como você se comunica com elas? Como as supervisiona?

— Temos um sistema de comunicação mais rápido que

a velocidade da luz — explicou Korum. — Portanto, não é muito mais difícil de me comunicar daqui com Krina do que, por exemplo, com a China. É claro, não consigo encontrá-los pessoalmente com facilidade, mas temos o que você chamaria de "realidade virtual". Assim, podemos fazer reuniões que simulam bem de perto a realidade. Você viu um pouco disso com o mapa virtual...

Mia assentiu, olhando para ele com atenção. Ela suspeitava que pouquíssimos humanos tinham conhecimento do que ele lhe dizia naquele momento.

— Bem, o mapa é uma versão muito básica dessa tecnologia. O que usamos para conduzir reuniões interplanetárias é muito mais avançado.

— Isso também é projeto seu? Quero dizer, a realidade virtual — perguntou Mia, imaginando até onde se estendia o alcance tecnológico dele.

— Algumas das versões mais recentes, sim. A tecnologia básica está presente há muito tempo. Ela é muito anterior a mim e à minha empresa.

Mia sentiu o estômago roncar. Ela corou, sentindo-se constrangida, e ele sorriu em resposta, entregando-lhe uma toalha para se limpar.

— É claro, você deve estar faminta depois de dormir o dia inteiro. Por que não vamos comer alguma coisa e continuamos a conversa durante o jantar?

— Parece uma boa ideia — disse Mia, percebendo que estava realmente faminta.

Ele se levantou, puxando-a para fora da cama. Antes mesmo que ela tivesse a chance de pedir, ele lhe entregou uma roupa nova que criara em questão de segundos. Era outro vestido, com estilo similar ao que jazia rasgado sobre a cama. Esse era amarelo-pálido e Mia o vestiu com prazer, adorando a sensação do material macio contra a pele. Korum vestiu a bermuda e a camiseta que tirara mais cedo e que, de alguma forma, sobrevivera à sessão de sexo.

— Está pronta? — perguntou ele e Mia assentiu. Tomando a mão dela, ele a conduziu na direção da cozinha.

Como a sala de estar e o quarto, a cozinha tinha aparência similar à do apartamento em TriBeCa. Era mais uma prova da tentativa de Korum de fazer com que ela se sentisse confortável ali, pensou Mia. Andando até uma das cadeiras, ela se sentou e olhou para Korum ansiosa. Ele era um cozinheiro incrível — parte da paixão que tinha por criar coisas — e até mesmo as criações mais básicas eram mais deliciosas do que qualquer coisa que Mia conseguiria fazer.

— O que gostaria de comer? — perguntou ele, andando em direção ao refrigerador.

Mia deu de ombros, sem saber ao certo como responder. — Não sei. O que tem?

Ele sorriu. — Praticamente tudo. Quer experimentar algumas comidas nativas de Krina ou prefere ficar com gostos familiares por enquanto?

Ela arregalou os olhos. — Você tem comidas de Krina aqui?

— Bem, elas não são importadas de Krina, são plantadas bem aqui, em Lenkarda e nos outros Centros. Mas trouxemos as sementes de nosso planeta.

— Eu adoraria experimentá-las — disse Mia ansiosa.

Ela adorava experimentar comidas diferentes e novas. Graças à herança polonesa, ela crescera comendo alimentos que não eram normalmente parte da dieta padrão norte-americana e tinha a mente aberta em se tratando de experimentar cozinhas diferentes.

Korum sorriu, feliz com o entusiasmo dela. Tirando algumas coisas do refrigerador, ele rapidamente cortou algumas plantas e raízes de aparência estranha, colocando tudo em uma panela para cozinhar.

— Como você normalmente cozinha aqui? — perguntou ela, observando as ações dele com fascinação. — Não consigo imaginá-lo usando todos esses utensílios normalmente...

— Você tem razão, não usamos. Na verdade, normalmente nós não cozinhamos — disse Korum, pegando algumas folhas vermelhas que lembravam vagamente repolho. — Lembra-se de quando eu disse que nossas casas são inteligentes?

Mia assentiu.

— Bem, uma das funções delas é manter sempre um estoque de comida e preparar os alimentos da forma como quisermos.

Mia deu um gritinho, incapaz de conter a empolgação. — É sério? A casa faz comida sempre que você quer?

Ele sorriu, divertido com a reação dela. — Consigo entender como isso seria atraente para você. — As habilidades de Mia na cozinha eram inexistentes, um fato que a mãe dela lamentava com frequência, mas ela adorava comer.

— Atraente? É incrível! — *Por que alguém se preocuparia*

*em cozinhar quando podia simplesmente pedir à casa que fizesse
a comida?*

— Não é nada demais — disse ele, dando de ombros de
leve. — É conveniente e com certeza economiza muito
tempo. Mas, algumas vezes, tenho vontade de fazer algo
por conta própria, para ver se consigo melhorar as receitas
que existem no banco de dados da casa.

— Foi assim que você aprendeu a cozinhar tão bem?
Experimentando com essas receitas?

Korum assentiu, com as mãos massageando os legumes
vermelhos de tal forma que uma substância laranja
começou a sair das folhas. — Mais ou menos. Cozinhar é
um *hobby* relativamente recente, só comecei depois de vir
para a Terra. E foi realmente só nos últimos meses que
aprendi a usar os utensílios humanos, em vez de
simplesmente programar a casa para ajustar as receitas.

Mia olhou incrédula para o amante. Korum tinha uma
casa inteligente que podia cozinhar o que ele quisesse, e
perdia tempo aprendendo a usar o fogão? Cortando
legumes usando facas, em vez de usar a tecnologia
avançada deles? Aquilo era algo que ela nunca conseguiria
entender, pensou Mia consigo mesma. Não que ela se
importasse, claro. Mas era apenas porque ele tinha aquele
hobby estranho que ela desfrutara de tantos pratos
deliciosos em Nova Iorque.

Ele terminou de espremer o líquido laranja das folhas
vermelhas, lavou as mãos e pegou uma planta amarela
comprida, que parecia uma abobrinha com pele brilhante.
Cortando-a rapidamente, ele a adicionou à tigela onde as
folhas vermelhas nadavam no líquido laranja. Em seguida,

espalhou um pó esverdeado sobre o prato inteiro. Colocando a tigela no centro da meia, ele serviu algumas colheradas da salada de cores brilhantes no prato de Mia e uma porção maior no próprio prato. Os utensílios que ele usava eram incomuns, parecendo pinças com um lado plano e outro curvado.

— Experimente — convidou ele, observando-a ansioso.

Uma versão menor dos mesmos utensílios estavam ao lado do prato de Mia. Imitando as ações anteriores dele, Mia pegou algumas das folhas com os utensílios e mordeu-as. O sabor explodiu na boca, uma combinação perfeita de doce, sal e um toque de tempero. — Ah, meu Deus, isso é tão gostoso. O que é? — ela conseguiu perguntar depois de engolir. A boca praticamente formigava com a abundância de sensações.

Ele sorriu. — É um prato tradicional de Rolert, a região de Krina onde minha família mora. É muito fácil de fazer, como você viu, mas o truque é espremer bem a *shari*, essa planta vermelha, para que ela libere todos os sabores e os nutrientes.

Mia ouviu a explicação dele enquanto devorava o resto da porção. Assim que terminou, ela imediatamente serviu uma nova porção. Ele sorriu e comeu o resto da salada que havia no próprio prato.

— Estava incrível. Obrigada — disse Mia quando a salada desapareceu completamente.

— Fico feliz por você ter gostado — disse Korum, retirando os pratos. Em vez de colocá-los na lava-louças, ele simplesmente os segurou perto de uma parede. Uma abertura surgiu e ele os colocou dentro dela. E, simples assim, as louças sujas desapareceram.

Vendo o olhar surpreso no rosto de Mia, Korum explicou: — Eu não gosto de limpar a cozinha e *estou* usando parte da nossa tecnologia para cuidar dessa parte.

— Então a lava-louças é meramente decorativa?

— Mais ou menos. Você pode usá-la, se quiser, mas viu o que acabei de fazer, certo?

Mia assentiu.

— Você poderá fazer a mesma coisa se estiver aqui sozinha. Ou apenas deixar as louças sobre a mesa que a casa cuidará delas depois de alguns minutos. — Andando de volta até a mesa, ele se sentou na frente dela e sorriu. — O prato principal estará pronto em alguns minutos.

— Mal posso esperar para experimentá-lo — disse Mia, sorrindo empolgada.

Até aquele momento, Lenkarda estava sendo uma experiência fantástica em todos os sentidos e ela sentiu uma onda intensa de felicidade invadi-la ao olhar para o belo rosto de Korum. Era difícil acreditar que, naquela manhã, ela achara que Korum seria deportado para Krina e que, agora, estava sentada na casa dele na Costa Rica, conversando no idioma dos krinars e desfrutando da comida que ele preparara.

Quando a mente dela divagou para os eventos anteriores, o sorriso lentamente desapareceu. Ela percebeu novamente que poderia tê-lo perdido naquele dia. Se Korum estivesse certo sobre as intenções dos Kapas, poderia ter morrido se a Resistência tivesse sido bem-sucedida. Um frio doentio se espalhou pelas veias ao pensar nisso.

Aquilo não acontecera, disse ela a si mesma, tentando se concentrar no presente, mas a mente continuava a divagar. Apesar de os rebeldes terem fracassado, ainda havia o fato de que ela participara no ataque às colônias dos Ks. E agora queriam que testemunhasse, lembrou ela, sentindo um arrepio descendo pela espinha, que ficasse à frente do Conselho deles e das Nações Unidas e falasse sobre o envolvimento que tivera. Korum parecia achar que tinha o poder de protegê-la do Conselho, mas ela não conseguia entender como aquilo funcionava.

— Qual é o problema? — perguntou Korum, parecendo confuso com a expressão séria súbita no rosto dela.

Mia respirou fundo. — Podemos conversar sobre o que aconteceu esta manhã? — perguntou ela com cuidado. — E sobre o que acontecerá agora?

A expressão dele ficou ligeiramente mais fria e o sorriso desapareceu do rosto de Korum. — Por quê? — perguntou ele. — Acabou. Quero deixar isso para trás, Mia.

Ela o encarou. — Mas...

— Mas o quê? — perguntou ele em tom macio, estreitando os olhos. — Você realmente quer conversar novamente sobre a forma como me traiu? Como quase me mandou para a morte? Estou disposto a esquecer isso porque sei que estava assustada e confusa... mas, realmente, é melhor parar de trazer o assunto de volta, querida.

Mia respirou fundo, tentando controlar o temperamento. — Só fiz o que achei melhor — disse ela. — E você sabia de tudo o tempo todo. Você me *usou*. E agora parece que o seu Conselho também quer me usar. Portanto, lamento muito, mas ainda não estou pronta para deixar isso para trás.

— O Conselho não tem voz ativa no que diz respeito a você, Mia — disse Korum, encarando-a com um olhar âmbar inescrutável. — Eles não podem dizer a você o que fazer.

— E por quê? — perguntou Mia com o coração começando a bater mais depressa. — Porque sou a sua *caerle*?

— Exatamente.

Ela olhou para ele frustrada. — E o que isso quer dizer? O fato de eu ser a sua *caerle*.

Ele a encarou com olhar firme. — Significa que pertence a mim e eles não têm jurisdição sobre você.

Antes que Mia pudesse dizer mais alguma coisa, ele se levantou e andou até fogão onde estava uma panela. Levantando a tampa, ele mexeu o conteúdo de leve. Um aroma incomum mas agradável encheu a cozinha. — Está quase pronto — disse ele, voltando para a mesa.

A pausa de dois segundos ajudou a Mia a se recompor. — Korum — disse ela baixinho —, eu preciso entender. Você, eu. Parece que sou parte de algum jogo e não sei quais são as regras. O que exatamente é uma *caerle* na sua sociedade?

Ele suspirou. — Eu já lhe disse, é nosso termo para humanos com os quais mantemos um relacionamento.

— Então por que o seu Conselho não tem jurisdição sobre *caerles*? Ele é como o seu governo, certo?

— Sim, exatamente — disse Korum, respondendo à

segunda parte da pergunta dela. — O Conselho é nosso órgão governante.

— E você é parte dele? — Mia lembrou que John dissera algo relacionado àquilo uma vez.

— Quando eu escolho ser. Não sou muito fã de política. Mas, de vez em quando, não há como evitar.

— Como você pode escolher uma coisa dessas? — perguntou Mia, encarando-o espantada. — Você é um oficial eleito ou as coisas funcionam de forma diferente em Krina?

— É muito diferente para nós. — Korum se levantou e foi até o fogão novamente. — Não temos uma democracia do jeito como vocês têm. Quem participa do Conselho é determinado com base em nossa posição geral na sociedade.

Mia ergueu as sobrancelhas. — O que quer dizer? Como nascer nas classes superiores ou algo parecido?

Ele sacudiu a cabeça negativamente. — Não, não nascer. Nossa posição é obtida no decorrer do tempo. Ela é baseada amplamente em nossas conquistas e no quanto contribuímos para a sociedade. Nosso governo é quase como uma oligarquia, mas baseada em mérito.

Aquilo era fascinante e um tanto intimidador. Korum devia ter contribuído bastante para a sociedade dos Ks para ter tanta influência assim.

— E quantas pessoas há no Conselho? — perguntou Mia, observando-o servir a comida, parecida com um ensopado, em duas tigelas. Não parecia tão exótica quanto a salada de shari, apesar de ela ter visto alguma coisa roxa no meio dos legumes avermelhados.

— No momento, há quinze membros no Conselho. O número flutua com o tempo. Houve um momento em que ele tinha vinte e três e outro em que tinha apenas sete. Cerca de um terço de nós está na Terra e os outros ainda estão em Krina.

Levando as tigelas para a mesa, ele se sentou e empurrou uma delas na direção de Mia. — Vá em frente — disse ele. — Estou curioso para saber se você também gostará desse prato.

Deixando de lado temporariamente as perguntas, Mia experimentou uma colherada do ensopado. Para surpresa dela, tinha um gosto rico e saboroso, como se contivesse algum tipo de carne. — Só tem plantas nessa comida? — perguntou ela e Korum assentiu, observando a reação dela com um sorriso. A expressão dele suavizara novamente.

Mia experimentou outra colherada. A textura era macia e ligeiramente pastosa, quase como se estivesse comendo batatas, mas o sabor era completamente diferente. Lembrava um pouco a cozinha japonesa, com toques sutis de algas marinhas, mas ainda mais leve. Depois da segunda colherada, Mia subitamente se sentiu mais faminta, quase sentindo necessidade do sabor rico, e rapidamente devorou o restante da comida do prato. — Isso é muito bom — resmungou ela entre as colheradas e Korum assentiu, terminando a própria comida.

Depois de terminarem, ele repetiu o processo com as louças sujas, levando-as na direção da parede e deixando que a casa cuidasse da limpeza. Mia o observou com cuidado, anotando mentalmente as ações exatas dele. Não parecia ser difícil, a tecnologia parecia ainda mais intuitiva do que a dos iPads mais novos, e ela esperava conseguir se lembrar do que fazer se algum dia precisasse limpar os pratos.

— Obrigada, estava delicioso — disse ela quando Korum terminou.

— De nada — respondeu ele casualmente, sentando-se novamente à mesa. A expressão no rosto dele era divertida e ligeiramente zombeteira, como se suspeitasse do que ela diria a seguir.

O temperamento de Mia começou a ressurgir e ela decidiu não desapontá-lo. — Então, por que *caerles* não estão na jurisdição do Conselho? — perguntou ela teimosa.

— Porque é assim que sempre foi, Mia — respondeu ele suavemente. — Porque os humanos só são aceitos na sociedade dos krinars nesses termos, pertencendo a um de nós. A única exceção são aqueles como Dana, que escolhem deixar a vida passada para trás para se tornarem fontes de prazer em Krina. Portanto, querida, o Conselho não pode entrar em contato diretamente com você. Eles precisam passar por mim porque, sob as leis dos krinars, você é minha.

Mia respirou fundo, como se não houvesse ar suficiente no aposento. — Então eu estava certa — disse ela baixinho. — A Resistência não mentiu para mim. Você mentiu.

Ele se inclinou na direção dela com os olhos assumindo um tom dourado mais profundo. — Eles mentiram para você, sim. Uma *caerle* não é uma escrava do prazer ou seja lá o que foi que disseram para você. É muito raro termos uma *caerle* e, quando isso acontece, são relacionamentos genuínos e amorosos.

— Como pode existir um relacionamento genuíno e amoroso quando as duas pessoas não são consideradas de forma igual em sua sociedade? — perguntou ela em tom amargo.

Ele riu, parecendo se divertir. — Esses tipos de relacionamentos existem o tempo todo, Mia. Olhe para a sua sociedade humana. Vai me dizer que vocês não se importam com as crianças, com os adolescentes ou até mesmo com os animais de estimação? Sem falar que as chamadas nações desenvolvidas só recentemente aceitaram a ideia de direitos das mulheres, enquanto muitas regiões da Terra ainda não...

— É isso que sou para você? Um animal de estimação? — Ela sentiu o estômago revirar enquanto esperava a resposta.

Ele balançou a cabeça negativamente, olhando para ela intensamente. — Não, Mia, você não é um animal de estimação. Você é uma garota humana de vinte e um anos de idade que ainda tem que crescer um pouco. Eu queria poder deixá-la em paz, para que pudesse conhecer alguém como aquele garoto bonito da boate...

Mia percebeu surpresa que ele falava sobre Peter.

—... mas não posso fazer isso.

Levantando-se, ele deu a volta na mesa e sentou-se em uma cadeira ao lado dela. Erguendo a mão, acariciou gentilmente o rosto dela. Mia o encarou, incapaz de afastar o olhar do calor dourado nos olhos dele. — Eu me importo muito com você — disse ele suavemente. — E agora quero você de formas que nunca achei possíveis. Eu sei que você ainda tem muito a aprender sobre mim, sobre o seu novo lar aqui, e farei o possível para facilitar as coisas, para ajudá-la a se ajustar. Mas você precisa parar de se preocupar tanto e de lutar comigo em cada esquina. As coisas podem ser muito boas entre nós, Mia... especialmente se você nos der uma chance.

CAPÍTULO QUATRO

Naquela noite — a primeira noite de Mia em Lenkarda — ela teve sonhos estranhos e perturbadores. Ela voava para algum lugar, mas, desta vez, Korum a manteve no colo por toda a viagem. O corpo estava incomumente pesado e lânguido e ela não conseguia se mexer, ficando imóvel nos braços dele ao ser carregada para algum lugar depois de pousarem. No sonho, ele a levou para dentro de um prédio branco estranho, em que tudo parecia flutuar e as paredes se dissolviam regularmente. Subitamente, ela estava deitada em um desses objetos flutuantes que era inacreditavelmente confortável, como se tivesse sido feito especificamente para o corpo dela. Havia uma luz suave iluminando o ambiente inteiro e uma mulher bonita falou com ela suavemente, tocando com gentileza no rosto dela com mãos elegantes. No sonho, Mia conversou com a mulher, dizendo-lhe como era bonita e a mulher riu, falando para Korum que a *caerle* dele era encantadora.

Depois, houve apenas escuridão e Mia dormiu profundamente pelo resto da noite, com o sonho desaparecendo da lembrança.

Assim que acordou na manhã seguinte, a mente dela começou imediatamente a relembrar a conversa do dia anterior e ela rosnou, enterrando o rosto no travesseiro. No mesmo instante, a cama começou um regime de massagem suave projetado para relaxar os músculos subitamente tensos.

Suspirando de prazer, Mia deixou que a cama continuasse enquanto ficava deitada, tentando entender Korum e o relacionamento deles.

Depois do curto discurso na noite anterior, Korum a carregara para o quarto e passara as horas seguintes mostrando a ela como as coisas poderiam ser boas entre eles. As partes íntimas dela latejaram delicadamente quando ela lembrou de tudo o que ele fizera, as muitas formas que usara para fazê-la gritar em êxtase.

Mia ainda não entendia o que exatamente Korum queria dela. Ele realmente achava que ela conseguiria aceitar tudo calmamente? Do que entendera até então, ser uma caerle na sociedade dos krinars não era muito diferente de ser uma escrava. No que dizia respeito às leis deles, ela era uma posse de Korum, algo que pertencia a ele. Como um relacionamento genuíno e amoroso poderia surgir disso? Ele tinha todo o poder, podia fazer o que quisesse com ela e ninguém interferiria.

E, mesmo se ela estivesse disposta a aceitar aquele tipo de dinâmica, havia muitos outros problemas a superar.

Como ele dissera, ela era uma garota humana de vinte e um anos, imatura e inexperiente em comparação a um K que vivera por dois mil anos. Como ele podia considerá-la qualquer coisa além de ingênua e ignorante? Não só a espécie dele tinha ciência e tecnologia muito mais avançadas, mas o próprio Korum também devia ter reunido um conhecimento imenso durante séculos de existência. Como um humano poderia chegar sequer perto daquilo em uma vida de oitenta ou noventa anos? Não que ele fosse querê-la quando ficasse velha. Não importava a intensidade da atração que existia naquele momento. Ele decididamente perderia o interesse quando ela começasse a apresentar rugas e cabelos grisalhos, se não muito antes.

Fechando os olhos com aquele pensamento doloroso, Mia tentou pensar em alguma outra coisa, distrair-se de reflexões tão deprimentes.

Pelo lado positivo, ela se sentia incrível fisicamente. Apesar dos sonhos de que se lembrava vagamente, devia ter dormido muito bem, pois se sentia cheia de energia e o corpo não apresentava nenhuma área dolorida que normalmente acompanhava as longas sessões de sexo. Ela achou que Korum provavelmente usara alguma coisa curativa nela novamente.

Era difícil acreditar que ainda era sábado. Fora somente na semana passada que ela estivera freneticamente redigindo os trabalhos da faculdade? Parecia que uma vida se passara, com tudo o que acontecera nos dias anteriores.

Na segunda-feira, ela deveria iniciar o estágio em Orlando, trabalhando como conselheira em um acampamento para crianças problemáticas. Mas, em vez disso... Bem, Mia não fazia ideia do que faria em vez disso, nem do que o futuro lhe reservava de forma geral. A vida dela sofrera uma reviravolta tão inesperada que era impossível fazer planos de qualquer tipo.

Subitamente, ela se lembrou, com uma sensação de pesar, de que também deveria fazer as malas e sair do quarto na segunda-feira. Mia combinara, meses antes, de sublocar o quarto pelo verão e a locadora, uma garota muito simpática chamada Rita, deveria chegar no início da semana seguinte. No entanto, devido à partida súbita de Nova Iorque, todas as coisas de Mia ainda estavam lá.

Saltando da cama, Mia correu para a mesinha onde estava a bolsa. Ela a trouxera de Nova Iorque e continha algo extremamente valioso: o celular dela. Precisava telefonar para Jessie assim que possível. A amiga provavelmente já estava ficando preocupada, pois não tivera notícias de Mia no dia anterior. E com certeza ficaria histérica se todos os pertences de Mia ainda estivessem no quarto quando Rita chegasse. Jessie nunca acreditaria que ela pudesse ser tão irresponsável a ponto de esquecer que alugara o quarto.

Pegando o celular da bolsa, Mia prendeu a respiração, torcendo para ter sinal. Mas, claro, as esperanças dela foram em vão, não havia sinal algum. Não só ela estava em um país estranho, lembrou-se ela, mas a tecnologia de escudos dos Ks provavelmente bloqueava todos os sinais das torres de celular.

Suspirando, ela vestiu um roupão e foi escovar os

dentes antes de procurar Korum. Se não conseguisse falar com Jessie durante o fim de semana, a amiga provavelmente enviaria a polícia ao apartamento de Korum em TriBeCa na segunda-feira.

Entrando na sala de estar, Mia viu Korum sentado no sofá com os olhos fechados. Surpresa, ela parou e olhou para ele. Será que estava dormindo? Hesitante em perturbá-lo, ficou parada, usando aquela oportunidade rara para estudar o amante alienígena com a guarda abaixada.

Com os olhos fechados, a perfeição bronzeada do rosto dele era ainda mais incrível. As maçãs do rosto altas combinavam com sinergia impressionante com o nariz forte e o maxilar firme, formando um rosto que era masculino e belo. As sobrancelhas eram escuras e grossas e os cílios pareciam inacreditavelmente longos, espalhados como leques escuros abaixo dos olhos. Os cabelos tinham crescido durante aquele mês desde que ela o conhecera, provavelmente porque ele estivera ocupado demais perseguindo os Kapas para cortá-los, pensou Mia, e começavam a cobrir as orelhas.

Como se sentisse o olhar dela, ele abriu os olhos e sorriu ao vê-la parada. — Venha cá — murmurou ele, batendo de leve no sofá ao lado de onde estava. — Como está se sentindo?

Mia corou ligeiramente. — Estou bem — respondeu ela. Ele continuou olhando para ela com uma expressão misteriosa no rosto, quase como se a estivesse estudando por algum motivo. Sentindo-se um pouco incerta sobre como estavam depois da conversa do dia anterior, Mia se aproximou dele cautelosamente. Apesar de ter passado a maior parte da noite contorcendo-se de prazer nos braços dele, ainda havia muita coisa não resolvida entre eles. Parando a pouco menos de um metro de distância, ela perguntou: — Você estava dormindo? Desculpe-me se estava e eu interrompi...

— Dormindo? Não. — Ele pareceu surpreso com a suposição dela. — Eu só estava cuidando de alguns negócios.

— Virtualmente? — adivinhou Mia. Korum assentiu e bateu novamente no sofá.

Mia chegou mais perto e ele estendeu a mão, puxando-a para o colo. Enterrando a mão na massa escura de cachos, ele inclinou a cabeça dela e beijou-a, com a boca quente e exigente, a língua sondando a dela até que Mia se esqueceu de tudo, concentrando-se apenas nas sensações incríveis que Korum provocava nela. Mal conseguindo respirar, Mia gemeu, encostando-se nele e sentindo as entranhas se transformarem em um calor líquido, apesar do fato de que deveria estar exausta depois dos excessos da noite anterior.

Parecendo satisfeito com a forma como ela respondera, Korum ergueu a cabeça e olhou para ela com um meio sorriso, soltando-lhe os cabelos, mas ainda segurando-lhe firmemente nos braços. — Olhe só, Mia — disse ele baixinho. — Não importa que rótulos são colocados em nosso relacionamento. Não muda nada entre nós.

Mia passou a língua nos lábios. Eles estavam macios e

inchados depois do beijo. — Não, você tem razão. Não muda nada — concordou ela. Saber da função dela na sociedade dos Ks não diminuía a atração que sentia por ele. O corpo dela não se importava com o fato de que, como caerle, ela não mandava na própria vida.

Korum sorriu e levantou-se, colocando-a de pé. — Preciso sair daqui a uns trinta minutos para ir ao julgamento. Quer assisti-lo daqui?

Mia arregalou os olhos. — Como se fosse na TV?

— Com realidade virtual — respondeu ele. — Não quero você lá pessoalmente, caso o Conselho tente pressioná-la a depor.

— O que aconteceria se eu o fizesse? Quer dizer, se eu testemunhasse. — Mia ficou subitamente curiosa para saber por que Korum estava tão determinado a protegê-la daquilo. Ela não estava ansiosa para ficar em frente ao Conselho dos krinars, mas ele parecia excessivamente preocupado com aquilo.

— Os traidores terão um Protetor — explicou Korum. — É parecido com o advogado de vocês, mas diferente. O Protetor é alguém que sinceramente acredita na inocência do acusado. Pode ser um membro da família ou um amigo. Quando você age como Protetor, aposta tudo: sua reputação, sua posição na sociedade. Se não conseguir provar a inocência daqueles que está protegendo, você perde quase o mesmo tanto que eles.

— E os acusados sempre têm esse Protetor? — perguntou Mia, tentando entender um sistema tão estranho.

Korum balançou a cabeça negativamente. — Não. Mas,

infelizmente, esses traidores têm. Um deles, Rafor, é filho de Loris, um dos membros mais antigos do Conselho. E Loris decidiu ele mesmo ser o Protetor nesse caso. Ele é um dos indivíduos mais implacáveis que conheço e não se deixaria deter por nada para proteger o filho. Ele também me odeia. Se eu a deixar ir até lá como testemunha, ele fará tudo o que puder para fazer com que seu depoimento pareça vir de uma humana irracional e histérica que manipulei em interesse próprio. Ele humilhará você publicamente, fará com que desabe na frente de todos. E não deixarei que isso aconteça.

Mia engoliu em seco, começando a entender um pouco melhor a situação. — Vocês não têm algum tipo de regra sobre o tipo de perguntas que podem ser feitas às testemunhas?

— Não — respondeu Korum. — Com tanta coisa em jogo, vale tudo. A única coisa que o Protetor não tem permissão de fazer é machucá-la fisicamente. Mas não há nada que o impeça de destruí-la verbalmente. E, acredite, Loris é muito bom nesse tipo de coisa.

— Entendi — disse Mia lentamente, sentindo as entranhas se revirarem ao pensar em enfrentar um membro implacável do Conselho dos krinars determinado a proteger o filho.

— Mas não se preocupe — assegurou Korum. — Não vai acontecer. No máximo, conseguirão um depoimento seu gravado. E isso somente se Arus realmente implorar.

— Quem é Arus? — Mia se lembrou de que o nome fora mencionado mais cedo, durante a visita de Saret.

— Ele é outro membro do Conselho e, dentre outras coisas, é nosso embaixador junto aos líderes dos humanos.

— Você também não gosta dele? — perguntou Mia.

Os lábios de Korum se curvaram em um sorriso sombrio e sem o menor humor. — Digamos apenas que tivemos nossas diferenças políticas. — O olhar no rosto dele era frio e distante. Mia estremeceu de leve, feliz por não ser direcionado a ela.

— Entendi — disse ela novamente. Ela não entendia, mas não achou que seria inteligente insistir naquele assunto. Respirando fundo, ela se lembrou do motivo original pelo qual queria falar com ele. — Ahm, Korum, eu queria lhe perguntar uma coisa...

A expressão dele se suavizou um pouco. — Claro. O que é?

Mia olhou para ele com uma expressão angustiada. — Preciso telefonar para Jessie. Meu celular não tem sinal aqui...

Ele ergueu a sobrancelha. — Telefonar para a sua amiga? Por quê?

— Porque ela ficará preocupada se não tiver notícias minhas por alguns dias — explicou Mia. — E porque preciso pedir a ela um grande favor. Todas as minhas coisas ainda estão no meu quarto e a garota que o alugou se mudará na segunda-feira. Eu deveria ter tirado tudo de lá ontem, mas...

— Mas, em vez disso, acabou vindo para cá — disse Korum, entendendo imediatamente. — Está bem, você pode entrar em contato com Jessie e avisar a ela onde está. Talvez ela possa guardar as suas coisas. Se fizer isso, pedirei ao meu motorista que as busque e leve-as para o meu apartamento em Nova Iorque.

— Isso seria ótimo, obrigada — disse Mia, sorrindo aliviada. — E, se eu puder também telefonar rapidamente para os meus pais, seria muito bom.

Ele sorriu para ela. — Claro. Mas eu não diria a *eles* onde você está.

— Não, claro que não — concordou Mia prontamente. Ela tentou imaginar a reação dos pais com a notícia de que estava em uma colônia alienígena na Costa Rica e não foi nada agradável. Pensando à frente, ela perguntou: — E quando eu for para a Flórida? O que direi a eles?

Korum deu de ombros. — A verdade, imagino. Eu estarei com você e eles podem me perguntar o que quiserem para terem certeza da sua segurança.

O queixo de Mia caiu. — Você vai conhecer os meus pais?

— É claro, por que não?

— Ahm... — Mia conseguiu pensar em uma dúzia de motivos. Escolheu o primeiro deles. — Bem, não sei como eles reagiriam ao fato de que, você sabe, de que você é...

Ele pareceu achar graça. — Um krinar? Eles terão que se acostumar com a ideia se quiserem continuar a ver você.

Mia o encarou. — O que quer dizer com isso, se quiserem continuar a me ver?

— Eu quero dizer, Mia — respondeu ele em tom suave —, que você está comigo agora. E sua família precisará aceitar isso de alguma forma. — Ao ver o olhar ansioso no rosto dela, ele acrescentou: — E não se preocupe. Eu serei paciente com eles. Eu sei que eles se importam com você e farei o possível para que não se preocupem.

ALGUNS MINUTOS DEPOIS, com Mia ainda em estado de choque ao pensar no encontro dos pais com o amante alienígena, Korum entregou a ela uma pulseira prateada fina que parecia um relógio de pulso.

— Isso é algo que acabei de criar para você — explicou ele, colocando-a em volta do pulso esquerdo de Mia. — Ele será o seu dispositivo de computação pessoal enquanto estiver em Lenkarda. Eu o criei para que seja capaz de se conectar a celulares e computadores humanos e você pode usá-lo para telefonar ou para videoconferências com a sua família. Eu o programei com todas as suas conexões...

Surpresa, Mia estudou o objeto bonito que ele colocara no braço dela. Parecia muito uma joia elegante e ela se lembrou vagamente de ter visto alguns Ks na televisão usando algo similar. — Como ele funciona? — perguntou ela, sem ver nenhum botão óbvio.

— Ele responde aos seus comandos verbais. Essa será a forma mais fácil de você operar a nossa tecnologia por enquanto.

— Então, ele me entenderá se eu simplesmente disser as instruções com voz normal?

Korum assentiu. — Ele a entenderá perfeitamente em qualquer linguagem, pois eu o projetei especificamente para você.

Mia piscou algumas vezes. Ela não tinha certeza, mas

suspeitava de que Korum era um dos pouquíssimos Ks que conseguia fazer algo como aquilo, criar um item de tecnologia exclusivo unicamente para o uso da *caerle* dele.

— Obrigada — disse ela. — Telefonarei para Jessie agora mesmo.

Querendo um pouco de privacidade, Mia foi para o quarto. Sentando-se na cama, ela aproximou o pulso esquerdo da boca e falou com a pulseira. — Telefone para Jessie, por favor. — Dois segundos depois, ela ouviu o que pareciam ser tons de discagem, indicando que a ligação estava sendo feita.

— Alô? — Era a voz de Jessie, que emanava do pequeno dispositivo no pulso de Mia. Diferentemente dos alto-falantes com os quais Mia estava acostumada, ela ouvia Jessie com precisão cristalina como se elas estivessem no mesmo aposento.

Torcendo para que Jessie conseguisse ouvi-la tão bem, Mia disse: — Oi, Jessie, como vai? É Mia.

— Mia? De onde você está telefonando? — Jessie soava surpresa. — Apareceu aqui como um número desconhecido.

— Ah, sim, sobre isso... na verdade, estou fora da cidade no momento...

— O quê? Onde?

— Ahm... na Costa Rica.

— O QUÊ? — O grito de Jessie foi ensurdecedor.

Mia esfregou a orelha. — Sim, foi meio que uma viagem não planejada. Mas está tudo bem. Estou com Korum e...

— Ah, meu Deus, que diabos você está fazendo na Costa

Rica? Aquele imbecil arrastou você para aí? Porque se ele fez isso...

— Não, Jessie, está tudo bem! Olhe, eu só queria telefonar para você e avisar onde eu estou...

— Mia, o que você está fazendo na Costa Rica? — Jessie soou marginalmente mais calma, mas Mia ainda detectou o pânico na voz da amiga. — E onde exatamente na Costa Rica você está?

Mia fez uma breve pausa, tentando achar a melhor forma de explicar tudo. — Bem, na verdade, eu estou em Lenkarda, aquele Centro dos Ks na Costa Rica...

— Ah, meu Deus, Mia, ele levou você para aí? — Havia puro terror na voz de Jessie. — E ele sabe sobre... você sabe?

Mia suspirou. — Sim. Na verdade, ele sabia o tempo todo. Não se preocupe, está tudo bem agora...

— O que você quer dizer com ele sabia o tempo todo?

— Olhe, Jessie, não quero entrar na história inteira agora. Mas, acredite em mim quando eu digo que não estou correndo qualquer tipo de perigo, está bem? — Mia falou rapidamente, sabendo que provavelmente tinha apenas alguns minutos antes que Jessie fizesse algo drástico, como entrar em contato com a Resistência novamente. — Nós conversamos sobre tudo o que aconteceu e eu entendi algumas coisas da forma errada. Agora está tudo bem. Só vou ficar aqui durante o verão. Voltaremos para a Flórida em algumas semanas para visitar meus pais e, depois disso, irei para Nova Iorque quando começar o semestre. Realmente não há nada com o que se preocupar, eu juro...

Houve alguns segundos de silêncio e, em seguida, Jessie disse baixinho: — Mia, eu simplesmente não entendo. Está me dizendo que o alienígena que você estava espionando a levou para um Centro dos Ks e espera que eu acredite que está tudo bem?

Mia respirou fundo. — *Está* tudo bem. Mesmo. Eu cometi um erro ao me envolver com a Resistência. Korum me explicou tudo e só não entendi a situação antes...

— E agora entende? Como sabe se pode acreditar em tudo o que ele diz?

— Escute, eu preciso confiar nele, Jessie. Ele não tem motivo algum para mentir para mim agora. — Pelo menos, Mia esperava que fosse assim.

— E ele deixou que você me telefonasse?

Mia sorriu. — Sim, é claro. Então, viu só? Realmente não é o que você pensa. — Ela quase conseguia ouvir as engrenagens girando dentro da cabeça de Jessie.

— Então, você está me dizendo, sinceramente, que está em um Centro dos Ks e está totalmente bem? Que voltará para a faculdade e tudo o mais?

— Com certeza — disse Mia, aliviada por Jessie começar a entender. — No fim das contas, em vez de passar o verão na Flórida, vim para a Costa Rica, é só isso.

— E o seu estágio em Orlando?

— Isso eu ainda não resolvi — admitiu Mia relutantemente. — Terei que telefonar para eles e explicar que não poderei mais fazer o estágio.

— Então, você não vai fazer um estágio no verão antes do último ano? Essa é uma escolha muito ruim para a sua carreira, Mia...

— Sim, eu sei — disse Mia, sem precisar que a amiga a relembrasse daquilo. — Talvez eu consiga alguma coisa durante o semestre no escritório da faculdade... pensarei em alguma coisa. Mas vou em breve para a Flórida para passar alguns dias, e isso será muito bom.

— Você vai com ele?

— Sim. — Mia sorriu, imaginando a reação da amiga ao que estava prestes a dizer. — Ele quer conhecer os meus pais.

— O QUÊ? Você está de sacanagem.

Mia riu. — É isso mesmo.

— O quê? Ele quer casar com você ou algo parecido? — Jessie soou tão incrédula quanto Mia se sentia.

— Não, claro que não — disse Mia espantada com a ideia. — Eu acho que ele só quer ser simpático. Talvez. Não sei se conhecer os pais é algo significativo na cultura dos Ks. Além do mais, ele é muito mais velho que os meus pais e não será intimidado por eles...

— Nossa, Mia — disse Jessie lentamente. — Eu nem sei o que dizer a você...

— Você não precisa dizer nada, Jessie. Eu sei que essa coisa toda é loucura, mas estou perfeitamente bem. Olhe, na verdade, eu queria lhe pedir um favor imenso...

— Deixe-me adivinhar — disse Jessie secamente. — Rita se muda na segunda-feira e todas as suas maravilhosas roupas novas estão espalhadas pelo apartamento.

— Sim, exatamente. — Mia colocou um tom de súplica na voz. — Jessie, se fizer isso por mim, vou ficar muito agradecida...

Ela ouviu Jessie suspirar. — É claro. Eu farei isso por

você. Mas onde devo colocar as suas coisas? Em um depósito?

— Não, o motorista de Korum em Nova Iorque pode buscar tudo e levar para o apartamento dele.

— Ah... entendi — disse Jessie, soando estranhamente hesitante. — Então, isso significa que você está oficialmente morando com ele?

— Não, claro que não! É só durante o verão, em vez de um depósito, sabe?

— Não, não sei, Mia. — Jessie soou chateada novamente. — Por algum motivo, não consigo vê-la morando aqui novamente...

— Jessie... — Mia não sabia bem o que dizer. Ela não podia prometer nada porque havia ainda muita coisa incerta. Será que Korum quereria que ela morasse com ele em TriBeCa quando voltassem a Nova Iorque? E seria uma coisa ruim se ele quisesse? Ela só o conhecia havia um mês e era difícil imaginar como o relacionamento deles estaria em dois meses.

— Está tudo bem, você não precisa dizer nada — disse Jessie, soando falsamente animada. — Não íamos ser colegas de apartamento para sempre, você sabe disso. Isso ia acontecer em algum momento. Tudo bem, aconteceu sob circunstâncias bem estranhas, mas tenho certeza de que a cobertura dele é muito melhor do que o nosso prédio infestado de baratas.

— Jessie, por favor... Ainda é muito cedo para falar sobre isso...

— Não sei — disse Jessie com um tom divertido na voz. — Vocês dois parecem estar andando muito depressa... já estão na fase de conhecer os pais e tal...

Mia riu, balançando a cabeça em reprovação, mesmo sabendo que a amiga não conseguiria ver. — Ora, vamos, agora você está sendo boba.

Elas conversaram mais algum tempo, com Jessie perguntando sobre a experiência de Mia até o momento em Lenkarda. Mia contou a ela sobre a comida e gabou-se da tecnologia inteligente que encontrara, descrevendo a cama nos mínimos detalhes. Como esperado, Jessie concordou que certamente havia algumas vantagens em ter um caso com um K. Ela também ficou espantada com as habilidades de idiomas recém-adquiridas de Mia.

— Você realmente me entende? — perguntou Jessie em mandarim, um idioma que ela aprendera com os pais imigrantes.

— Sim, Jessie, eu realmente entendo você. Não é incrível? — respondeu Mia no mesmo idioma e esfregou a orelha novamente quando Jessie gritou empolgada.

Finalmente, prometendo telefonar para Jessie novamente depois de alguns dias, Mia disse ao pequeno dispositivo que desligasse e desconectasse.

Os pais eram os próximos na lista.

A mãe ficou feliz ao ter notícias dela, apesar de parecer preocupada pelo fato de que Mia não estava usando o telefone de sempre.

— Não se preocupe, mamãe — explicou Mia. — Meu celular não está funcionando. Consegui esse aparelho temporariamente para usar e ainda não descobri como as configurações dele funcionam. — Aquilo era, na maior parte, verdade. O celular dela realmente não funcionava no

Centro dos Ks e ela ainda não explorara todas as capacidades do dispositivo de Korum.

— Está bem, querida — disse a mãe. — Mas não se esqueça de nos telefonar nem de mandar mensagens, por favor.

— Não vou esquecer — prometeu Mia. — Estarei ocupada nos próximos dias com o projeto voluntário, mas telefonarei com certeza na quarta-feira.

— Por falar nisso, como está indo o projeto? — perguntou a mãe, soando um pouco irritada. Mia contara aos pais que ficaria em Nova Iorque umas duas semanas a mais para ajudar o professor com um programa especial para crianças do ensino secundário. Naturalmente, a mãe não ficara contente com o atraso para ver a filha mais nova.

— Está ótimo — mentiu Mia. — Estou aprendendo muito e será incrível para o meu currículo. — Ela se encolheu mentalmente por ter que mentir para os pais daquela forma, mas não podia contar a verdade a eles. Ainda não. Korum tinha razão, seria melhor que descobrissem sobre ele pessoalmente e tivessem uma oportunidade de conversar com ele para diminuir a preocupação. Se Mia dissesse a eles onde estava naquele momento, os pais teriam um ataque histérico.

Tentando mudar de assunto, ela perguntou: — Como está o papai? Teve dores de cabeça recentemente?

— Sim, ele teve uma há alguns dias — respondeu a mãe, suspirando. — Mas, graças a Deus, não foi uma das piores.

— Diga ao papai para parar de se estressar e para não abusar do computador. E fazer caminhadas de vez em quando, está bem?

— É claro, querida, estamos tentando.

— Cuidem-se, ouviu?

A mãe prometeu que sim, elas conversaram por mais algum tempo e Mia se despediu. Depois, foi procurar Korum antes que ele saísse para o julgamento.

Ele lhe oferecera a oportunidade de assistir ao julgamento e ela pretendia cobrar a oferta.

CAPÍTULO CINCO

Mia entrou no salão branco alto sem hesitação e um pedaço da parede se desintegrou para lhe conceder passagem. Korum garantira que ninguém conseguiria vê-la, ouvi-la nem senti-la naquela versão particular do mundo virtual e que ela poderia viver a experiência completa de participar do julgamento sem nenhum estresse nem encontros desagradáveis com o Protetor. Havia também versões interativas da realidade virtual, explicara ele, mas elas não eram apropriadas para aquela situação. Ele iria pessoalmente, pois era responsabilidade dele como membro do Conselho e um dos principais acusadores do caso.

Entrando no salão, Mia soltou uma exclamação de espanto. O lugar estava cheio de krinars, tanto machos quanto fêmeas, todos vestidos com as roupas claras das quais a raça parecia gostar. Era uma visão incrível, com milhares de alienígenas de pele dourada altos e lindos ocupando o prédio gigante do chão ao teto. Os espectadores — pelo menos, foi o que Mia supôs que fossem — estavam literalmente empilhados uns sobre os outros, ocupando os bancos flutuantes que Mia começara a perceber serem o padrão em Lenkarda. Os bancos estavam dispostos em círculos em volta do centro do salão, com cada círculo flutuando diretamente acima do anterior. Era uma disposição organizada, percebeu Mia, como um tipo de arena, mas com bancos flutuantes.

No centro, havia cerca de uma dezena de lugares parecidos com pódios e cerca de um terço deles ocupado por krinars. Os demais estavam vazios.

Andando com cuidado em direção ao centro, Mia tentou evitar encostar nas pessoas, mas foi impossível. O lugar estava cheio demais. Os participantes não conseguiam senti-*la*, mas Mia certamente conseguia senti-*los* quando alguém batia com o cotovelo nela ou pisava em um de seus pés. Ela não fazia ideia de como funcionava aquela coisa de realidade virtual, mas era irritante e um tanto doloroso ser a garota invisível em uma multidão. Finalmente, ela conseguiu chegar ao centro, onde havia uma grande área circular completamente vazia.

Parada em segurança naquela área, Mia olhou em volta com admiração.

Pela parte de dentro, as paredes do salão eram transparentes e a luz brilhante do sol entrava de todas as direções, refletindo o branco dos bancos e as cores claras das roupas dos krinars. Diferentemente das roupas largas e flutuantes que ela os vira vestir anteriormente, as roupas naquele dia eram menos casuais, com linhas mais estruturadas e formatos mais justos, tanto dos homens quanto das mulheres. A maioria dos Ks parecia ter olhos e cabelos escuros, apesar de, aqui e ali, haver alguns com cabelos castanhos mais claros. Mia percebeu que a altura de Korum equivalia à média do lugar, observando os alienígenas altos em toda volta. Alguém como ela, com 1,60 m e cerca de 45 quilos, provavelmente seria considerada uma anã.

Voltando a atenção para as estruturas parecidas com pódios, Mia viu Korum sentado atrás de uma delas. Sorrindo com a ideia de observá-lo quando ele não conseguia vê-la, Mia se aproximou. Ele parecia ocupado com algo que tinha na palma da mão, provavelmente o computador embutido, e não prestou atenção alguma à presença virtual dela. Sorrindo maliciosamente, Mia se aproximou por trás e tocou nele, correndo as mãos pelas costas largas de Korum. Não houve reação dele, claro, e Mia riu em voz alta, imaginando as possibilidades. Ela poderia fazer o que quisesse com ele, que não perceberia nada.

Testando aquela teoria, ela lambeu a nuca de Korum. Novamente, não houve reação, mas ela sentiu o gosto salgado da pele, sentiu o cheiro familiar do corpo dele. Previsivelmente, Mia começou a ficar excitada e pressionou o corpo contra o dele, esfregando os seios no material macio da camiseta cor de marfim. Eles estavam rodeados por milhares de espectadores e isso não importava, pois ninguém, nem mesmo Korum, via o que ela fazia.

Abrindo um sorriso maior ainda, Mia mordeu de leve o pescoço de Korum e estendeu a mão para a virilha dele, acariciando a área por cima da roupa. Ela se sentia incrivelmente malcriada, como se estivesse fazendo algo proibido, mesmo sabendo que tudo aquilo acontecia mais ou menos dentro da cabeça dela. Mas, antes que pudesse continuar, o barulho da multidão subitamente diminuiu e Mia se afastou, percebendo que o julgamento começara.

O momento para brincadeiras terminara.

A mesa parecida com um pódio em frente à qual Korum estava sentado era baixa o suficiente para que Mia conseguisse subir nela e ela fez isso, ficando à vontade. Parecia um bom local do qual observar o drama que se seguiria.

Examinando cuidadosamente os arredores, ela chegou à conclusão de que as outras áreas de pódio eram ocupadas pelos outros membros do Conselho. Um terço deles estava lá pessoalmente, enquanto que os outros bancos, que estavam vazios, agora estavam preenchidos com imagens holográficas de krinars machos e fêmeas. Ela supôs que os hologramas eram para aqueles que não podiam estar lá em pessoa, talvez porque estivessem em Krina. Ela viu Saret sentado em frente a eles, mas não tinha ideia de quem eram os outros krinars. Mia contou quinze pódios em volta do círculo vazio, mas apenas quatorze estavam ocupados. O último provavelmente era o lugar do Protetor, pensou Mia. Fazia sentido que ele não estivesse em posição de julgar, considerando o papel do filho como um dos acusados.

Um som parecido com um alarme ecoou pelo salão e a multidão ficou completamente em silêncio. Subitamente, o chão no centro do círculo se dissolveu e sete cilindros prateados grandes flutuaram para cima.

O chão se solidificou novamente e os cilindros desceram sobre ele. Enquanto Mia assistia com a respiração presa, as paredes dos cilindros se desintegraram, deixando apenas o topo e o piso circulares intactos. E, dentro de cada um deles, Mia viu os Kapas, os sete Ks que arriscaram tudo para ajudar a humanidade a conseguir um futuro melhor.

Ou, de acordo com Korum, para tentar governar a Terra eles mesmos.

Os Kapas ficaram parados, cada um dentro do próprio círculo, com expressões amargas e desafiadoras. Eles tinham colares prateados em volta do pescoço, os mesmos que Mia vira os guardas colocando quando foram capturados. Ela imaginou que fosse a versão dos Ks para algemas. Havia cinco machos e duas fêmeas, todos altos e belos, como era comum na espécie.

Curiosa para ver a reação de Korum, Mia olhou de relance para trás e quase se encolheu ao ver o desprezo gelado no rosto dele ao olhar para os traidores. Ela viu os pontos amarelos brilhantes perigosos nos olhos dele e a boca estava retesada em uma linha reta e cruel.

Ele realmente odiava e desprezava os Kapas pelo que

fizeram, percebeu Mia com um calafrio. Novamente, ela ficou imaginando como ele conseguira perdoá-*la* pelas ações dela.

A arena ainda estava mortalmente silenciosa. Não houve gritos nem exclamações, como se esperaria de uma multidão tão grande. Era o maior julgamento dos últimos dez anos, dissera Saret, e Mia viu aquilo refletido na expressão séria dos espectadores.

Uma parte do chão se dissolveu novamente e outro krinar subiu. Ele estava sentado em um banco flutuante grande e levantou-se assim que o chão se solidificou novamente. Diferentemente de todos os outros krinars, ele usava roupas pretas. Mia achou que provavelmente era o Protetor.

Outro alarme soou pelo prédio e todos os membros do Conselho se levantaram atrás dos pódios. Um deles deu um passo à frente e aproximou-se do recém-chegado. Tocando no ombro dele, o membro do Conselho disse: — Seja bem-vindo, Loris.

O Protetor sorriu e retribuiu o gesto de tocar no ombro. — Obrigado, Arus. — Depois, voltando a atenção para o restante do Conselho, ele reconheceu a presença deles com alguns acenos rápidos da cabeça.

Portanto, aqueles eram os oponentes de Korum, pensou Mia, observando-os com bastante interesse. Os cabelos de Loris eram pretos e os olhos da cor do ônix. Ele lembrava um falcão, com as feições bonitas angulosas e uma expressão ligeiramente predatória no rosto. Em contraste, Arus parecia muito mais amigável. Com pele cor de oliva, cabelos pretos e olhos castanhos escuros, tinha aparência típica da raça, e havia uma certa honestidade no sorriso dele que fez Mia achar que talvez ele não fosse uma pessoa tão ruim assim.

Depois que os cumprimentos terminaram, Arus voltou ao pódio, deixando Loris parado no centro.

Ouvindo movimento atrás dela, Mia se virou e viu que Korum se levantara. Ele deu a volta no pódio, indo em direção ao centro da arena com movimentos lentos e deliberados. Sorrindo friamente para Loris, ele perguntou:

— O Protetor está pronto para a apresentação?

Loris assentiu, com uma expressão de fúria mal contida no rosto. Parecia que Korum não exagerara ao dizer que Loris o odiava.

Com um movimento do pulso, Korum abriu uma imagem tridimensional que pairou no ar, facilmente disponível para que todos a enxergassem.

— Caros habitantes da Terra e todos os que estão nos assistindo em Krina agora — disse Korum, com a voz ecoando pelo salão —, eu gostaria de mostrar a vocês provas de um crime tão hediondo que nada parecido foi visto na história dos krinars em mais de cem mil anos. Um crime no qual alguns traidores, insatisfeitos com a posição deles, tentaram enviar cinquenta mil cidadãos para a morte em uma tentativa ridícula de obtenção de poder. Estes traidores, os sete indivíduos que veem à sua frente neste momento, não tinham desejo algum que avançássemos como espécie, como sociedade. Não, eles simplesmente queriam poder e não se importaram com o que era preciso fazer para consegui-lo. Eles mentiram, traíram nosso povo, manipularam humanos suscetíveis às promessas vazias que fizeram... e teriam matado cada um de vocês na missão para governar este planeta particular, para serem adorados pelos humanos ingênuos como salvadores...

— Isso é mentira — interrompeu Loris, falando por entre os dentes. Manchas vermelhas surgiram sob a pele morena e Mia quase sentiu o esforço que ele teve que fazer para se controlar. — Você armou para eles...

— Não é a sua vez de falar agora, Protetor — disse Korum, com os lábios curvando-se em um sorriso desdenhoso. — É minha vez de apresentar as provas. — Com isso, ele fez um pequeno gesto com a mão e a gravação tridimensional ganhou vida.

A cena era familiar para Mia, que estivera presente no cenário virtual dela no dia anterior. À medida que a gravação prosseguia, ela viu novamente a velha cabana onde os traidores se esconderam durante o ataque da Resistência e ouviu a comunicação deles com o misterioso general humano. Ela testemunhou a tentativa das forças da Resistência de atacar Lenkarda com as armas dos Ks e reviveu a derrota deles. E, apesar de estar assistindo àquelas cenas pela segunda vez e de saber que a maioria dos soldados humanos sobrevivera, Mia ainda se sentiu enjoada quando o filme terminou.

Com outro movimento da mão de Korum, a próxima gravação começou a ser reproduzida. Essa era de uma conversa telefônica entre um dos Kapas e alguns líderes da Resistência. Eles estavam claramente coordenando as ações antes do ataque. E havia mais: três vídeos tridimensionais de reuniões da Resistência em que conversaram sobre os Kapas, interações entre oficiais governamentais humanos discutindo o potencial para libertação da Terra e até mesmo um vídeo de John contando a Mia sobre a mudança nos planos e como ela tinha que roubar os projetos de Korum.

Assistindo a tudo aquilo, Mia percebeu novamente como Korum a manipulara completamente. Enquanto achara que estava espionando Korum, ele rastreara cada movimento dela. Nunca houvera uma oportunidade para que ela ajudasse a Resistência, sempre fora um peão na mão dele. As entranhas dela se reviraram com a ideia.

Quando todas as gravações foram exibidas, tinham se passado pelo menos quatro horas. Mia estava faminta, com sede e com uma dor de cabeça latejante, mas não conseguiu se forçar a sair de cima do pódio de Korum, morbidamente fascinada com o julgamento.

Finalmente, pareceu que as apresentações de Korum terminaram.

No silêncio mortal que encheu a arena, Korum disse em tom bem alto: — E é por isso, cidadãos krinars e habitantes da Terra, que proponho a punição máxima para esses traidores: reabilitação completa.

Um murmúrio percorreu a multidão e Mia quase sentiu o choque emanando de alguns espectadores. Ela não sabia o que uma reabilitação completa significava, mas claramente não era algo usado comumente.

Os Kapas também pareciam chocados e Mia viu o medo no rosto de alguns deles. A punição que esperavam obviamente era diferente do que Korum acabara de propor.

O Protetor deu um passo à frente. Como Korum, ele ficara de pé no centro durante o tempo todo em que as gravações foram reproduzidas. Os olhos pretos estavam cheios de fúria. — Isso é impensável e você sabe disso — sibilou ele. — Mesmo se fossem culpados, o que está propondo está fora de questão.

— Então, você está admitindo a culpa deles? — perguntou Korum com tom perigosamente suave.

Loris franziu as sobrancelhas profundamente. — Longe disso. Você sabe que eles não fizeram nada de errado...

— Deixaremos que o Conselho e os Anciãos decidam isso, certo? — retrucou Korum, olhando para o outro krinar com um olhar zombeteiro no rosto. — A sua vez de se apresentar será amanhã e, pessoalmente, estou muito ansioso para saber como esses traidores podem ser inocentes.

— Ah, você verá — disse Loris, lançando-lhe um olhar de puro ódio. — Bem como todo mundo.

Depois daquilo, um alarme soou novamente. Os procedimentos do dia terminaram ali.

O KRINAR RESPIROU FUNDO, feliz porque o primeiro dia do julgamento terminara. Transcorrera exatamente como ele esperara.

Korum exigira a punição máxima para aqueles que considerava como traidores. Se o K não tivesse tomado algumas precauções, poderia facilmente ter sido o oitavo krinar parado lá, sendo julgado pelo Conselho.

Ele se distanciara dos Kapas no momento certo. Agora, ninguém suspeitaria do envolvimento dele no ataque aos Centros.

Ele garantiria isso.

CAPÍTULO SEIS

Faminta e mentalmente exausta, Mia saiu da realidade virtual dizendo à pulseira que a levasse de volta para casa. O café da manhã fora leve, apenas uma vitamina de manga com abacate, e ela estava quase desfalecendo de fome. Abrindo os olhos, ela se levantou do sofá onde estivera sentada e foi procurar algo para comer.

Aproximando-se da geladeira, ela a abriu com determinação e olhou para os vários alimentos vegetais que a enchiam. Alguns eram familiares — ela viu alguns tomates e pimentões —, mas os outros eram totalmente estranhos. Mia desejou que Korum estivesse lá para que pudesse fazer uma daquelas refeições deliciosas e fartas. No entanto, como ele estivera pessoalmente no julgamento, ela achou que talvez demorasse um pouco mais para chegar.

Subitamente, ela teve uma ideia. Korum mencionara

que uma das funções da casa era preparar alimentos. Será que o faria para ela também?

— Ei, casa — disse Mia, sentindo-se como uma idiota —, pode preparar alguma coisa para eu comer?

Por um segundo, nada aconteceu. Em seguida, uma voz feminina melodiosa perguntou: — O que gostaria de comer, Mia?

Mia quase pulou de alegria. — Ah, meu Deus, você fala! Isso é ótimo! Ahm... eu gostaria de comer a mesma coisa que Korum preparou ontem, especialmente se for algo rápido.

— Sim, Mia — respondeu suavemente a voz feminina. — A salada de shari estará pronta em dois minutos e o cozido de kalfani ficará pronto seis minutos depois.

Sorrindo maravilhada, Mia andou até a pia para lavar as mãos. Quando terminou e sentou-se à mesa, uma parte da parede se abriu e uma tigela de salada emergiu, flutuando calmamente em direção a ela.

Mia assistiu de boca aberta quando a salada desceu sobre a mesa em frente a ela. Era uma porção de tamanho perfeito para ela e o utensílio parecido com uma pinça já estava dentro da tigela. O prato estava completamente pronto para consumo.

— Ahm, obrigada — disse ela, olhando em volta para tentar descobrir de onde vinha a voz. O computador estava embutido em algum local no teto?

— De nada, Mia — disse a voz novamente. — Bom apetite. Terei o próximo prato pronto em alguns minutos.

Sorrindo novamente, Mia atacou a comida. Até então, ela estava adorando a tecnologia dos krinars. Era tudo sobre o que as pessoas fantasiavam na ficção científica e, ainda assim, inteiramente real. E tinha um toque quase mágico que Mia achava muito atraente. Ela gostava particularmente de como era fácil operar tudo. Comandos de voz em linguagem natural, gestos simples da mão, tudo parecia muito intuitivo.

Quando ela terminou a salada, o prato com o ensopado do dia anterior também flutuou até a mesa. Mia o consumiu com voracidade, sentindo boa parte do cansaço anterior desaparecer quando os níveis de açúcar no sangue se estabilizaram. A comida estava tão deliciosa quanto a do dia anterior e Mia se perguntou novamente por que Korum se preocupara em aprender a cozinhar quando tinha acesso a uma tecnologia tão notável em casa.

Finalmente cheia, ela limpou tudo levando os pratos até a parede, que se abriu para recebê-los, como fizera com Korum, e foi para a sala de estar.

Parecia um bom momento para telefonar para o diretor do acampamento em Orlando e avisar a ele que ela não começaria o estágio na segunda-feira.

Quando Korum chegou em casa uma hora depois, Mia estava entediada.

Ela conversara com o diretor do acampamento e explicara que circunstâncias inesperadas a impediam de ir à Flórida naquele verão. Ele ficara desapontado, mas fora surpreendentemente simpático sobre o assunto, o que foi um tremendo alívio para Mia. Depois, ela explorou a casa um pouco e até mesmo tentou falar com ela, mas a voz feminina melodiosa não pareceu muito interessada em conversar. A voz perguntou se Mia estava aquecida e confortável, que estava, e se desejava alguma coisa para comer ou beber, que não desejava. Mas essa foi toda a interação que tiveram. Não parecia haver livros na casa nem nada mais com que pudesse se distrair.

Suspirando, Mia se deitou no sofá da sala de estar e observou a vegetação do lado de fora. Ela desejou ter coragem suficiente para se aventurar, mas a ideia de se perder em uma floresta da Costa Rica não a atraiu. Estudando a pulseira que usava, Mia se perguntou se funcionaria como um computador de verdade, possibilitando que ela acessasse a internet. Ela pensou em tentar, mas decidiu esperar Korum para que demonstrasse as capacidades do dispositivo.

Finalmente, Korum chegou. Ele parecia tenso e um pouco cansado e Mia chegou à conclusão de que ele lidara com mais política por trás dos bastidores depois que o julgamento fora formalmente adiado. Mesmo assim, ele sorriu quando a viu sentada no sofá.

— Olá — disse ela ridiculamente feliz em vê-lo. Apesar de tudo o que acontecera entre eles, apesar do fato de ela ter acabado de vê-lo tratando os oponentes quase com crueldade, não pôde evitar a sensação quente que se espalhou pelo corpo na presença dele.

O sorriso dele se alargou e ele se aproximou para se juntar a ela no sofá, beijando-a suavemente e puxando-a mais para perto para abraçá-la. Mia retribuiu o abraço, surpresa, e murmurou: — Está tudo bem? Aconteceu alguma coisa?

Ele balançou a cabeça e simplesmente a segurou, enterrando o rosto nos cabelos de Mia e inalando o perfume dela. — Não — sussurrou ele. — Agora está tudo bem.

Depois de alguns segundos, ele a afastou e encarou-a. — Espero que tenha comido alguma coisa. Eu programei a casa para responder aos seus comandos verbais para ter certeza de que não teria dificuldade alguma.

Mia sorriu. — Sim, eu consegui. Obrigada por isso.

— Ótimo — disse ele em tom suave. — Quero que se sinta confortável aqui.

Mia assentiu lentamente. — Estou começando a me sentir um pouco confortável. Mas, na verdade, eu queria lhe perguntar uma coisa...

— Claro, o que é?

— Estou entediada — disse ela. — Não tenho realmente nada para fazer quando você não está aqui. Em casa, tenho a faculdade, o trabalho, amigos, livros, TV...

— Ah, já entendi — disse Korum, sorrindo. — Não mostrei a você tudo o que o seu pequeno computador pode fazer. Diga a ele que gostaria de ler alguma coisa.

— Está bem — disse Mia desconfiada, olhando para a pulseira. — Eu gostaria de ler alguma coisa...

Quase imediatamente, uma das paredes se abriu, revelando uma seção oculta na parte de dentro, um tipo de prateleira. E, enquanto Mia assistia, um objeto que parecia uma folha grossa de papel flutuou na direção dela.

— Como essas coisas todas flutuam? — perguntou Mia

maravilhada, pegando o objeto no ar. — Pratos, cadeiras, agora isso...

— A premissa é semelhante à dos escudos que usamos para proteger os assentamentos — explicou Korum. — É um tipo de tecnologia de campo de força, mas aplicada em uma escala muito menor.

— Ah, entendi — disse Mia, como se aquilo dissesse tudo. Ela não era grande conhecedora de tecnologia. Estudando a folha que tinha nas mãos, ela viu que era, na verdade, feita de um material parecido com plástico.

— Isso é algo com que você pode se distrair — disse ele, sentando-se ao lado dela. — É um pouco como os *tablets* dos humanos. Você pode ler qualquer livro, humano ou krinar, que já foi escrito. E pode assistir a qualquer filme que quiser. Ele também funciona com comandos verbais e você pode dizer o que deseja ler ou assistir.

— Posso usá-lo para aprender mais sobre os krinars? Para ler alguns livros de história ou algo parecido? — perguntou Mia, olhando empolgada para o objeto.

— Claro. Você pode usá-lo para o que quiser.

Mia sorriu. — Isso é ótimo, obrigada!

Ele retribuiu o sorriso. — É claro. Não quero que se sinta entediada aqui.

Subitamente, Mia pensou em algo. — Espere, você disse que ele funciona com comandos verbais. Mas eu nunca vi nem ouvi você usando comandos verbais com nada. Como *você* controla toda a sua tecnologia?

— Eu tenho um computador muito poderoso que essencialmente me permite controlar tudo com um tipo específico de pensamento — explicou Korum, mostrando a palma da mão. — É um tipo de interface cérebro-computador altamente avançada. Uso alguns gestos também, mas é só por força do hábito.

Mia o encarou. — Então, você controla os equipamentos eletrônicos com a mente?

— Equipamentos eletrônicos krinars, sim. A tecnologia humana não foi projetada para isso.

— E os outros? É assim que fazem também?

Korum assentiu. — Muitos deles, sim. Alguns ainda preferem fazer as coisas à moda antiga, que é com comandos de voz e gestos. Mas a maioria já mudou. A maior parte da nossa tecnologia foi projetada para aceitar as duas formas de fazer as coisas porque nossas crianças e os jovens usam apenas o primeiro método.

— Por quê? — perguntou Mia, olhando para ele fascinada.

— Porque o cérebro deles ainda não está totalmente formado e desenvolvido e porque há uma curva de aprendizado envolvida no uso de interfaces cérebro-computador. É por isso que estou configurando tudo com capacidades de voz para você por enquanto. É muito mais fácil de ser dominado por um iniciante. Mais tarde, quando entender melhor nossa tecnologia e nossa sociedade, posso configurar a nova interface para você.

Mia arregalou os olhos. Ele daria a ela a capacidade de controlar a tecnologia krinar com a mente? As possibilidades eram simplesmente inimagináveis. — Isso parece...

— Um pouco demais no momento? — adivinhou Korum e Mia assentiu.

— Por isso, configurei os comandos de voz por enquanto — disse ele. — A sua sociedade avançou o suficiente para que você consiga entender com facilidade esse tipo de interface e ela é muito intuitiva.

— Então, por enquanto, serei como uma das crianças de vocês? — perguntou Mia desconfiada.

Os lábios dele se curvaram em um sorriso. — Se você fosse krinar, na verdade, seria considerada uma adolescente por causa da idade.

— Entendi. — Mia franziu a testa ligeiramente. — E em que idade vocês se tornam adultos?

— Bem, fisicamente, obtemos as características de adultos mais ou menos na mesma idade que os humanos, com cerca de vinte anos. No entanto, é só com uns duzentos anos que um krinar é considerado maduro suficiente para ser um membro totalmente funcional da sociedade. Mas pode ser antes disso se fizerem algum tipo de contribuição extraordinária.

Por algum motivo, aquilo a deixou chateada. Mia não sabia por que importava o fato de que não seria considerada um membro totalmente funcional da sociedade krinar em algum momento da vida. De qualquer forma, eles nunca veriam um humano daquela forma. Além do mais, ela não tinha ideia de quanto tempo o relacionamento com Korum duraria. Ainda assim, aquilo a deixou triste, o fato de que os Ks sempre a considerariam pouco mais que uma criança.

Sem querer se demorar naquele tópico, ela perguntou: — E o julgamento hoje, foi como você esperava?

Korum deu de ombros. — Praticamente. Loris tentará

torcer tudo, fazer parecer com que eu inventei tudo. Mas há provas demais da traição deles e não acho que haja nada que possa salvá-los a essas alturas.

— O que significa a reabilitação completa? — perguntou Mia com curiosidade insuportável. — Todos pareceram chocados quando você a sugeriu.

— É a nossa forma mais extrema de punição para os criminosos — disse Korum, estreitando os olhos ligeiramente. — Ela é usada em casos em que um indivíduo representa um perigo grave à sociedade, como esses traidores claramente o fazem.

— Está bem... mas o que é?

— Saret conseguiria explicar isso melhor para você — disse Korum. — A mecânica exata recai dentro da área de conhecimento dele. Mas, essencialmente, o que os fez agir daquela forma, aquele aspecto da personalidade será completamente erradicado.

Mia arregalou os olhos. — Como?

Korum suspirou. — Como eu disse, não é a minha área de conhecimento. Mas, pelo que sei como leigo, envolve apagar muitas das lembranças deles e criar uma nova personalidade para eles. Só é feita quando não há outra opção, pois é uma técnica muito invasiva. Os reabilitados nunca mais são os mesmos depois disso, que é exatamente a finalidade nesse caso.

— Então, eles não se lembrariam de quem são? — Aquilo parecia algo horrível para Mia.

— Eles podem lembrar de uma ou outra coisa, portanto, não estariam completamente apagados. Mas a essência da personalidade deles, e aquela parte que fez com que cometessem o crime, desaparecia completamente.

Mia engoliu em seco. — Isso parece muito rigoroso...

Ele estreitou os olhos novamente. — É melhor do que a sua raça faz com os criminosos. Pelo menos, não temos pena de morte.

— Vocês não têm? — Mia não sabia por que ficara tão surpresa ao ouvir aquilo. Talvez tivesse a ver com a imagem popular dos Ks como uma espécie violenta, que surgira principalmente das lutas sangrentas durante o Grande Pânico.

— Não, Mia, não temos — disse Korum em tom irônico. — Não somos os monstros que vocês imaginam que sejamos.

— Eu nunca disse isso do seu povo — protestou Mia e ele riu.

— Não, só eu, certo?

Mia abaixou os olhos, incapaz de aguentar a zombaria no olhar dele. — Eu não acho que você seja um monstro — disse ela baixinho. — Mas acho que é errado você me tratar como um objeto só porque sou humana. Sou uma pessoa, com sentimentos e desejos, e tinha uma vida antes de você aparecer...

— E agora não tem? — perguntou Korum, erguendo o queixo dela até que Mia não tivesse opção além de olhá-lo nos olhos. Notando o dourado mais profundo em volta da íris, em um gesto nervoso, Mia molhou os lábios subitamente secos. — Você acha que eu a trato mal? Que eu a mantenho longe da vida fascinante que tinha antes?

— Eu gostava da vida que tinha antes — disse Mia em

tom desafiador. — Era exatamente o que eu queria. Podia parecer entediante para você, mas eu estava feliz com ela...

— Feliz com o quê? — perguntou ele suavemente. — Com estudar dia e noite? Esconder-se atrás de roupas largas porque tinha medo demais de tentar viver de verdade? Ser virgem aos vinte e um anos de idade?

Mia corou de raiva e vergonha. — Isso mesmo — respondeu ela em tom amargo. — Feliz com a minha família e os meus amigos. Feliz por morar em Nova Iorque e ir à faculdade lá. Feliz com o estágio que tinha planejado para o verão...

A expressão dele ficou sombria. — Eu já prometi que você verá sua família em breve — disse ele com um tom perigosamente uniforme. — E disse a você que a levarei de volta para Nova Iorque quando começarem as aulas. Você não confia que eu manterei a minha palavra?

Mia respirou fundo, tentando se controlar. Provavelmente, discutir com ele nas circunstâncias em que ela se encontrava não era o passo mais inteligente, mas não conseguiu se conter. Algum demônio indomado acordara dentro dela e não aceitava ficar calado. — Você mentiu para mim antes — disse ela, incapaz de ocultar o ressentimento na voz.

— É mesmo? — perguntou ele, com as palavras praticamente encharcadas de sarcasmo. — *Eu* menti para você?

Mia engoliu em seco novamente. — Você me manipulou para fazer exatamente o que queria — disse ela teimosa. — Eu não queria tomar parte em nada daquilo. Só o que eu queria era ser deixada em paz...

Ele a estudou com uma expressão inescrutável no rosto. — E ainda quer isso? — perguntou ele suavemente. — Quer ser deixada em paz?

Mia o encarou, pega totalmente de surpresa. Ela abriu a boca, mas nenhuma palavra saiu.

— E não minta para mim, Mia — acrescentou ele baixinho. — Eu sempre sei quando você está mentindo.

Mia piscou furiosamente, tentando reprimir uma vontade súbita de chorar. Com aquela pergunta simples, ele a deixara com as emoções completamente nuas, expusera todas as vulnerabilidades dela. Ela não queria que Korum soubesse da profundidade do que sentia por ele, não queria as emoções expostas para que ele brincasse com elas. Que tipo de idiota era para querer ficar com alguém como ele? Para odiá-lo e amá-lo com tanta intensidade ao mesmo tempo?

Os lábios dele se curvaram em um meio sorriso. — Entendi. — Inclinando-se na direção dela, ele beijou-lhe a boca suavemente, com os lábios estranhamente gentis.

— Verei o que posso fazer para conseguir um estágio para você — disse ele, afastando-se dela e levantando-se. — E apresentarei você a algumas das outras humanas neste Centro. Talvez consiga algumas amigas novas.

E, enquanto Mia o encarava em choque, ele sorriu novamente e foi para o escritório, deixando-a sozinha para digerir tudo o que acabara de acontecer.

CAPÍTULO SETE

Três horas depois, Mia estava deitada na cama, completamente absorta na história da evolução dos krinars, quando Korum entrou no quarto.

— Vamos sair para jantar em vinte minutos — disse ele. — É melhor você começar a se arrumar.

Sobressaltada, Mia olhou para ele. — Onde vamos jantar?

— Arman é um conhecido meu — explicou Korum, sentando-se na cama ao lado de Mia e colocando a mão sobre a perna dela. — Ele nos convidou para jantar na casa dele quando contei a ele sobre você. Ele também tem uma caerle, uma garota da Costa Rica que está com ele há uns dois anos. Ela está muito ansiosa para conhecer você.

Mia sorriu, subitamente animada. — Ah, eu adoraria conhecê-la também! — Mal podia esperar para conversar com outra garota na mesma situação que ela e ouvir sobre os Ks da perspectiva de uma humana que também os conhecia intimamente e por muito mais tempo.

Korum sorriu. — Achei que gostaria. Está gostando da leitura?

— É fascinante — disse ela animada. — Eu não fazia ideia de que vocês também evoluíram de uma espécie parecida com macacos.

Ele assentiu. — É verdade. Havia muitos paralelos na nossa evolução e na de vocês, exceto que, no final, acabaram existindo duas espécies em Krina: nós e os *lonars*, que são os primatas sobre os quais falei a você antes. Éramos maiores, mais fortes, mais rápidos, muito mais inteligentes e vivíamos por mais tempo que os lonars, mas ficamos presos a eles porque precisávamos do sangue deles para sobreviver.

Mia o encarou. Ela também acabara de descobrir tudo aquilo e não conseguia tirar da cabeça as imagens dos krinars primitivos. O livro tinha descrições muito vívidas de como os antigos Ks caçavam a presa, com cada krinar macho demarcando o território em torno de um pequeno grupos de lonars e lutando contra os outros Ks para preservar o suprimento de sangue para si mesmo e para a companheira. Ao entrar no "território" de um K, o lonar tinha pouquíssimas chances de sobreviver, pois seria constantemente enfraquecido pela perda de sangue e traumatizado pela experiência de ser a caça. No final, a população deles ficara muito reduzida e os krinars foram forçados a se adaptar e a aprender novas estratégias de alimentação.

Naquele ponto, os krinars ainda eram uma espécie primitiva, pouco além de caçadores e coletores. No entanto, a redução rápida da população dos lonars significava que os Ks tiveram que evoluir além das raízes territoriais e aprender a colaborar uns com os outros para preservar o que sobrara do suprimento crítico de sangue. Os cem anos seguintes foram um tempo de progresso rápido para os krinars, marcando o nascimento da ciência, da tecnologia, da medicina, da cultura e das artes. Em vez de caçar os lonars, os Ks começaram a criá-los em fazendas, dando condições favoráveis para que vivessem e reproduzissem, fazendo o possível para se alimentar apenas dos que já tinham passado da idade de reprodução.

Aqueles esforços ajudaram a deter temporariamente o declínio da população dos lonars e a sociedade dos krinars começou a prosperar. Mesmo com a taxa de natalidade baixa, a população deles começou a crescer à medida que menos Ks pereciam em lutas violentas para defender territórios. A inovação começou a ser altamente valorizada e os Ks inventaram a viagem espacial logo depois. Foi a primeira Era de Ouro na história dos krinars, uma época de conquistas científicas incríveis e uma coexistência relativamente pacífica entre as várias tribos e regiões dos krinars.

— Eu só cheguei ao ponto em que a praga começou — disse Mia. Pelo jeito, fora o evento que terminara a primeira Era de Ouro, quase acabando com toda a população dos lonars e lançando a sociedade dos krinars em um estado de pânico e em um turbilhão sangrento.

Korum sorriu novamente. — Então, você progrediu bastante na nossa história. O que achou até agora?

— Eu achei muito interessante — respondeu Mia honestamente. Era também um pouco assustador o nível de selvageria que tinham no passado, mas ela não queria dizer aquilo a ele. Ela tentou imaginar Korum como um dos krinars primitivos, caçando a presa, e foi algo surpreendentemente fácil, exigindo muito pouca imaginação da parte dela. Conseguia ver muitas das características predatórias ainda presentes na espécie dele, da forma sinuosa como se moviam às atitudes territoriais que vira Korum exibir em relação a ela.

— Você pode continuar depois — disse ele, acariciando a coxa dela de forma distraída. Como sempre, o toque enviou uma onda de prazer pelo corpo dela. — Não devemos nos atrasar para o jantar. Isso é considerado um insulto muito grande ao anfitrião.

— É claro — disse Mia, levantando-se imediatamente. A última coisa que ela queria era ofender alguém. — Devo vestir alguma coisa especial? — Ela vestia a calça jeans e a camiseta que usara ao chegar a Lenkarda no dia anterior. De alguma forma, a casa lavara as roupas, pois Mia as encontrou limpas e dobradas dentro do armário no quarto.

Pelo jeito, Korum estava dois passos à frente dela, pois já abrira a porta para o closet. — Criei um armário para você — explicou ele — para que não dependa de mim toda vez que precisar de uma roupa. Venha, deixe-me mostrar a você.

Curiosa, Mia se aproximou para olhar e ficou de boca aberta. O closet estava cheio de belos vestidos de cores claras, sapatos que iam de sandálias baixas a botas macias e vários acessórios. — Você fez tudo isso?

Korum assentiu. — Pedi a Leeta que me enviasse todos

os desenhos de moda que tinha. Além de trabalhar na minha empresa, ela cria roupas.

Leeta era a prima distante de Korum e Mia a encontrara brevemente algumas vezes em Nova Iorque. Não era a pessoa mais agradável e amigável, na opinião de Mia, mas as roupas pareciam muito bonitas.

— Quer dizer que você não é especialista em moda? — Mia fingiu estar chocada, arregalando comicamente os olhos. Ele certamente parecera muito ansioso em se livrar de todas roupas que ela tinha em Nova Iorque.

Ele riu. — Longe disso. Mas eu sei quando as roupas estão sendo usadas como um escudo — disse ele, referindo-se à tendência dela de usar roupas confortáveis, mas feias, quando podia escolher.

Mia lutou contra uma vontade infantil de mostrar a língua para ele. — É, que seja — resmungou ela.

— Hoje à noite, você pode vestir isso — disse Korum, pegando um vestido cor-de-rosa de aparência delicada.

Mia o vestiu, secretamente feliz com o calor nos olhos de Korum ao se trocar na frente dele, e andou até o espelho para se olhar. Como todas as roupas dos krinars até então, o vestido coube perfeitamente, terminando logo acima dos joelhos, e não precisava de sutiã. Ele não tinha mangas e as costas estavam inteiramente expostas. No entanto, os ombros estavam cobertos com tiras largas e o decote quadrado na parte da frente era surpreendentemente modesto. A cor era linda, dando ao rosto pálido dela a ilusão de um brilho rosado.

— Notei que vocês não usam nenhuma roupa escura nem de cores berrantes — comentou Mia, curiosa sobre aquele fato peculiar. — Em geral, vocês parecem preferir cores claras em tudo. Há algum motivo particular para isso?

Korum sorriu, olhando para ela com um brilho quente nos olhos. — Sim, há. Cores berrantes ou escuras foram historicamente associadas com violência e vingança em nossa cultura e preferimos não tê-las por perto no curso normal da vida diária. É claro, quando deixamos os Centros e interagimos com os humanos, normalmente usamos roupas humanas. Nesse caso, não nos importamos muito com as cores das roupas. Na verdade, alguns de nós gostamos de roupas que nunca usaríamos normalmente aqui nem em Krina. Como aquele vestido vermelho que você viu Leeta usando em Nova Iorque. Se ela se vestisse daquela forma entre os krinars, todos pensariam que estava louca e planejando algum tipo de vingança.

Subitamente, ela se lembrou de algo. — Foi por isso que o Protetor estava vestindo preto no julgamento? Porque ele está em uma rota de guerra?

— Exatamente — disse Korum. — Ele está deixando claro que acredita ter sido injustiçado e que pretende buscar vingança.

— Buscar vingança como? — perguntou Mia. Korum deu de ombros, parecendo não estar com humor para discutir política naquele momento. Como não tinham muito tempo, Mia decidiu deixar o assunto de lado por enquanto e concentrar-se no jantar.

— Tome, você pode usar esses sapatos — disse Korum, entregando a ela um par de botas macias cor de marfim. Como todos os sapatos dos Ks, elas eram baixas. Pelo jeito, o conceito de sapatos de saltos altos não era tão popular entre as fêmeas krinars como era entre as mulheres humanas.

Mia calçou as botas, que imediatamente se ajustaram aos pés dela e ficaram confortáveis, e tentou arrumar os cabelos um pouco com os dedos. Depois de ficar deitada por horas, ela estava com uma aparência seriamente desgrenhada, com os cachos longos emaranhados e espalhados em todas as direções. Depois de alguns minutos, ela desistiu. Mesmo com o uso regular do xampu milagroso de Korum, os cabelos nunca seriam lisos e comportados como ela gostaria.

— Você está linda, Mia. Deixe os cabelos assim — disse Korum, observando os esforços dela com diversão silenciosa.

Mia não conseguiu evitar um sorriso. Era uma das coisas que achava muito peculiar sobre Korum: ele realmente parecia gostar dos cabelos dela, frequentemente tocando-os e brincando com os cachos. Como ela nunca vira um K com cabelos cacheados, supusera que ele simplesmente gostava deles porque eram diferentes. — Está bem, então estou pronta, acho...

— Mais uma coisa — disse Korum, aproximando-se por trás e prendendo um colar iridescente incomum em volta do pescoço dela, com os dedos quentes encostando ligeiramente na pele. O colar tinha um desenho enganadoramente simples, apenas um pingente em formato de gota em uma corrente fina. Mas o material brilhante fazia com que fosse indescritivelmente lindo. Era como se todas as cores do arco-íris estivessem reunidas em volta do pescoço dela, competindo entre si por atenção.

— Uau — disse Mia, prendendo a respiração e tocando no pingente com reverência. — O que é?

— É um colar de brilhita genuína — explicou Korum. — A brilhita ocorre naturalmente somente na minha região de Krina e essa passou por várias gerações na minha família. Ela tem pouco menos de um milhão de anos.

Mia se virou para olhar para ele chocada. — E você a colocou em mim? E se eu perdê-la ou danificá-la?

— Isso não vai acontecer — garantiu Korum, sorrindo de leve. E, oferecendo o braço a ela, ele perguntou: — Vamos?

Sem palavras, Mia passou o braço pelo dele e seguiu-o para fora, com uma herança de um milhão de anos da família krinar brilhando alegremente em volta do pescoço.

Cinco minutos depois, eles estavam em frente a uma casa cor de creme que parecia muito com a de Korum. O percurso até a outra extremidade da colônia levou menos de um minuto na pequena aeronave que Korum criara explicitamente para aquela finalidade.

Ao se aproximarem, a parede da casa se desintegrou diante dos olhos deles e os dois entraram.

Um krinar alto e magro estava parado no centro da sala, usando as roupas normais de cores claras. Os cabelos dele eram de um tom mais claro de castanho que Mia já vira em um K, quase cor de areia, e os olhos cor de avelã tinham um traço esverdeado que parecia particularmente exótico em contraste com a pele dourada. O sorriso no rosto estreito era amplo e acolhedor.

Andando até Korum, ele tocou-lhe no ombro com a mão aberta. — Korum, é uma honra muito grande tê-lo aqui — disse ele. Os modos dele eram de certa forma respeitosos e Mia percebeu que aquilo era provavelmente algo muito importante para ele, receber em casa um membro do Conselho.

Korum sorriu de volta e retribuiu o gesto. — Também estou feliz em ver você, Arman. Obrigado pelo convite.

Enquanto os dois Ks se cumprimentavam, Mia examinou os arredores com grande curiosidade. Era o primeiro ambiente verdadeiramente krinar em que entrava — com exceção da arena — e ela ficou fascinada com a aparência quase zen. Não havia nada atravancado em lugar algum. Na verdade, não parecia haver mobília alguma, com a exceção de duas tábuas grandes flutuando. Mia imaginou que se destinavam a servir como locais para os convidados se sentarem. As paredes externas eram totalmente transparentes e o restante do interior tinha um belo tom de creme.

— E você deve ser Mia — disse Arman, virando-se e falando diretamente com ela.

Mia sorriu para ele. — Sim, olá. É um prazer conhecê-lo.

Surpresa, Mia se deu conta de que gostava daquele K. Havia um olhar suave no rosto dele e algo quase gentil na forma como ele falava que faziam com que ela se sentisse muito à vontade na presença dele.

— Ah, é um grande prazer conhecê-la também — disse Arman, abrindo o sorriso ainda mais. — Maria está ansiosa para conhecê-la desde que soubemos que chegou aqui ontem.

Naquele momento, uma garota humana entrou na sala. Usando um belo vestido branco que mostrava a silhueta magra e cheia de curvas com perfeição, ela era incrivelmente linda e tinha uma forte semelhança com uma Jennifer Lopez jovem.

Com um sorriso largo, ela se aproximou de Mia e abraçou-a, encostando os lábios na bochecha esquerda dela. Mia sentiu o aroma de um perfume exótico. Ligeiramente espantada, Mia retribuiu o abraço desajeitadamente.

— Ah, minha querida, como está? — exclamou ela em espanhol, afastando-se para olhar para Mia. — Sou Maria e estou tão feliz em ver você! Que colar adorável! Como foram seus primeiros dois dias aqui? Korum já lhe mostrou o lugar? Coitadinha, você deve estar tão assoberbada com tudo! Eu me lembro que, quando cheguei, nem mesmo sabia como usar o banheiro!

Mia piscou algumas vezes, espantada com o entusiasmo da garota. Ela era como um tornado bonito, arrastando tudo no caminho. — Estou bem, obrigada — respondeu Mia em espanhol, secretamente ainda maravilhada com as novas habilidades com idiomas. — Ainda não vi muita coisa do Centro, só cheguei ontem.

— Ah, você ainda não foi à praia? É tão bonita, você deveria ir! — Virando-se para Korum, ela franziu ligeiramente a testa para ele.

Korum riu. — Já entendi. Levarei Mia à praia amanhã.

— Maria! — exclamou o anfitrião. — Seja simpática com nossos convidados!

— Eu sou sempre simpática — retrucou Maria, sorrindo. — É por isso que você me ama. — Ficando na ponta dos pés, ela beijou o rosto de Arman e Mia viu que ele praticamente derreteu, incapaz de resistir à força do charme da garota.

Com um sorriso grande no rosto, Arman voltou a atenção novamente para Mia e Korum. — Ela é incorrigível — disse ele. Havia tanta alegria na voz dele que Mia só conseguiu olhar para ele maravilhada. — Por favor, ignorem Maria e sigam-me. O jantar está pronto.

Eles seguiram Arman para outro aposento. No meio da sala, havia outra tábua flutuante com formato oval, rodeada de quatro bancos flutuantes. Mia não sabia por que todas as mobílias dos Ks pareciam flutuar. Na tábua grande, que Mia supôs ter a função de mesa, havia cerca de vinte pratos diferentes, variando de frutas tropicais e legumes familiares a saladas, molhos e cozidos de aparência exótica.

Sentando-se em uma das cadeiras, Mia sentiu quando ela se ajustou ao corpo e sorriu. Todas as invenções dos Ks pareciam ser projetadas com foco em conforto e conveniência máximos.

O jantar passou rapidamente, dominado por conversas leves e histórias divertidas sobre a flora e a fauna da Costa Rica. Mia descobriu que Arman era artista e que viera para a Terra para estudar a cultura e as artes dos humanos. Ele conhecera Maria logo depois de chegar. A família dela tinha terras na área onde os Ks construíram o Centro e

Arman fora um dos krinars responsáveis por garantir que os humanos desapropriados fossem compensados de forma adequada. O caso deles parecia ter sido amor à primeira vista.

— A partir do momento em que botei os olhos nele, sabia que eu o queria — confidenciou Maria com os olhos escuros brilhando. — Não importava que ele não fosse humano nem que todos tinham medo deles. Eu sabia que ele não podia ser tão mau quanto diziam, era gentil demais para isso. — Estendendo o braço, ela apertou a mão dele e lançou-lhe um sorriso apaixonado.

Observando os dois amantes, Mia sentiu uma estranha pressão no peito que era muito parecida com inveja. Eles pareciam estar realmente apaixonados, apesar dos obstáculos que Mia sempre enxergava como intransponíveis. E Maria estava feliz demais para alguém que tinha tão poucos direitos na sociedade dos krinars. Claramente, o status formal de caerle tinha pouquíssimo peso no relacionamento dela com Arman. Parecia que o amante K dela estava bastante feliz em deixar que ela assumisse o controle de muitas coisas, pois a personalidade calma dele era complementada pela natureza agitada dela.

Quando o jantar terminou, Mia já esquecera muitas das preocupações e simplesmente aproveitou a companhia daquele casal agradável. Eles eram doces e gentis um com o outro e Maria não parecia intimidada por nenhum dos dois Ks. Ela até mesmo repreendeu Korum novamente por não ter levado Mia para um passeio pelo Centro e ele riu, pedindo desculpas. Poderia muito bem ter sido um encontro duplo normal, exceto que dois dos participantes eram de outra galáxia.

Finalmente, com relutância, Mia se despediu deles e foi para casa com Korum, remoendo a estranheza do que acabara de ver e com o coração cheio de esperança por coisas que, racionalmente, ela sabia serem impossíveis.

O KRINAR EXIBIU os resultados do último experimento, observando a gravação repetidamente.

Tudo parecia estar funcionando como ele esperara. Logo, poderia implementar a próxima parte do plano. Fora uma infelicidade os Kapas terem fracassado, mas, no fim das contas, fora apenas um contratempo.

Agora, ele queria olhar para o inimigo novamente... e aquela *caerle* dele.

Por algum motivo, ele achou aquelas gravações particularmente fascinantes.

CAPÍTULO OITO

No curto percurso de volta, Mia não pôde evitar de pensar no outro casal. Uma humana e um K, tão felizes juntos, era algo que parecia ir contra tudo o que a Resistência dissera a Mia e tudo o que ela descobrira sobre a função de uma *caerle* na sociedade dos krinars. Como eles conseguiam? E Maria não se preocupava com o fato de que, no fim das contas, perderia Arman quando a beleza dela acabasse e ele permanecesse o mesmo?

Claro, Arman era absolutamente diferente de Korum. Era difícil de acreditar que ele era membro da mesma espécie predatória. Parecia bom e gentil demais para ser um K e Mia não conseguia imaginá-lo prendendo Maria contra a vontade. Na verdade, parecia que fora Maria quem começara o relacionamento deles. Claramente, havia tantas variedades de personalidade entre os Ks quanto entre os humanos.

E Mia acabara encontrando uma que não ficaria

deslocada nas florestas primitivas dos krinars um bilhão de anos antes.

Korum teria sido um caçador muito bem-sucedido, decidiu Mia, com a mistura de pura inteligência e crueldade. A ambição dele o levara ao topo da sociedade krinar moderna e ela não tinha dúvidas de que ele teria sido bem-sucedido em qualquer tipo de ambiente. Ele era assim. Sabia exatamente o que queria e não hesitava em ir atrás.

E, por enquanto, ele queria Mia.

Suspirando, Mia olhou para o chão quando pousaram na clareira logo ao lado da casa de Korum. A nave encostou no chão suavemente e uma das paredes imediatamente se desintegrou, criando uma abertura.

Levantando-se, ela saiu da nave e seguiu Korum até a casa. — Estamos longe da praia? — perguntou ela, lembrando-se do que Maria dissera mais cedo.

— Não. Na verdade, dá para ir a pé — respondeu Korum ao entrarem na casa. — Mostrarei o caminho a você amanhã, se quiser, para que não fique presa dentro de casa quando eu não estiver por perto. Mas não entre no mar sem mim. A maré pode ser muito forte e as correntes são imprevisíveis.

— Sou uma boa nadadora — disse Mia. — Você não precisa se preocupar comigo.

— Não importa. — Korum parou e olhou para ela com expressão implacável. — Ou você me promete que não entrará na água sozinha, ou não irá à praia sem mim. Fim de papo.

Mia mentalmente revirou os olhos. O ditador estava de

volta. — Está bem. Não vou entrar na água sozinha. — Tendo crescido na Flórida, ela sabia exatamente com o que tomar cuidado em relação a correntes e ondas fortes, e o mar não a assustava. Ainda assim, não queria que Korum a impedisse de ir à praia e decidiu que era melhor não discutir com ele.

— Ótimo. — Ele parecia satisfeito. — Então eu a levarei lá amanhã de manhã.

— E o julgamento?

— Só começa às onze horas da manhã. Se você acordar antes disso, podemos dar um passeio na praia e eu lhe mostrarei alguns dos locais próximos. Mais tarde, faremos um passeio mais completo.

— Isso seria ótimo, obrigada — disse Mia. — Posso assistir ao julgamento amanhã de novo? Foi realmente fascinante...

Ele sorriu para ela. — É claro. Será a vez de Loris se apresentar. E será particularmente interessante assistir a isso.

— Por que ele odeia você tanto? — perguntou Mia curiosa para saber mais sobre a política dos krinars. — Vocês tiveram algum tipo de diferença antes que o filho dele fosse acusado?

Os lábios de Korum se contorceram ligeiramente. — "Diferença" é uma forma de colocar as coisas. Ele tinha uma empresa concorrente da minha há algumas centenas de anos. Mas os projetos dele eram muito inferiores e, no final, ele teve que fechá-la. O filho dele, Rafor, trabalhava com ele na época como um dos principais projetistas, e perdeu muito da posição na sociedade quando a empresa foi fechada. Loris tinha outros negócios na época, além de estar profundamente envolvido na política, portanto, a posição dele não sofreu tanto e ele se recuperou rapidamente. Mas o filho dele nunca se recuperou.

Portanto, Rafor era o Kapa com histórico de projetista, o que fornecera os dispositivos dos Ks à Resistência. Tudo fazia sentido agora. Os projetos nunca foram tão bons quanto os de Korum. Não era surpresa que a Resistência tivesse fracassado.

— E Loris odeia você por causa disso? Porque Rafor perdeu a posição na sociedade? — Mia não sabia ao certo se entendia totalmente o conceito de posição, mas parecia muito importante para os krinars.

— Sim, odeia — respondeu Korum. — Loris odeia o fato de que o filho não era um projetista bom o suficiente e ele me culpa por Rafor nunca ter feito mais nada de produtivo na vida. E agora que Rafor também se mostrou um traidor ridículo...

— Ele também culpa você por isso? — adivinhou ela, olhando para Korum com a testa ligeiramente franzida. — É por isso que ele pretende se vingar?

Korum assentiu. Os olhos dele brilhavam com algo que parecia ser expectativa. — Isso mesmo.

— E isso não incomoda você? — perguntou Mia, tentando entender melhor o amante. Ele parecia quase como se estivesse feliz com o ódio do outro K. — Quero dizer, que alguém odeie você tanto assim?

— Por que isso deveria me incomodar? — Ele pareceu se divertir com a ideia. — Ele não é o primeiro nem será o último.

Mia o encarou. — Você não se importa se as pessoas gostam de você? Se são suas amigas ou inimigas?

Korum riu. — Não, minha querida, por que deveria? Se uma pessoa quiser ser minha inimiga, isso é opção dela. E uma opção da qual, no fim das contas, ela se arrependerá.

— Entendi — disse Mia. Outra peça do quebra-cabeça de Korum encaixou no lugar. Ela sabia que havia pessoas como ele, indivíduos tão cheios de autoconfiança, ou arrogantes, dependendo do ponto de vista, que pareciam não ter a disposição comum de agradar aos outros. E o amante dela parecia ser uma daquelas pessoas. No mínimo, parecia que ele gostava de conflitos. Ela perguntou a si mesma se aquilo era uma característica dos Ks ou simplesmente uma parte da personalidade de Korum.

Antes que Mia terminasse de analisar aquele pensamento, Korum se aproximou e ergueu a mão para afastar os cabelos do rosto dela. — Chega de falar sobre política — disse ele, colocando a mão quente no rosto dela, com os olhos começando a brilhar com tons dourados familiares. — Consigo pensar em coisas muito mais agradáveis que poderíamos estar fazendo agora.

O coração de Mia imediatamente começou a bater com mais força e os músculos nas profundezas do ventre se contraíram, reagindo ao toque dele e à sugestão indiscutivelmente sexual da voz. Uma resposta tão pavloviana, notou a aluna de psicologia dentro dela. O corpo agora estava totalmente condicionado a responder a ele daquela forma, a sentir falta do prazer que só ele podia lhe dar. A falta de controle sobre a própria carne incomodava Mia em muitos níveis, fazendo com que se sentisse ainda menos em controle da própria vida e das próprias decisões.

Inclinando-se para a frente, ele passou um braço pelas costas de Mia e colocou o outro sob os joelhos dela, erguendo-a sem esforço. Mia fechou os olhos, enterrando o rosto no ombro dele ao ser carregada rapidamente em direção ao quarto.

Como ele dissera mais cedo, os rótulos colocados no relacionamento deles não importavam. Pelo menos, não quando se tratava de sexo.

QUANDO CHEGARAM AO QUARTO, ele a colocou sobre a cama e endireitou o corpo por um minuto. Intrigada, ela observou enquanto ele colocava um pequeno ponto branco na têmpora direita.

— O que é isso? — perguntou Mia desconfiada quando ele se inclinou sobre ela novamente.

— Você verá — disse ele misteriosamente, com um brilho malicioso nos olhos cor de âmbar. Em seguida, ele tocou na têmpora dela. Espantada, Mia ergueu a mão e sentiu uma pequena protrusão. Ele também colocara um ponto nela.

Sentindo-se nervosa, Mia abriu a boca para perguntar novamente, mas ele a beijou e todos os pensamentos racionais desapareceram. Ele colocou a mão sobre o seio direito de Mia, agarrando o pequeno globo, com o polegar acariciando o mamilo de leve, e ela sentiu uma onda de calor percorrendo-lhe o corpo. A outra mão dele se enterrou nos cabelos de Mia, segurando a cabeça no lugar quando ele invadiu-lhe a boca com a língua. Ela sentiu o desejo no beijo dele e perguntou vagamente a si mesma o que o provocara.

Subitamente, ela não sentiu mais a maciez da cama sob o corpo e os ouvidos vibraram com uma música alta, com o ritmo pulsante reverberando pelos ossos. Arquejando em choque, ela empurrou Korum, que a soltou, observando com uma mistura inquietante de diversão e desejo quando Mia se sentou e olhou para a cena em pânico e descrença.

Eles estavam no chão dentro do que parecia ser uma gaiola grande de metal. À volta deles, Mia viu corpos girando, esfregando-se uns nos outros. Atordoada, ela percebeu que estavam dançando. As luzes piscantes acima deles lançavam sombras azuis e roxas sobre tudo, aumentando a sensação surreal da situação.

— Onde nós estamos? — gritou ela, levantando-se e olhando para Korum com uma expressão assustada. Ele os teletransportara para algum lugar ou era um mundo virtual novo e estranho?

Ele riu, levantando-se lentamente. — Venha cá — disse ele, puxando-a em sua direção.

Furiosa e confusa, Mia tentou resistir, mas foi inútil. Em questão de segundos, ele a pressionava contra o próprio corpo e ela sentiu a ereção dele fazendo pressão em seu abdômen.

— Eu descobri algo muito interessante hoje — disse Korum em tom suave. De alguma forma, ela conseguia ouvi-lo por sobre a música. Os olhos dele estavam quase amarelos sob as estranhas luzes da pista de dança. —

Minha doce *caerle* gosta de me tocar em locais públicos. Quando acha que ninguém está vendo, é claro. Quando acha que eu não vou sentir.

Mia engoliu em seco, lembrando-se do que fizera mais cedo antes do início do julgamento. Ela mexera com Korum, segura ao saber que nunca ninguém descobriria... mas, de alguma forma, ele sabia. Estaria bravo com ela? Pretendia puni-la de algum jeito?

— Onde estamos? — perguntou ela, olhando para ele desconfiada. — Por que você me trouxe aqui?

— Estamos na boate mais exclusiva de Beverly Hills — respondeu Korum. — E vou dar a você exatamente o que quer.

As entranhas de Mia se contraíram em uma estranha mistura de medo e excitação. — Korum, por favor, eu não acho...

Antes que ela conseguisse terminar a frase, ele agarrou-lhe as nádegas e levantou-a, pressionando as costas dela contra a parede da gaiola. As coxas de Mia estavam afastadas e a pélvis dele investiu contra a dela. Mia arquejou novamente, sentindo o pênis encostando em seu sexo através da fina barreira das roupas. Em seguida, ele a beijou novamente de forma tão profunda e penetrante que ela mal conseguia respirar.

Ele pretendia fodê-la em público, percebeu Mia com uma parte do cérebro que ainda funcionava parcialmente, horrorizada e, ainda assim, incrivelmente excitada com a ideia. Claro que isso não era real, pensou Mia desesperadamente, claro que ele não faria isso com ela... Ou será que faria?

Ela tentou afastar a boca, enterrando as unhas nos ombros dele, mas Korum não permitiu, mordendo-lhe o lábio inferior em advertência até que Mia não teve outra opção além de se render. As batidas do coração dela eram quase mais altas que a música ensurdecedora em volta deles enquanto Mia lutava para manter um pouco de sanidade do que parecia ser uma situação incrivelmente insana.

Segurando-a com um braço, Korum usou a outra mão para agarrar a saia do vestido e levantá-la, deixando a parte inferior do corpo de Mia totalmente nua. Ela gemeu em pânico, arranhando as costas dele freneticamente enquanto ele tirava o pênis de dentro da calça. Ela sentiu a força bruta dele pressionando a abertura delicada. Em seguida, ele começou a penetrá-la, ignorando a forma como ela contraía os músculos em uma tentativa de impedir a entrada.

Tudo estava acontecendo tão depressa que Mia mal conseguiu processar a situação. As luzes piscantes e a música aumentavam a sensação de desorientação. Ela se sentia insuportavelmente quente, com o corpo queimando devido a uma estranha combinação de vergonha intensa e desejo febril, enquanto o pênis continuava a entrar mais fundo, com a passagem estreita relutantemente dilatando-se em volta dele. Com todo o peso apoiado apenas no braço de Korum, ela não conseguia limitar a profundidade da penetração e sentia-o grande demais dentro de si, com a cabeça do pênis quase batendo contra a cervical. Por alguns momentos, houve uma ameaça de dor, mas logo depois o corpo se ajustou, amaciando e derretendo-se em volta dele.

O desconforto desapareceu, deixando apenas uma necessidade intensa. Ao mesmo tempo, ele continuava a beijá-la, com a invasão da língua imitando a penetração implacável do pênis.

Com os sentidos completamente atordoados, Mia não conseguia formular um pensamento sequer. Só conseguiu senti-lo começando a mover os quadris, com a força das investidas empurrando-a contra a parede da gaiola. As barras de metal se enterraram na pele macia das costas expostas e o ritmo pulsante da música pareceu ecoar dentro dela, com o barulho da multidão que dançava invadindo-lhe os ouvidos. A visão escureceu por um segundo, com o beijo dele drenando todo o oxigênio. Mas, em seguida, ele afastou a boca, deixando-a recuperar o fôlego, e a sensação de desmaio desapareceu. Ela ficou novamente semiconsciente da situação.

Respirando freneticamente, Mia fechou os olhos com força e tentou fingir que aquilo não estava acontecendo, que ele não a estava fodendo em uma gaiola no meio de uma boate. Nada daquilo podia ser real. Claro que ela não podia realmente sentir o metal duro pressionando-lhe as costas, não podia ouvir a multidão gritando e cantando no ritmo da música ensurdecedora. Ainda assim, as investidas implacáveis e o volume do pênis dentro dela não podiam ser confundidos, nem o calor úmido da boca de Korum ao descer pelo pescoço de Mia.

Uma onda de vergonha a invadiu novamente, aumentando ainda mais a tensão enorme que se acumulava dentro dela. Ele acelerou o ritmo, com os quadris batendo contra ela, e todos os músculos dela pareceram se retesar ao mesmo tempo em um prazer tão intenso que era quase intolerável. Um segundo depois, ela só conseguiu gritar quando o clímax a atingiu com a força de uma onda, com os músculos internos pulsando várias vezes em volta do pênis de Korum.

Quando a sensação de orgasmo passou, Mia desabou nos braços de Korum, enterrando o rosto na curva do pescoço dele. Ela sentiu quando ele estremeceu, ouviu o gemido rouco enquanto o pênis latejava dentro dela, liberando a semente de Korum em jatos quentes.

Agora que terminara, a única coisa que ela conseguia sentir era uma vergonha intensa e lágrimas furiosas encheram-lhe os olhos, escorrendo pelos cantos. Ela não queria olhar em volta, não queria encarar as pessoas que certamente estariam observando-os avidamente.

Mais lágrimas escorreram, molhando o pescoço de Korum. Mia queria desaparecer, fingir que aquilo era apenas um sonho horrível, mas não havia como escapar das sensações inflexíveis. O pênis meio mole ainda estava enterrado nela e Mia ainda sentia a gaiola contra as costas. E, quando ela achou que não aguentaria mais, ele murmurou no ouvido dela: — Não estamos aqui de verdade, querida. Você sabe disso, não é?

— O quê? — Mia recuou a cabeça, olhando para ele em choque e descrença. Ela conseguia ouvir o ritmo hipnótico da musica, conseguia senti-lo dentro dela e ele dizia que tudo estava acontecendo apenas dentro da mente?

Os lábios dele se curvaram em um sorriso. — Você achou que era real?

— Deixe-me descer — disse ela baixinho com uma fúria quente invadindo-a. — Deixe-me descer agora mesmo.

Dessa vez, ele lhe deu ouvidos e abaixou-a até o chão, afastando-se lentamente. As pernas trêmulas se recusaram a manter o peso dela por um segundo e ele a segurou com cuidado, encarando-a com uma expressão ligeiramente divertida no rosto. O vestido desceu para o lugar, cobrindo-a novamente.

Assim que conseguiu ficar de pé por conta própria, Mia empurrou o peito de Korum, que recuou um passo, dando-lhe espaço para respirar. Só para confirmar o que ele lhe dissera, Mia lentamente girou o corpo em um círculo, olhando para as pessoas que dançavam do lado de fora da gaiola.

Ninguém olhava para eles. Nem uma única pessoa. A música continuava a tocar, os dançarinos continuavam a se esfregar uns nos outros e ninguém prestava atenção neles. *No final das contas, aquilo não era real.* Estava acontecendo virtualmente, exatamente como o julgamento. Será?

Virando-se novamente para Korum, ela perguntou: — Nós acabamos de fazer sexo ou isso também foi só na minha mente?

Em vez de responder à pergunta dela, Korum ergueu a mão para a têmpora direita e pressionou-a de leve. A boate se dissolveu, com a realidade mudando e ajustando-se, e Mia se viu parada de pé perto de uma das paredes do quarto. Ele também estava parado lá, a poucos centímetros dela, com a bermuda aberta e o pênis agora flácido parcialmente visível.

Piscando algumas vezes para limpar a visão um pouco

embaçada, Mia avaliou o estado em que se encontrava. As partes íntimas estavam inchadas e um pouco doloridas, como normalmente acontecia depois de fazerem sexo, e ela sentiu o esperma escorrendo pela perna.

Então, a parte do sexo fora real.

Mia não sabia dizer se aquilo a fazia se sentir melhor ou pior. Agora que a onda de adrenalina passara, ela começou a tremer de leve, sentindo frio, apesar do calor do quarto.

— Preciso tomar um banho — disse ela, recusando-se a olhar para ele.

— Mia — disse Korum suavemente, segurando-lhe o braço quando ela tentou passar por ele. — Você não vai me dizer que não gostou, vai?

— É claro que não gostei! — As lágrimas brotaram novamente nos olhos dela quando Mia reviveu a sensação aguda de humilhação ardente e de excitação involuntária. Ela puxou o braço para se afastar dele. Um esforço inútil, claro, ele nem mesmo pareceu notar o esforço.

— Mentirosa — disse Korum e ela notou a diversão na voz dele. — Eu notei exatamente o quanto você não gostou quando gozou, com a sua boceta me apertando.

Mia sentiu as bochechas ficando vermelhas. — Vou para o banho agora — repetiu ela, querendo apenas ficar longe dele.

— Está bem — disse ele. — Vou com você. — E, antes que ela pudesse objetar, ele a pegou no colo novamente e carregou-a para o banheiro, largando-a no chão perto da banheira.

— Eu queria vir sozinha — disse ela em tom rebelde quando ele puxou o vestido dela para baixo. Ela estava de pé, totalmente nua, com exceção do colar em volta do pescoço e das botas macias nos pés. Ela tocou de leve no colar, encontrando a presilha, e cuidadosamente o tirou e colocou-o ao lado da banheira. Ela não pretendia tomar banho com uma joia alienígena de um milhão de anos em volta do pescoço.

Ele sorriu para ela, tirando as próprias roupas. — Por que?

— Porque não gosto de você nesse exato momento — respondeu ela em tom direto. Na verdade, aquilo não chegava nem perto da verdade. Ela estava com vontade de fazer alguma coisa violenta com ele, como apagar a tapas o sorriso no rosto bonito.

— Porque eu dei a você algo que queria, mas que tinha medo de pedir? — perguntou ele, inclinando a cabeça para o lado.

— Eu não queria aquilo — disse Mia veementemente. — E o fato de eu ter gozado não tem nada a ver com nada. Eu sou muito mais do que apenas a soma das minhas respostas físicas...

— É claro que é — disse Korum, aproximando-se e abaixando-se para tirar as botas dos pés dela. Mia olhou para ele com rancor, lutando contra uma vontade ridícula de acariciar os cabelos escuros e brilhantes. Levantando-se em um movimento fluido e olhando para ela com um meio sorriso, ele acrescentou: — Se você realmente estivesse desconfortável ou assustada, eu teria parado imediatamente e trazido nós dois de volta para cá. Eu senti sua excitação, o seu prazer em fazer algo proibido. Foi por isso que você mexeu comigo no mundo virtual hoje.

Porque, por baixo desse exterior tímido, você secretamente adora a ideia de ser só um pouco malcriada...

Mia não tinha uma boa resposta para aquilo, portanto, baixou o olhar e andou até o chuveiro. Ele entrou com ela, ajustando as configurações para que a água caísse sobre os dois. Colocando um pouco do xampu perfumado na mão, ele o espalhou nos cabelos dela, com os dedos fortes massageando o couro cabeludo e afastando a tensão.

Depois que os cabelos dela estavam limpos e macios, ele voltou a atenção para o corpo de Mia, lavando gentilmente cada centímetro até que ela se esqueceu da raiva com o puro prazer das carícias habilidosas. E, quando ela achou que ele terminara, ele se ajoelhou e levou-a a outro clímax usando a boca, os lábios e a língua em gestos suaves e gentis na pele sensível.

Totalmente relaxada e com um sono inacreditável, Mia mal sentiu quando ele a secou e carregou-a para a cama. Assim que a cabeça encostou no travesseiro, ela apagou, sem nem notar o abraço carinhoso dele.

CAPÍTULO NOVE

Na manhã seguinte, Mia acordou com as lembranças da sessão de sexo virtual vívidas na mente.

Ela ainda não conseguia acreditar que Korum fizera aquilo, que a fizera acreditar que estavam fazendo sexo em público, dentre todas as coisas. E não conseguia acreditar que reagira daquela forma, apesar da vergonha e da humilhação. Mesmo agora, ela sentiu que ficava molhada só de pensar no que acontecera e amaldiçoou a própria suscetibilidade a ele. Ele parecia conhecer as necessidades sexuais de Mia muito melhor do que ela mesma e não hesitava em forçar os limites. Ela queria continuar furiosa com ele, realmente queria. Mas, se fosse honesta consigo mesma, tinha que admitir que gostara da experiência em certo nível. Fora terrivelmente excitante fazer sexo em público daquela forma, particularmente agora que sabia que não havia necessidade de sentir vergonha, pois ninguém os vira de verdade.

Espreguiçando-se, ela bocejou e lembrou-se do passeio prometido pela praia. Saltando da cama e vestindo o roupão, ela foi escovar os dentes e lavar o rosto antes de procurar Korum.

Para sua surpresa, ele não estava em lugar algum. Quando começou a imaginar onde ele poderia estar, ouviu um barulho na sala de estar e saiu da cozinha para investigar. Korum acabara de entrar pela abertura de uma das paredes.

Mia soltou uma exclamação de choque ao vê-lo.

Muito diferente da aparência imaculada normal, o amante parecia ter acabado de rolar na lama e estava com as roupas sujas e rasgadas. E aquilo... eram *vestígios de sangue* nos braços e no rosto dele?

Vendo-a parada lá, Korum lhe lançou um sorriso rápido, com os dentes muito brancos em contraste com o rosto cheio de terra. — Você acordou cedo. Esperava que ainda estivesse dormindo e que eu conseguisse tomar um banho antes que me visse assim.

Mia finalmente conseguiu falar. — O que aconteceu? Você está bem?

Ele riu, com um brilho empolgado nos olhos. — Estou bem. Eu só estava jogando *defrebs,* um tipo de esporte que adoro.

— Ah... — Mia soltou a respiração aliviada. — É algum tipo de jogo de bola?

— É mais parecido com uma arte marcial — explicou ele, andando na direção do banheiro.

Curiosa, Mia o seguiu, observando enquanto ele retirava as roupas sujas, largando-as no chão e revelando o corpo magnífico. Ele tinha um cheiro deliciosamente suado e a pele dourada brilhava por causa da transpiração. Parecia um guerreiro que acabara de sair da batalha e ela viu que realmente havia arranhões e rastros de sangue nos braços e nas pernas.

— É assim que você se exercita? Artes marciais? — perguntou ela, sentando-se na beirada da banheira quando ele ligou o chuveiro e ajustou os controles. As roupas sujas já tinham desaparecido, tendo sido absorvidas por uma das paredes, e o chão estava limpo novamente. Outra função útil da casa, imaginou Mia.

— Sim, é — admitiu ele, ficando sob a água. A voz dele estava um pouco abafada pelo jato de água e ela se aproximou para ouvi-lo melhor. — Nós raramente nos exercitamos da forma como muitos humanos modernos o fazem, em uma academia ou fazendo apenas um tipo de atividade física. Em vez disso, normalmente praticamos algum tipo de esporte. O defrebs é particularmente popular porque é o mais próximo que ficamos de lutar fora da Arena...

— Arena?

— Ah, você ainda não chegou nessa parte da leitura... — Ele fez uma pausa de alguns segundos, lavando os cabelos e tirando o xampu antes de continuar. — A Arena é o lugar onde nossos cidadãos podem resolver certas diferenças irreconciliáveis. Se, por exemplo, eu achar que alguém me prejudicou de forma irreparável, posso desafiá-lo para a Arena. E ele teria que aceitar o desafio ou perder parte da posição na sociedade.

Mia olhou para o vidro embaçado do chuveiro com surpresa. — E o que vocês fazem na Arena? Lutam?

— Exatamente. Não são permitidas armas, mas todo o resto vale. O objetivo é vencer, subjugar o inimigo completamente, enquanto todos assistem...

Mia riu incrédula. — Como assim, como os gladiadores na Roma antiga?

— De onde você acha que os romanos tiraram essa ideia?

— O quê? Sério?

Korum desligou o chuveiro e abriu a porta, pegando uma toalha de um cabide próximo. — Sério. O mesmo grupo de cientistas sobre quem lhe falei mais cedo, aqueles que foram a origem de muitos dos seus mitos gregos e romanos, foi também responsável por isso. Alguns deles sentiam falta desse aspecto da vida em Krina e gradualmente introduziram a tradição na cultura romana. Depois disso, ela criou vida própria. Ficamos bastante surpresos, na verdade, com o tempo que eles duraram e como ficaram populares.

Mia mal conseguia acreditar no que ouvia. — E vocês ainda têm esses jogos? Na era moderna?

— É claro — disse ele com os olhos brilhando com tons dourados. — É uma forma de satisfazermos certas... necessidades... que de outra forma prejudicariam uma sociedade pacífica e próspera.

Necessidades? Mia piscou algumas vezes, estudando-o desconfiada enquanto ele terminava de se secar. Portanto, os krinars ainda tinham as tendências violentas sobre as quais ela lera. Não era surpresa o fato de haver tantos rumores sobre a brutalidade deles durante os dias do Grande Pânico...

Antes que ela pudesse analisar o assunto um pouco mais, ele se aproximou e ergueu-a pela cintura. Sobressaltada, Mia agarrou-lhe os ombros e ele colocou a boca sobre a dela, beijando-a com uma agressão reprimida. Praticar aquele esporte claramente o deixara excitado e ela sentiu o pênis enrijecendo contra a coxa, mesmo através do tecido grosso do roupão. A própria resposta foi instantânea, com o sexo contraindo-se de desejo e os mamilos ficando rígidos.

Sentindo a excitação dela, Korum gemeu baixinho e encostou-a na parede. As mãos dele abriram o nó que prendia o roupão. Dobrando o joelho direito, ele o colocou entre as pernas dela, fazendo com que ela se esfregasse contra a coxa dele. Mia gemeu, com a pressão no clitóris deixando-a ainda mais excitada. Ele abaixou as mãos, agarrando as coxas de Mia e abrindo-as. Em seguida, penetrou-a sem qualquer preliminar.

Mia gritou com a força da penetração. Apesar de estar excitada, ele ainda era grande demais para que ela o acomodasse facilmente e o canal interno foi estendido a ponto de doer. Ele parou por um segundo, deixando-a se ajustar, e lentamente começou a se mover, ainda segurando as pernas dela abertas e impedindo-a de controlar o ato sexual de alguma forma. A cabeça grossa do pênis encostava no ponto G dela com cada investida e a posição totalmente aberta possibilitava que a pélvis dele pressionasse o clitóris repetidamente, fazendo com que a pressão se acumulasse cada vez mais.

Finalmente, ela gozou com um grito, com o corpo inteiro estremecendo nos braços dele. Incapaz de resistir às pulsações dos músculos internos dela, ele também gozou, gemendo em tom rouco.

Arfando, Mia ficou nos braços dele até que ele cuidadosamente a colocou no chão, retirando o pênis devagar e entregando-lhe um lenço.

As pernas de Mia estavam trêmulas e ele a segurou, encarando-a com um olhar ligeiramente perplexo no belo rosto. — Acredite ou não, eu não estava planejando nada disso — disse Korum com um sorriso amarelo. — Sinceramente, não sei por que não consigo me controlar quando estou perto de você. Parece que preciso entrar em você sempre que posso...

Com as partes íntimas ainda latejando por causa do orgasmo, Mia umedeceu os lábios e deu de ombros, absurdamente feliz com a confissão dele. — Não tem problema... Não é como se eu não gostasse disso...

— Ah, é mesmo? — brincou ele, abrindo um sorriso enorme. — Você gosta? Eu nunca teria imaginado...

Mia franziu a testa para ele, limpando-se com o lenço. — Mas você me prometeu um passeio na praia — relembrou ela, querendo mudar de assunto. A intensidade da própria resposta sexual a ele, do que sentia por ele de forma geral, ainda a deixava desconfortável. Por que não podia ter se apaixonado por alguém menos complicado? Por que tinha que ser esse homem duro e implacável, com natureza dominadora? Até mesmo Arman teria sido uma pessoa mais fácil para ter um relacionamento. Pelo menos, com alguém como Arman, ela teria se sentido um pouco mais em controle, em vez de se sentir constantemente sem equilíbrio algum.

— Ainda temos tempo para isso — disse Korum, criando uma roupa para si mesmo com a ajuda das nanomáquinas e vestindo-a. — Vou fazer café da manhã para você e sairemos.

— Está bem — disse Mia. — Vou tomar um banho rápido e encontro você na cozinha.

Sete minutos depois, Mia entrou na cozinha e viu que Korum preparava algo verde em um liquidificador comum.

— O que é isso? — perguntou ela, observando curiosa a estranha mistura.

Korum sorriu, com as feições suavizando-se ao vê-la. — Ah, eu esperava que você fosse rápida. — Dando dois passos na direção dela, ele a beijou de leve na testa e voltou à tarefa. — É uma mistura de manga, banana, espinafre e bowit, um tipo de noz doce de Krina. Está com fome?

— Sempre — admitiu Mia com um sorriso tímido. A vitamina soava muito promissora. — Teremos tempo para nadar antes que o julgamento comece?

— Sim, teremos — disse ele. Em seguida, ligou o liquidificador. Mia colocou as mãos sobre os ouvidos para abafar o barulho que durou apenas cerca de dez segundos. Quando o aposento ficou silencioso novamente, ele acrescentou: — Temos umas duas horas. Acho que dará tempo de mostrar a você alguns lugares interessantes por aqui e, depois, poderemos nadar um pouco.

— Seria ótimo — disse Mia, ansiosa para sair e explorar a área. — Eu estava me sentindo bastante entediada ontem...

— É claro — disse ele, servindo a mistura verde em um copo alto transparente e entregando-a a ela. — Não quero que se sinta assim. Experimente, deve estar gostoso.

Mia tomou um gole da mistura grossa e a boca quase explodiu com o gosto doce e rico. Era diferente de tudo o que ela já experimentara, com toques de chocolate, creme e algo completamente indescritível sob os sabores mais familiares das frutas. — Uau! — Ela engoliu e lambeu os lábios. — Não sei o que é essa bo-qualquer-coisa, mas é absolutamente deliciosa.

Feliz com a reação dela, Korum sorriu. — Sim, também é a minha favorita. A planta leva cinco anos para ficar totalmente madura e essa foi a primeira vez que conseguimos colher as nozes aqui na Terra. Elas são muito saborosas e são usadas em muitos pratos.

— Posso levar isso junto? — perguntou Mia, querendo começar o dia logo. — Assim, eu me visto rapidamente e podemos sair logo...

— Claro, por que não? — Korum serviu um copo para si. — Deixe-me mostrar a você as roupas de banho.

Saindo da cozinha, ele andou na direção do quarto bebendo a vitamina. Mia o seguiu, curiosa para ver como era a versão dos Ks de uma roupa de banho.

Entrando no quarto, ele colocou o copo sobre a cômoda e abriu o closet. Ele pegou o que parecia ser uma tira minúscula de tecido branco, colocou-a sobre a cama e disse: — Isso é o que nossas mulheres normalmente usam.

Mia o encarou. — Ahm... não vejo como isso caberá em mim. — Talvez na chihuahua dos pais dela, mas decididamente em nada maior que ela.

Ele riu. — O material estica. Experimente.

Ainda descrente, Mia largou o copo e aproximou-se da cama. Pegando o material, ela o examinou cuidadosamente.

— Ela é vestida pela cabeça — disse Korum. — Vamos, tire o roupão e eu lhe mostrarei como vesti-la.

— Está bem — disse Mia, desamarrando o roupão e largando-o sobre a cama. Ela estava completamente nua por baixo e sentiu o calor do olhar dele passeando pelo seu corpo. Quando os olhos dele voltaram para o rosto dela, estavam quase completamente dourados. A respiração de Mia ficou acelerada e ela sentiu os mamilos enrijecendo quando o corpo respondeu ao desejo dele.

Ela o ouviu respirando fundo, como se estivesse inalando o cheiro dela. Em seguida, ele disse com voz rouca: — É assim que você a veste. — Usando as mãos para esticar a roupa que parecia uma bandana, ele a abaixou sobre a cabeça de Mia, soltando-a quando estava firme em volta dos quadris. Os dedos dele encostaram na barriga dela, fazendo com que ela sentisse uma onda de calor.

Com os lábios ligeiramente abertos, Mia o encarou, incapaz de acreditar que o queria novamente.

— Não me olhe desse jeito — disse ele com voz rouca. — Eu prometi levá-la para passear e é isso que vamos fazer.

Mia corou. — É claro. — Aquilo era ridículo. Ele a transformara em uma ninfomaníaca. Claramente, não podia ser normal querer alguém daquele jeito o tempo inteiro.

Tentando se distrair, ela olhou para a roupa. Para sua surpresa, a roupa se esticara para cobrir o tronco, transformando-se em uma roupa de banho incomum de uma peça. O tecido passava por entre as pernas, escondendo a região pública e o centro da bunda, subia pelos lados do corpo e moldava-se sobre os seios, ocultando os mamilos. Como todas as roupas dos Ks, o material aderiu ao corpo dela de forma perfeita e parecia bem seguro, apesar de não haver nada que o prendesse no lugar.

Mia percebeu que o efeito geral era incrivelmente sensual e sentiu o rosto quente ao pensar em sair de casa vestida daquele jeito. — Isso é tudo o que vou vestir? — perguntou ela, olhando para Korum.

Ele balançou a cabeça negativamente. — Não, você usará isso aqui por cima — disse ele, entregando a ela o que parecia ser um vestido branco básico. — Você pode tirá-lo quando chegarmos à praia.

Mia colocou o vestido e foi até o espelho para olhar. Parecia um vestido reto simples, mas feito de um tecido fino e justo. Não era muito diferente do que se poderia encontrar em uma praia da Flórida.

— E pode usar estas botas — disse Korum, entregando-lhe um par de botas cinzas de cano alto. — Como vamos a pé e você não gosta de insetos, acho que é a melhor opção.

Disposta a usar qualquer coisa que minimizasse a exposição à vida rastejante assustadora da Costa Rica, Mia calçou as botas. Lançando um último olhar ao reflexo no espelho, ela pegou a vitamina que deixara sobre a cômoda.

— Então vamos. — Pegando o próprio copo, Korum a conduziu para fora da casa até a floresta.

O PRIMEIRO LUGAR que Korum lhe mostrou foi uma bela gruta com duas cachoeiras de tamanho médio. A água caía de uma distância de cerca de quatro metros em uma piscina rasa que era drenada para um pequeno rio. Ao lado do rio, havia várias rochas grandes rodeadas de grama macia e verde. Mia achou que era um lugar muito convidativo para simplesmente relaxar e ler, e memorizou o local da gruta.

Depois das cachoeiras, eles andaram até outro rio maior, um estuário que corria para o oceano. De acordo com Korum, era um excelente lugar para ver a vida selvagem local, incluindo várias espécies de pássaros e macacos. — Parece divertido — comentou Mia e ele prometeu levá-la em um passeio de barco em outro dia.

Seguindo o estuário para oeste, eles finalmente chegaram na praia. Como Korum a advertira, as ondas que batiam na praia eram grandes. À distância, Mia viu algumas pessoas, provavelmente krinars, aproveitando o oceano, mas a área em volta deles estava completamente deserta.

— Só temos uns trinta minutos — disse Korum. — Depois disso, preciso ir para o julgamento.

— Está bem — disse Mia, sorrindo. — Então, vamos nadar um pouco? — E, sem esperar que ele respondesse, ela tirou as botas e o vestido e correu na direção do oceano.

Ele a alcançou imediatamente, pegando-a nos braços

antes que conseguisse chegar perto da água. — Peguei você — disse ele com os olhos cheios de alegria.

Mia riu, com uma sensação no peito mais leve do qualquer outra coisa que sentira nas semanas recentes. Colocando os braços em volta do pescoço dele, ela disse: — Está bem, mas agora terá que entrar comigo. E, se a água estiver fria demais para você, não quero ouvir nenhuma reclamação.

— Ah, um desafio? — perguntou ele, erguendo a sobrancelha para ela. — Veremos quem reclamará primeiro... — E, ainda segurando-a nos braços, ele andou até as ondas.

Gritando e rindo por causa da súbita imersão na água fria, Mia prendeu a respiração quando uma onda grande os cobriu. Ela sentiu a força da correnteza e percebeu que Korum provavelmente estava certo sobre os possíveis perigos de nadar sozinha. Mas, com ele, ela se sentia completamente segura. Obviamente, ele conseguia resistir facilmente à força da água, pois a força krinar era mais do que suficiente.

A onda recuou e Mia esfregou os olhos com uma mão, tentando tirar a água salgada. Quando ela finalmente os abriu, Korum a encarava com um sorriso estranho.

— O que foi? — perguntou ela, sentindo-se um pouco constrangida.

— Nada — murmurou ele, ainda sorrindo. — É só que você está muito bonita assim, com os cílios e os cabelos molhados. Lembrei do dia em que você foi pega pela chuva.

— Quer dizer na segunda vez em que eu o vi, quando

espirrei em você? — perguntou Mia, sentindo-se um pouco envergonhada ao se lembrar da ocasião.

Ele assentiu. — Você era a coisa mais bonita que eu vira em muito tempo, com os cabelos encharcados e olhos azuis enormes... E mal consegui me conter para não beijá-la naquele momento.

Mia olhou para ele descrente. — É mesmo? Eu achei que estava com uma aparência horrorosa, parecendo um rato afogado.

Ele riu. — Se quer usar analogias animais, você parecia mais uma gatinha afogada. Ou um fregu molhado, é um mamífero fofo e bonitinho que temos em Krina.

— Vocês têm um deles aqui? — perguntou Mia subitamente animada com a possibilidade de ver a fauna alienígena. — Quero dizer, em Lenkarda...

Korum balançou a cabeça negativamente. — Não, os fregu não são domesticados e não tiramos animais selvagens do habitat deles. De forma geral, não domesticamos animais.

— Então, vocês não têm animais de estimação? — perguntou Mia surpresa.

Naquele momento, outra onda se aproximou e Korum a ergueu um pouco mais para que conseguisse manter a cabeça acima da linha da água. — Nenhum animal de estimação — confirmou ele depois que a onda passou. — Essa é uma instituição exclusivamente humana.

— Sério? Nunca teria imaginado. Meus pais têm um cachorro — comentou Mia. — Uma pequena chihuahua. Ela é muito bonitinha.

— Eu sei — disse Korum. — Vi as gravações.

Por algum motivo, Mia não ficou chocada. — É claro que viu — disse ela, suspirando. Ela sabia que deveria ficar chateada com aquela invasão da privacidade da família, mas, em vez disso, sentiu-se estranhamente resignada. Claramente, o amante não tinha o menor senso de limites adequados e Mia estava feliz demais naquele momento para estragar tudo com uma discussão. Ainda assim, não resistiu à pergunta: — Há alguma coisa que desconheça sobre mim ou sobre a minha família?

— A essas alturas, provavelmente quase nada — admitiu ele em tom casual. — Acho a sua família fascinante.

A família dela? — Por quê? — perguntou Mia confusa. — Somos apenas uma família americana comum.

— Porque *você* é fascinante para mim — disse Korum, encarando-a com um olhar âmbar inescrutável. — E quero entender melhor quem você é e de onde vem.

Mia o encarou. — Entendi — murmurou ela, mas, na verdade, não entendia. Por que alguém como ele, um K brilhante com uma posição tão alta na sociedade dele, estaria interessado em uma garota humana comum ia além da compreensão dela.

Subitamente, ele sorriu e a estranha tensão se dissolveu. — Então, que tal me mostrar se você é mesmo uma boa nadadora? — sugeriu ele, soltando-a na água.

Mia sorriu de volta, sentindo-se quase insuportavelmente feliz. — Observe e aprenda — disse ela e foi em direção ao mar profundo com braçadas fortes e uniformes, sentindo-se protegida ao saber que estava muito mais segura em águas profundas com Korum do que em uma piscina rasa com um salva-vidas.

O KRINAR OBSERVOU o inimigo brincando na água com a *caerle* dele.

Inicialmente, ele não entendera bem a atração da garota. Ela parecia uma humana normal. Uma humana bonita, mas nada de especial. No entanto, enquanto continuava a observá-la, ele lentamente começara a notar a delicadeza fina das feições, o tom cremoso da pele pálida. O corpo era pequeno e frágil, mas com curvas perfeitas nos lugares certos. E havia uma sensualidade inocente na forma como ela se movia, no ângulo em que mantinha a cabeça ao falar.

Chocado, o K percebeu que queria enterrar os dedos nos cabelos cacheados e grossos, sentir o cheiro dela, lamber-lhe o pescoço e sentir a onda quente de sangue nas veias da garota através da pele macia. Aquela era a melhor parte sobre o sexo com mulheres humanas, saber que, a apenas uma pequena mordida de distância, o paraíso estava à espera.

O desejo o pegou de surpresa. Não era parte do plano dele. Ele se considerava acima de tais bobagens, de tais vontade primitivas. Ele raramente se permitia o prazer, não podia deixar que nada o distraísse. Havia coisas demais em jogo para descartar tudo em nome do rápido prazer físico.

Com um esforço heroico, ele afastou a fantasia e concentrou-se na tarefa à frente.

CAPÍTULO DEZ

*D*epois de nadarem, Korum a levou de volta para casa, entrou no chuveiro e saiu dois minutos depois, movendo-se como um redemoinho. Divertida, Mia ficou parada quando ele parou para lhe dar um beijo rápido na testa e praticamente voar porta afora.

Depois que ele partiu, Mia também tomou um banho e fez um lanche de manga com nozes, preparando-se para outra apresentação possivelmente longa. Depois, colocou a pulseira que Korum lhe dera no dia anterior e sentou-se confortavelmente no sofá, mergulhando no espetáculo.

O segundo dia do julgamento começou com o alarme já familiar.

Como antes, Mia abriu caminho pela multidão em direção ao pódio de Korum e sentou-se sobre ele. Dessa vez, recusou-se a tocar na imagem virtual dele, sentindo o rosto quente ao se lembrar do que ele fizera com ela na última noite como resultado das ações do dia anterior.

Naquele dia, houve menos cumprimentos e

preliminares. Depois que os acusados e o Protetor apareceram na arena, o público ficou completamente em silêncio, observando com extremo interesse à medida que o julgamento se desenrolava.

Como na última vez, Loris estava todo vestido de preto. A expressão no rosto dele estava tensa e concentrada e o olhar que ele lançou na direção de Korum era tão cheio de raiva e amargura que Mia involuntariamente estremeceu. Depois de alguns segundos, ele pareceu se controlar e as feições se suavizaram, deixando o rosto sem expressão.

Dando um passo à frente, ele se dirigiu aos espectadores em voz alta. — Caros habitantes da Terra e cidadãos de Krina! Foram mostradas a vocês provas de um terrível crime. Um crime tão horrível que é quase difícil de acreditar. E, se fossem acreditar nas gravações que foram mostradas ontem, obviamente julgariam essas pessoas, incluindo o meu filho, culpadas.

— Mas precisam se perguntar: isso é plausível? Como sete jovens, sem histórico algum de desvio social, subitamente conspiram para deportar à força cinquenta mil krinars da Terra, colocando a vida de todos nós em perigo ao fazer isso? Colocando a *minha* vida em perigo? Como podem planejar essa trama elaborada, dando armas e tecnologias dos krinars para humanos? E com que finalidade? Uma chance de ajudar os humanos? Isso faz algum sentido para vocês?

A multidão estava mortalmente silenciosa. Mia prendeu a respiração, incapaz de afastar os olhos do homem de preto parado de forma tão impositiva na arena.

— Bem, não fazia sentido para mim. Eu conheço meu

filho e ele tem suas falhas. Mas aspirante a assassino em massa não é uma delas. E é por isso que tive que avançar e assumir a função de Protetor, porque esse julgamento é uma farsa. É um ataque muito real a esses jovens e não tenho outra opção além de defendê-los...

Virando-se por um rápido momento, Mia olhou para Korum, tentando ver a reação dele ao que estava sendo dito. Havia um olhar de diversão calma no rosto dele, que parecia estar assistindo com atenção polida.

— Conversei extensamente com Rafor e com cada um dos amigos dele. E nenhuma das histórias deles corresponde a isso — continuou Loris. — Na verdade, eles estão totalmente confusos. Tão confusos que não se lembram de ter feito nada parecido com aquilo de que foram acusados. Tão confusos que mal conseguem se lembrar dos principais eventos do ano que passou...

— Agora, sei o que muitos de vocês estão pensando. Obviamente, se fossem culpados, fingir não se lembrar seria uma excelente forma de acabar com o julgamento, de lançar alguma dúvida sobre a validade dessas acusações. E esse também foi o meu pensamento inicial... E foi por isso que pedi que fosse feita uma varredura de memória pelos principais especialistas em mentes que estão na Terra. Quatro laboratórios de mente realizaram os exames, localizados no Arizona, na Tailândia, em Fiji e no Havaí, e os resultados são inquestionáveis.

— A memória de todos os sete acusados foi violada.

Um murmúrio chocado percorreu a multidão e Mia viu os olhares surpresos no rosto dos Conselheiros. Olhando novamente para trás, ela viu que agora a testa de Korum estava quase imperceptivelmente franzida. Ele parecia confuso.

— A maioria de vocês sabe que não há muitas pessoas capazes de fazer algo parecido com isso. Na verdade, acho que há menos de trinta indivíduos neste planeta que têm alguma coisa a ver com manipulação da mente. No entanto, um estimado membro do Conselho vem à mente...

Outro murmúrio percorreu a multidão depois da última frase e Saret lentamente se levantou atrás do pódio.

— Você está *me* acusando de alguma coisa? — perguntou ele em tom de completa descrença.

— Sim, Saret — disse Loris e Mia ouviu a fúria mal reprimida na voz dele novamente. — Estou acusando você e seu amigo Korum de violarem a memória do meu filho e dos outros. Estou acusando você de violar a mente deles com a meta de avançar seus próprios interesses políticos. Estou acusando Korum de planejar toda a sequência de eventos, incluindo o ataque às colônias, com a única finalidade de me destruir e de perturbar o equilíbrio de poder neste Conselho para satisfazer a ambição insaciável dele. E estou acusando você de ajudá-lo a cobrir os rastros, estuprando a mente do meu filho e dos outros jovens parados à sua frente aqui e agora!

A multidão explodiu em uma cacofonia de discussões e exclamações chocadas e Mia se virou novamente para olhar para Korum. Ela não fazia ideia de como reagir às palavras de Loris. Poderia haver alguma verdade nelas?

Korum estava sentado em completo estado de calma, com a expressão absolutamente impenetrável. Somente as leves estrias amarelas em volta da pupila denunciavam as emoções internas. Levantando-se lentamente, ele se aproximou do centro da arena onde estava o Protetor.

— Muito bem, Loris — disse Korum em tom leve e zombeteiro. — Isso foi muito criativo. Devo dizer que não esperava que você fosse nessa direção. Mas consigo entender por que faria isso. Matar dois coelhos com uma cajadada só e tudo isso... É claro, ainda há todas as gravações, sem falar em todas as testemunhas, que claramente mostram o seu filho e os consortes dele agindo de forma bastante racional, sem nenhum vestígio de confusão mental...

— Aquelas gravações não valem nada — interrompeu Loris, com o rosto tenso com uma fúria mal controlada. — Como todos sabemos, alguém com a sua perícia tecnológica poderia falsificar qualquer coisa desse tipo...

— Submeterei com prazer as gravações a exames pelos especialistas — disse Korum, dando de ombros. — Você até mesmo pode escolher alguns dos especialistas, desde que apostem a reputação deles na veracidade dos resultados. E, é claro, os outros Conselheiros já interrogaram as testemunhas. Conselheiros, havia alguma coisa na história de alguma delas que contradiz as gravações?

Em resposta, Arus se levantou. Engolindo em seco nervosa, Mia observou quando mais um dos oponentes de Korum andou em direção ao centro da arena. E se ele ficasse do lado de Loris? Korum ficaria encrencado? Ela não conseguia suportar a ideia de que alguma coisa acontecesse a ele como resultado daquelas acusações.

— Eu falarei em nome do Conselho — disse Arus com uma voz profunda e calma. Mais uma vez, havia alguma coisa no olhar aberto e direto no rosto dele que fez com que Mia quisesse confiar nele, gostar dele. Ela percebeu que era uma característica muito útil para um político, especialmente para um embaixador.

— Apesar de eu querer muito apoiar a missão de Loris de proteger o filho — disse ele —, não há dúvida alguma de que todas as testemunhas entrevistadas até o momento, dos membros da Resistência aos guardiães envolvidos na operação, contaram uma história muito similar. E, infelizmente, Loris, as histórias confirmam as gravações. — Parecia haver uma tristeza genuína na voz de Arus quando ele disse aquilo.

— Testemunhas podem ser subornadas...

Arus balançou a cabeça negativamente. — Não tantas assim. Reunimos mais de cinquenta depoimentos de indivíduos completamente diferentes, tanto humanos quanto krinars. Lamento, Loris, mas há simplesmente testemunhas demais.

— Então, como você explica a perda de memória? — perguntou Loris em tom amargo, encarando Arus com ressentimento.

— Não tenho como explicar isso — admitiu Arus. — O Conselho terá que investigar essa questão...

— Talvez eu possa sugerir uma possibilidade — disse Korum. Mia praticamente sentiu o burburinho de ansiedade na multidão. — Há uma estratégia de defesa em julgamentos humanos que é frequentemente usada em países desenvolvidos. Ela envolve tentar provar que o acusado é insano, mentalmente incapaz de enfrentar julgamento. Porque, veja, se eles são julgados como mentalmente incapazes, não podem ser responsabilizados pelas ações deles. E, em vez de serem punidos, são enviados para tratamento.

— Agora, o Protetor está totalmente ciente de que as provas indicam que os acusados são culpados. É claro, não pode alegar que o filho é insano e, portanto, não sabia o que estava fazendo. Não, ele não pode alegar isso. Mas *pode* dizer que a mente do filho foi violada, que as lembranças dele foram apagadas. É claro, o fato é que só há uma pessoa que se beneficiaria com a perda de memória de Rafor e dos outros traidores. E essa pessoa não sou eu nem é Saret.

— Você está me acusando de violar a mente do meu próprio filho? — Loris perguntou incrédulo e Mia viu quando as mãos dele se fecharam em punhos.

— Diferentemente de você, não acuso sem provas — disse Korum, lançando-lhe um sorriso frio. — Estou só aventando uma possibilidade.

O burburinho da multidão ficou mais alto. Curiosa para ver como Saret reagia a tudo aquilo, Mia voltou a atenção para o pódio dele. Saret observava os acontecimentos com um olhar ligeiramente divertido no rosto, como se não conseguisse acreditar que fora arrastado para aquilo tudo. Mia se sentiu mal por ele. Não que ela soubesse muito sobre a política dos krinars, mas o amigo de Korum parecia ser alguém que não gostava de ser pego no meio do fogo cruzado.

O amante, por outro lado, estava claramente no elemento dele. Korum estava divertindo-se com a fúria imponente do inimigo.

— Todas as suposições e acusações são inúteis a essa

altura — disse Arus. A multidão ficou em silêncio novamente. — O Conselho terá que examinar os resultados dos laboratórios antes que possamos prosseguir naquela direção. Enquanto isso, mostraremos os depoimentos de todas as testemunhas disponíveis para lançar um pouco mais de luz neste caso. — E, com um gesto leve, ele abriu uma imagem tridimensional, como Korum fizera no dia anterior.

Mais gravações, percebeu Mia, suspirando ao notar que o julgamento naquele dia provavelmente duraria mais tempo. Se pretendiam exibir o depoimento de cinquenta testemunhas, o julgamento provavelmente entraria pela noite.

Sentando-se em uma posição ainda mais confortável no pódio de Korum, Mia se preparou para uma sessão de depoimentos longa e possivelmente entediante.

O KRINAR ASSISTIU às gravações com satisfação.

Tudo funcionara de forma muito perfeita, exatamente como ele esperara. Ninguém saberia a verdade, não até que fosse tarde demais para fazer alguma coisa.

Ele estava feliz por ter tido a percepção de apagar as lembranças dos Kapas. Agora, nunca conseguiriam explicar nem apontá-lo como líder por trás da rebelião.

Ele estava seguro e conseguiria implementar o plano em paz.

Particularmente se conseguisse manter a mente longe de uma certa garota humana.

CAPÍTULO ONZE

epois de cerca de cinco horas assistindo às gravações, Mia cansou. Saindo do julgamento virtual, ela se levantou do sofá e foi para a cozinha pegar algo para comer. Era realmente exaustivo prestar atenção por tanto tempo e ela não sabia como Korum e os outros Ks conseguiram ficar sentados lá, com tanta atenção, durante aquele tempo todo.

Como antes, a casa preparou para ela uma refeição deliciosa. Sentindo-se ousada, Mia pediu o prato krinar tradicional mais popular, contanto que fosse adequado para consumo humano. Quando o prato chegou alguns minutos depois, ela quase gemeu de fome, com a boca salivando por causa do aroma apetitoso. Parecia ser novamente um cozido, com um sabor rico e salgado que lembrava vagamente carneiro. É claro, ela não comia aquele tipo de coisa havia mais de cinco anos e podia ser simplesmente fruto da imaginação. Como todas as comidas dos Ks que provara até então, aquele cozido também eram inteiramente vegetariano.

Ainda estava claro quando Mia terminou de comer e ela decidiu se aventurar do lado de fora por algum tempo. Ela calçou um par de botas e colocou um vestido simples cor de marfim, pediu à casa que a deixasse sair e sorriu satisfeita quando a parede se dissolveu, como normalmente fazia para Korum. Pegando o dispositivo parecido com um *tablet* que Korum lhe dera no dia anterior e uma toalha, Mia foi em direção às cachoeiras, ansiosa para passar algumas horas lendo e aprendendo mais sobre a história dos krinars.

Chegando ao destino, Mia encontrou uma área gramada que não parecia ter formigueiros por perto. Estendendo a toalha, ela se deitou de bruços e mergulhou no drama do fim da primeira Era de Ouro dos krinars.

— Olá? Mia? — O som de uma voz desconhecida chamando seu nome fez com que Mia deixasse de lado a história.

Assustada, Mia olhou para cima e viu uma jovem humana parada a alguns metros de distância. Vestida com roupas krinars, ela parecia vagamente ser do Oriente Médio, com olhos castanhos grandes, cabelos pretos ondulados e a pele com um tom de oliva.

— Sim, olá — disse Mia, levantando-se e olhando para a recém-chegada. À primeira vista, a mulher — na verdade, quase uma garota — parecia ter por volta de vinte anos. Mas havia algo nela que fez com que Mia achasse que talvez fosse mais velha. Apesar de não ter a aparência vívida de Maria, havia uma beleza calma, quase luminosa no rosto em formato de coração e no corpo alto e esguio. Outra *caerle*, percebeu Mia.

— Sou Delia — disse a garota, abrindo um sorriso gentil. Ela falou em krinar. — Maria me disse que a conheceu ontem e eu queria lhe dar as boas-vindas a Lenkarda.

— É um prazer conhecê-la, Delia — disse Mia, sorrindo de volta. — Como sabia onde me encontrar?

— Eu parei na casa de Korum, mas não havia ninguém em casa — explicou Delia. — Resolvi pegar o caminho cênico para casa e vi que estava lendo aqui. Espero que não se importe, eu não pretendia interromper...

— Ah, não, nem um pouco! — garantiu Mia. — Estou feliz por ter passado aqui. Sente-se, por favor. — Gesticulando na direção da outra ponta da toalha, Mia se sentou. Delia sorriu e juntou-se a ela, abaixando-se graciosamente sobre a toalha.

— Faz tempo que você mora em Lenkarda? — perguntou Mia, estudando a outra garota com curiosidade.

— Moro aqui desde que o Centro foi construído — respondeu Delia. — Na verdade, pode-se dizer que sou uma das residentes originais.

Mia arregalou os olhos. A garota era uma *caerle* havia quase cinco anos? Ela devia ter conhecido o krinar logo depois do Dia K. — Isso é incrível — disse ela. — Você gosta de morar aqui?

Delia deu de ombros. — É um pouco diferente do que

estou acostumada. Prefiro minha casa antiga, para falar a verdade, mas Arus precisa ficar aqui...

— Arus? — Seria o mesmo Arus que ela acabara de ver virtualmente?

— Sim — confirmou Delia. — Você já ouviu o nome?

— Ouvi — disse Mia com cuidado, sem saber o quanto poderia dizer a alguém que, pelo jeito, tinha um relacionamento com o oponente de Korum. — Ele é do Conselho, certo?

Delia assentiu. — Sim, e também está encarregado das relações com os governos humanos.

— Ah, sim, é verdade — disse Mia, tentando imaginar o quanto a garota sabia sobre a aparente tensão entre os amantes delas.

Como se tivesse lido a mente dela, Delia lhe lançou um olhar reconfortante. — Você não precisa se preocupar, Mia — disse ela. — Apesar de nossos *cherens* terem suas diferenças políticas, não estou aqui como representante de Arus nem nada parecido. Eu só achei que talvez você estivesse se sentindo um pouco oprimida com tudo e gostaria de alguém com quem conversar...

Mia deu um sorriso amarelo. — Desculpe, eu não quis insinuar...

Delia sorriu de volta. — Você não insinuou. Não se preocupe com isso. Eu só quis deixar as coisas bem claras e tranquilizá-la.

— Há quanto tempo você e Arus estão juntos? — perguntou Mia, ansiosa para mudar de assunto. — E como foi que você chamou Arus? *Cheren*?

— Sim — disse Delia. — *Cheren* é como uma *caerle* chamaria o amante.

— Entendi. — Agora ela tinha um termo krinar para o que Korum era dela. — E como você conheceu Arus? Foi logo depois que eles chegaram.

— Eu o conheci há muito tempo. — Delia abriu um sorriso calmo. — E você? Está com Korum há muito tempo?

Mia balançou a cabeça negativamente. — Não, só o conheci há cerca de um mês em Nova Iorque, no Central Park.

— Quando você fazia parte da Resistência? — perguntou Delia, olhando para ela com olhos castanhos grandes e líquidos.

Mia corou de leve. Todos em Lenkarda pareciam saber sobre o envolvimento dela com a tentativa de ataque às colônias. — Não — disse ela. — Só conheci os combatentes da Resistência depois.

— Então, você primeiro se tornou *caerle* de Korum e *depois* entrou para a Resistência? — Delia parecia perplexa com aquela sequência de eventos.

Mia suspirou. — Eles me abordaram logo depois que eu o conheci e concordei em ajudar. Na época, achei que estava fazendo a coisa certa.

— Entendi — disse Delia, estudando-a com cuidado. — Suponho que Korum não seja um *cheren* nada fácil, não é?

A cor na face de Mia ficou mais forte. — Não sei o que quer dizer — disse ela, encarando Delia com a testa ligeiramente franzida.

— Desculpe. — Delia parecia um pouco arrependida. —

Eu não pretendia me meter no seu relacionamento. É só que você parece tão jovem e vulnerável...

— Não devo ser muito mais nova do que você — disse Mia um pouco ofendida com a suposição da garota.

Delia riu, balançando a cabeça. — Desculpe, Mia. Fui inconveniente de novo, não fui? Olhe, eu não queria insultar você de alguma forma... Só o que quis dizer é que sei como pode ser difícil no começo, estar envolvida com um deles. Seu *cheren* também tem uma certa reputação de ser implacável e acho que só queria ter certeza de que está tudo bem com você...

— Eu estou bem — disse Mia, franzindo a testa novamente. Ela não precisava ouvir daquela garota sobre a reputação de Korum. Ela sabia melhor do que ninguém como o amante podia ser implacável.

— É claro — disse Delia em tom gentil. — Posso ver que está.

— E como você conheceu Arus? — perguntou Mia, querendo levar a conversa para um caminho diferente.

Delia sorriu. — É uma longa história. Se quiser, posso contá-la a você algum dia. — Levantando-se, ela disse: — Arus acabou de me dizer que o julgamento terminou e ele está a caminho de casa. Preciso ir embora. Foi realmente muito bom conhecer você, Mia. Espero encontrá-la novamente em breve.

Mia assentiu e também se levantou. — Obrigada, também foi muito bom conhecer você. Eu acho melhor ir embora também.

— Não é uma má ideia — disse Delia, ainda sorrindo. — Aposto como Korum ficará imaginando onde você está.

Mia fez um gesto com a mão. — Ah, ele sabe, depois de me brilhar.

— É claro — disse Delia e, por um segundo, surgiu algo parecido com pena no belo rosto sereno. Antes que Mia pudesse analisar a expressão, a garota acrescentou: — Escute, Maria está organizando uma pequena reunião na praia daqui a umas três semanas. Uma espécie de piquenique, se preferir chamar assim. É o aniversário dela e ela comentou que queria que eu a convidasse caso a encontrasse hoje. A maioria das *caerles* de Lenkarda estará lá e talvez seja uma boa forma de conhecer mais de nós e fazer algumas amigas...

Uma festa de *caerles* na praia? Mia sorriu, animada com a ideia. — Ah, irei com certeza — prometeu ela.

— Isso é ótimo — disse Delia com o sorriso voltando ao rosto. — Veremos você lá. — E, erguendo a mão, ela passou as costas da mão de leve no rosto de Mia, em um gesto que parecia quase uma carícia. Surpresa, Mia ergueu a mão na direção do rosto de Delia, mas ela já se afastara. A figura graciosa despareceu no meio das árvores

ENTRANDO NA CASA, Mia ouviu sons rítmicos provenientes da cozinha. Curiosa, ela foi investigar e viu que Korum já estava lá, cortando alguns legumes para o jantar. O estômago de Mia roncou e ela percebeu que estava com muita fome.

Vendo-a entrar, Korum afastou os olhos do que fazia e lançou-lhe um sorriso leve que a fez se sentir quente por dentro. — Ora, olá. Eu estava começando a me perguntar se teria que procurá-la na floresta. Você não se perdeu, não é?

— Não — respondeu Mia, sorrindo. — Na verdade, eu conheci outra *caerle*. Uma garota chamada Delia... e ela me convidou para uma festa na praia!

— Delia? A *caerle* de Arus?

Mia assentiu entusiasmada. — Você a conhece?

— Não muito bem — respondeu Korum. — Eu a encontrei algumas vezes nestes anos. — Ele não pareceu particularmente feliz com aquele acontecimento e a expressão esfriou consideravelmente.

— Você não gosta dela? — perguntou Mia com parte da animação anterior desaparecendo. — Ou é só porque ela está com Arus?

Korum deu de ombros. — Não tenho nada contra ela — comentou ele. — Sobre o que vocês conversaram? E que festa na praia é essa?

— É o aniversário de Maria. E ela está organizando uma reunião das *caerles* que moram aqui em Lenkarda — respondeu Mia. — E nós não tivemos tempo para conversar muito. Delia disse que está com Arus há muito tempo, acho que ela deve tê-lo conhecido logo depois que vocês chegaram. Mas, na maior parte, ela só estava sendo amigável. Ah! E ela me disse um novo termo, que nunca ouvi antes: *cheren*.

Korum sorriu e Mia achou que ele parecia quase aliviado. — Sim, é assim que você me chamaria.

— O que ele quer dizer, exatamente? Há uma palavra humana equivalente ou comparável?

— Não, não há — disse Korum. — Assim como não há uma para *caerle*. São palavras exclusivas na linguagem krinar.

— Entendi — disse Mia, andando até a mesa e sentando-se em uma cadeira. — Bem, a festa na praia será daqui a três semanas. Não tem problema se eu for, certo?

— É claro que não — disse ele, olhando para ela com um sorriso aconchegante. — Você deve ir, se quiser. Fazer algumas amigas. Acho Maria muito simpática e ela pareceu gostar muito de você ontem.

— Eu também gostei dela — admitiu Mia, sorrindo com a ideia de ver a *caerle* de Arman novamente. — Ela é exatamente como as mulheres latinas são frequentemente retratadas na mídia norte-americana, muito bonita e expansiva. Por falar nisso, esqueci de perguntar a Delia... Você sabe de onde ela é? Estou falando de Delia...

— Da Grécia, eu acho — respondeu Korum, colocando os legumes cortados em uma tigela grande e espalhando um pó marrom sobre elas. Ele mexeu tudo rapidamente, levou a salada para a mesa e serviu-a nos pratos.

Mia rapidamente consumiu a porção e recostou-se na cadeira, sentindo-se repleta. Como tudo o que Korum preparava, a refeição estivera deliciosa, com os sabores familiares de tomates e pepinos combinando bem com as plantas mais exóticas de Krina. Fora também surpreendentemente saciadora, considerando que eram apenas legumes. — Obrigada — disse Mia. — Estava excelente.

— Fico feliz por você ter gostado.

— Li mais um pouco da história de vocês hoje — disse

Mia, observando quando ele se levantou da mesa em movimentos fluidos e carregou os pratos até a parede, onde prontamente desapareceram.

— E o que achou? — Ele voltou para a mesa carregando um prato de morangos.

— Eu fiquei bem chocada — respondeu Mia honestamente. — Não consigo acreditar que a sua sociedade sobreviveu à praga que quase acabou com aqueles primatas. Não sei se os humanos teriam aguentado se oitenta por cento da comida morresse em questão de meses.

— Nós quase não sobrevivemos a ela — disse Korum, mordendo um morango e lambendo o suco vermelho do lábio inferior. Mia suprimiu uma súbita vontade de lambê-lo ela própria. — Mais da metade da nossa população morreu em lutas e batalhas durante aquela época e muitos outros morreram por falta da hemoglobina necessária. Se o substituto sintético do sangue não tivesse aparecido a tempo, teríamos todos morrido. Da forma como as coisas aconteceram, levamos milhões de anos para nos recuperarmos, para voltarmos ao ponto onde estávamos antes que a praga quase acabasse com os lonars.

Mia assentiu. Ela lera sobre aquilo. O tempo depois da praga fora horrível. No núcleo, os krinars eram uma espécie violenta e aquela violência fora totalmente liberada quando a sobrevivência deles foi ameaçada. Regiões lutaram contra outras regiões, centros atacaram outros centros dentro da mesma região e todos tentaram manter os poucos lonars remanescentes para si mesmos e suas famílias. Mesmo depois que o substituto sintético ficou disponível, os conflitos sangrentos continuaram, pois as perdas terríveis sofridas durante os dias logo depois da praga deixaram cicatrizes profundas na psiquê dos Ks. Quase todas as famílias tinham perdido alguém — um filho, um pai, um primo ou um amigo — e a busca por vingança se tornou uma característica da vida do dia a dia.

— Como vocês conseguiram superar isso tudo? Todas as guerras e as brigas? Como chegaram onde estão hoje? — O pouco que vira da vida dos krinars em Lenkarda parecia muito diferente da história que acabara de ler.

— Não foi fácil — respondeu Korum. — Levou muito tempo para que as lembranças daquela época desaparecessem. Em algum ponto, implementamos leis para punir comportamentos violentos e transformamos brigas em algo fora da lei. Agora, os desafios na Arena são a única maneira social e legalmente aceitável de buscar vingança e resolver disputas que não podem ser resolvidas de outra forma.

Mia o estudou com curiosidade. — Você já lutou na Arena?

— Algumas vezes. — Ele não pareceu disposto a continuar com o assunto. Em vez disso, levantou-se da cadeira e perguntou: — O que você acha de um passeio na praia após o jantar?

Mia piscou surpresa. — Ahm, claro. Mas não ficará escuro daqui a pouco?

— Eu consigo enxergar muito bem no escuro. Além disso, há o luar. Você não tem nada a temer.

— Então, claro. — Se ela não fosse devorada pelos mosquitos, poderia ser um passeio muito agradável.

. . .

PEGANDO-A PELA MÃO, Korum a conduziu para fora. O sol acabara de se pôr e ainda havia um brilho alaranjado por trás das árvores, que pareciam silhuetas escuras contra o céu brilhante. A temperatura estava caindo, com o calor do dia começando a se dissipar, e Mia ouviu o barulho de insetos e o farfalhar das folhas com a brisa tropical. A alguns metros de distância, uma iguana grande saiu correndo de cima de uma pedra e escondeu-se nos arbustos, provavelmente tentando evitá-los.

— Como foi o restante do julgamento? — perguntou Mia. — Parei de assistir os depoimentos das testemunhas depois de umas cinco horas.

— Não teve muita coisa de novo — disse Korum, sorrindo para ela. — Você não perdeu muito.

— Acha que alguém acreditou em Loris quando ele fez aquelas acusações contra você?

— Tenho certeza de que alguns acreditaram. — Ele não soou muito preocupado com aquilo. — Mas ele não tem provas para apoiar as alegações.

— Arus parecia estar do seu lado — disse Mia, desviando-se cuidadosamente de um tronco caído. Estava ficando mais escuro a cada minuto e ainda estavam a uma boa distância da praia.

— Ele não tem outra opção — explicou Korum. — Ele precisa ficar do lado das provas.

— Por que você não gosta dele? — perguntou Mia, olhando para ele. — Ele não parece ser uma má pessoa...

— E não é — admitiu Korum. — Só um pouco mal

orientado em alguns casos. Ele nem sempre vê o panorama completo.

— E você vê?

O sorriso de Korum ficou maior. — Na maior parte das vezes, sim.

Pelos próximos minutos, eles caminharam em um silêncio agradável, com Mia concentrada nos lugares onde pisava e Korum parecendo absorto em pensamentos. Havia algo muito pacífico naquele momento, do brilho suave do crepúsculo ao barulho suave do oceano à distância.

Pela primeira vez, Mia percebeu totalmente como o relacionamento com Korum fora tumultuado até o momento. De muitas formas, era como uma montanha-russa, com muita paixão, drama e empolgação, mas poucos momentos como aquele, em que ela podia passar algum tempo com ele sem que o coração batesse desenfreado, fosse por excitação sexual ou outra emoção forte. Quando ela se imaginara com um namorado, fora dessa forma que sempre vira as coisas: passeios longos e agradáveis, em silêncio, apenas desfrutando da presença da outra pessoa. E, naquele momento, ela podia fingir que era exatamente aquilo que Korum era, um namorado, um amante humano normal que ela poderia levar para conhecer os pais sem se preocupar, alguém com quem poderia ter um futuro...

Subitamente, ela bateu com o pé em uma pedra e tropeçou. Antes mesmo que conseguisse fazer qualquer som, Korum a levantou nos braços.

— Você está bem? — perguntou ele, olhando para ela com preocupação.

Em resposta, Mia passou os braços em volta do pescoço

dele e deitou a cabeça em seu ombro, sentindo-se incomumente carente. — Estou bem. Só sou desajeitada.

— Você não é desajeitada — negou ele. — Só não consegue enxergar direito no escuro.

— É verdade — disse Mia, inalando o aroma morno da pele dele perto da área da garganta. Ela se sentia estranhamente feliz daquele jeito, com ele segurando-a tão gentilmente nos braços poderosos. Ela se deu conta de que não tinha mais medo dele, pelo menos no nível físico. Era difícil acreditar que, apenas alguns dias antes, ela achou que ele poderia matá-la por ajudar a Resistência.

Ele caminhou por mais alguns minutos, carregando Mia, até chegarem à praia. Colocando-a no chão cuidadosamente, ele manteve as mãos na cintura dela. — Está com vontade de nadar? — perguntou ele e Mia viu a curva sensual dos lábios dele na luz tênue da lua quase cheia.

— Não estou usando roupa de banho — disse Mia, olhando para ele. O ar noturno também estava ficando um pouco mais frio, perfeito para um passeio, mas provavelmente menos agradável na pele molhada.

— Não há ninguém por perto — comentou ele. — Só eu. E eu já vi você nua.

Por algum motivo, aquela declaração simples acabou com a felicidade calma de Mia. Os músculos internos se contraíram com excitação e os mamilos enrijeceram. Subitamente, ela se sentiu muito mais quente, como se o sol ainda estivesse brilhando sobre eles. Olhando para ele, ela perguntou: — E se alguém aparecer?

— Ninguém virá aqui — prometeu Korum. — Reservei esta parte da praia só para nós hoje à noite.

Ele reservara a praia somente para eles? Ela não sabia que isso podia ser feito. Mas fazia sentido, claro, que, se havia alguém que poderia fazê-lo, seria Korum. Como membro do Conselho, ele provavelmente tinha privilégios especiais em Lenkarda.

Parecendo impaciente com a falta de resposta dela, Korum decidiu resolver as coisas por conta própria. Dando alguns passos para trás, ele tirou as roupas e os chinelos, largando tudo descuidadamente sobre a areia. A respiração de Mia ficou acelerada. O corpo alto e musculoso estava agora totalmente nu e o luar revelou a ereção entre as pernas dele.

— Tire as roupas — comandou ele com voz suave. — Quero você nua, agora.

Olhando para ele, Mia lambeu os lábios subitamente secos. Ela sentiu o material macio do vestido esfregando nos mamilos enrijecidos e a umidade começando a se acumular entre as pernas. O corpo inteiro ficou sensível, com o coração batendo mais forte e o sangue correndo mais depressa pelas veias. As lembranças da experiência perturbadora, mas incrivelmente erótica, da noite anterior subitamente voltaram à mente e Mia engoliu em seco, imaginando se ele pretendia lhe ensinar outra lição ou satisfazer alguma outra fantasia que ela não sabia que tinha.

Ele não disse mais nada, simplesmente ficou parado, observando-a em expectativa. Mia perguntou a si mesma se a visão noturna dele era realmente boa. Ela não conseguia ver a expressão dele na luz suave e não fazia ideia do que ele estava pensando.

Com as mãos tremendo ligeiramente, ela lentamente tirou as botas. A areia estava fria sob os pés descalços, sem reter o calor do sol.

— Agora, o vestido — pediu Korum. Havia uma rouquidão na voz dele que a fez achar que a paciência estava chegando ao fim.

Mia obedeceu, puxando o vestido por sobre a cabeça e largando-o na areia. Ela estava agora completamente nua e sentiu um ligeiro estremecimento sob a brisa noturna do oceano.

Ele deu um passo na direção dela e estendeu as mãos para segurar-lhe os ombros, puxando-a para mais perto. — Você é tão linda — sussurrou ele, abaixando-se para beijá-la. As mãos dele saíram dos ombros de Mia e curvaram-se nas nádegas dela, erguendo-a contra ele até que a rigidez do pênis encostasse nela.

A boca de Korum cobriu a de Mia. Ela sentiu o calor suave dos lábios dele e a pressão insistente da língua penetrando em sua boca. Tudo dentro dela se derreteu e ela gemeu de leve, passando os braços em volta do pescoço dele. Ele segurou as nádegas dela com mais força, apertando os pequenos globos, e, em seguida, abaixou-a até o chão, colocando-a sobre as roupas. Ele abaixou a mão direita, forçando-a a abrir as pernas, e explorou as dobras macias com um toque enlouquecedoramente gentil. Mia se contorceu, erguendo os quadris na direção dele, querendo mais. Ele obedeceu, com um dedo longo penetrando a abertura dela e encontrando o ponto sensível na parte de dentro. A tensão familiar começou a se acumular dentro dela e ela mexeu os quadris, precisando apenas de um pouco mais... e, em seguida, ela se contorceu com um grito no momento em que os músculos internos latejaram ao chegar ao orgasmo.

Deitada sem forças, ela sentiu as mãos dele afastando as pernas dela ainda mais. A ereção dele encostou nas coxas de Mia, com a ponta do pênis impossivelmente macia e quente. Ele o pressionou contra a abertura dela e Mia prendeu a respiração, esperando a entrada dele, com o corpo instantaneamente desejando mais do prazer que acabara de sentir.

— Diga que me quer — sussurrou ele. Havia algo estranho na voz dele, um tom sombrio que ela nunca ouvira antes.

— Você sabe que sim — disse ela suavemente, sentindo-se como se fosse morrer se ele não a possuísse naquele minuto. A pele estava tensa demais, sensível demais, como se não pudesse mais conter a necessidade que a queimava por dentro.

— Quanto? — exigiu ele com voz rouca. — O quanto você me quer?

— Muito — admitiu Mia, olhando para ele. Os músculos pélvicos se contraíam com desejo e o clitóris latejava. O que ele queria dela? Será que não via o quanto o corpo dela precisava do dele?

Ele abaixou a cabeça, beijando-a novamente, no momento em que pressionou o pênis e penetrou-a em uma investida violenta. Mia gritou sob os lábios de Korum, subitamente preenchida. Antes que conseguisse se adaptar à sensação, ele começou a se mover, com os quadris investindo e recuando. O ritmo intenso reverberou dentro dela de tal forma que a fez esquecer o estranho comportamento dele. Ela ouviu os próprios gritos, apesar de não ter consciência de emiti-los. O ritmo intenso dele de alguma forma aumentava a tensão dentro dela...

E então ele parou, quando ela estava a segundos de gozar. Frustrada, Mia gemeu, contorcendo-se sob ele, incapaz de controlar os movimentos convulsivos do corpo.

— Korum, por favor...

— Por favor o quê? — murmurou ele, afastando-se dela. A mão dele abriu caminho entre os dois corpos e ele pressionou os dedos ligeiramente sobre o clitóris dela, mantendo-a equilibrada na fronteira exótica entre o prazer e a dor. — Por favor o quê?

— Por favor, continue me fodendo — sussurrou ela, quase incoerente por causa do desejo. Ele pressionou com mais força contra as dobras dela e Mia gritou, com a tensão dentro dela ficando ainda maior.

— Diga que me ama — comandou ele e Mia ficou imóvel. As palavras estranhas penetraram o transe, tirando-a por um segundo da névoa sensual.

— Diga, Mia — disse ele bruscamente. O dedo dele deslizou para dentro dela, encontrando o ponto que sempre a deixava louca e pressionando-o ritmadamente até que ela estava quase gritando de frustração. O corpo dela se contorcia nos braços dele.

Quase louca, ela gritou — Sim! Por favor, Korum... Sim!

— Sim o quê? — Ele foi implacável, sem deixar de lado a exigência.

— Eu amo você — soluçou ela, sabendo que se arrependeria mais tarde, mas incapaz de se conter. — Korum, por favor... eu amo você!

Os dedos dele se afastaram e ela sentiu o pênis novamente penetrando-a. Ela estremeceu de alívio quando ele retomou as investidas, chegando às profundezas dela, enchendo o vazio latejante. Ao mesmo tempo, ele enterrou a mão nos cabelos dela, expondo-lhe a garganta. Mia sentiu o calor da boca de Korum no pescoço e a dor familiar da mordida. Quase instantaneamente, o mundo se dissolveu em um borrão de sensações e o clímax tão esperado a atingiu com tanta força que ela quase desfaleceu por alguns segundos, mal ouvindo o grito rouco dele ao gozar um minuto depois.

O restante da noite transcorreu em um borrão. Ele a possuiu várias vezes em um frenesi induzido pelo sangue até que ela não conseguiu mais gozar, com a garganta dolorida de tanto gritar e o corpo exausto dos orgasmos sem fim. Nada daquilo parecia real. Os sentidos de Mia estavam insuportavelmente aguçados da substância da saliva dele, a mente totalmente vazia e o corpo inteiro capturado no êxtase extremo do toque de Korum.

Finalmente, em algum momento antes da alvorada, Mia desmaiou nos braços dele, com as ondas batendo na praia a alguns metros e a lua brilhando sobre os corpos entrelaçados.

brindo os olhos na manhã seguinte, Mia olhou para o teto e as lembranças da noite anterior invadiram-lhe a mente.

Ela dissera a ele que o amava, lembrou-se com uma sensação estranha na barriga. Como uma idiota, deixara que ele arrancasse a única camada de proteção que ainda tinha, expondo o coração e a alma. Agora, poderia brincar com os sentimentos dela, da mesma forma que brincava com o corpo. E por quê? Por que ele fizera isso com ela? Não era o bastante controlar totalmente a vida dela? Tinha que possuí-la também em um nível emocional, acabando com o último vestígio de privacidade que tinha?

Ela poderia negar aquilo hoje, dizer que ele a torturara para que falasse aquelas palavras. O que seria verdade. Mas ele saberia que estava mentindo se tentasse recuar da confissão relutante.

Resmungando, Mia enterrou a cabeça no travesseiro,

desejando poder dormir por mais tempo. A última coisa que queria era enfrentá-lo.

Depois de um minuto, ela se convenceu a levantar e tomar um banho. Para sua surpresa, não havia qualquer traço de areia no corpo. Korum devia tê-la levado para casa e lavado-a em algum momento durante a manhã. Ela não se lembrava daquela parte. Também ficou surpresa por não sentir qualquer dor depois da maratona sexual da noite anterior. Em Nova Iorque, Korum frequentemente precisava usar o dispositivo de cura nela depois de uma noite como aquela. Mia chegou à conclusão que ele provavelmente fizera isso enquanto ela dormia.

Entrando sob o jato quente do chuveiro, ela fechou os olhos e tentou pensar em alguma outra coisa além de Korum.

Acabou sendo uma tarefa impossível. A mente continuava voltando para o que diria quando o visse, como ele agiria, se estaria com o mesmo humor zombeteiro de sempre... Ela desejou desesperadamente poder desaparecer por alguns dias, voltar para o próprio apartamento... mas, obviamente, isso não seria possível.

Saindo do chuveiro, Mia se secou e vestiu o roupão. Preparando-se para um possível encontro, ela foi para a sala de estar. Para seu alívio, Korum não estava lá. Mia achou que ele provavelmente estava no julgamento. Olhando para o relógio, ela ficou chocada ao ver que já eram três horas da tarde.

Ela foi até a cozinha, pediu um prato de frutas para o café da manhã e levou-o consigo para a sala de estar. Provavelmente era tarde demais para entrar no mundo virtual do julgamento. Se tivesse começado no mesmo horário do dia anterior, as apresentações terminariam em poucas horas. Portanto, Mia se enrolou no sofá e tentou se distrair lendo o último livro de Dan Brown.

Erguendo o rosto, Mia olhou para o relógio. Eram quase cinco horas da tarde. Ela sentiu o estômago roncar e lembrou-se de que mal comera o dia todo. Ela ainda estava de roupão e chinelos.

Levantando-se, Mia foi até o quarto e colocou um vestido bonito, branco e rosa, e sandálias sem salto. Mia não sabia quando Korum sairia do julgamento, mas, no dia anterior, ele chegara no fim da tarde e já estava preparando o jantar quando ela voltara da conversa com Delia. Por algum motivo, ela não queria parecer desleixada quando ele chegasse em casa, apesar de não saber por que se importava com isso. Por um breve segundo, ela pensou em sair para um passeio, na esperança de evitá-lo por mais algum tempo. Mas decidiu que era melhor não ser covarde. De qualquer forma, ela não conseguiria ir muito longe nem para algum lugar onde ele não a encontrasse imediatamente. Os dispositivos de rastreamento na palma das mãos dela transmitiam a localização a ele o tempo todo. Era melhor simplesmente enfrentá-lo e acabar logo com aquilo.

Ele chegou em casa uma hora depois.

Ouvindo Korum entrar, Mia ergueu o olhar do livro e o coração saltou no peito quando o viu. Vestido com as roupas mais formais do julgamento, ele estava simplesmente maravilhoso. A pele dourada contrastava com o branco da camisa e o corpo poderoso enfatizava o corte perfeito da roupa. O olhar nos olhos cor de âmbar era surpreendentemente acolhedor, como se ele não tivesse passado a noite anterior torturando-a com o objetivo de expor os sentimentos tolos dela.

Enquanto Mia o observava desconfiada, ele se aproximou e ergueu-a do sofá para lhe dar um beijo rápido.

— Tenho uma surpresa para você — disse ele, colocando-a em pé com cuidado e mantendo as mãos na cintura dela.

— Uma surpresa? — perguntou Mia.

Korum assentiu, sorrindo. — Vamos sair para jantar com Saret e um dos assistentes dele.

— Está bem... — disse Mia, franzindo a testa ligeiramente. — Parece uma boa ideia. Mas qual é a surpresa?

O sorriso dele ficou maior. — O motivo pelo qual vamos encontrá-los é porque eles querem saber mais sobre o seu conhecimento e a sua experiência em psicologia. Assim, poderão saber onde e como você seria útil no laboratório de Saret.

— O que quer dizer? — Mia mal conseguiu acreditar no que ouvira. — O que o laboratório de Saret tem a ver com isso?

— Bem, como a faculdade e a carreira são tão importantes para você — disse Korum —, quis garantir que não a estivesse privando de nada ao trazê-la para cá. Você pareceu interessada na especialidade de Saret naquele dia e, pelo que entendi, sua área de estudo é similar à dele. Um dos assistentes dele partiu recentemente, abrindo uma vaga no laboratório. É claro, já há uns dez candidatos para a vaga, mas eu o convenci a aceitá-la por alguns meses só para ver como se sai. Obviamente, será uma excelente oportunidade de aprendizagem para você. Mas talvez também queira dar a ele algumas percepções únicas, dado o seu histórico...

— E ele concordou em me aceitar? Uma humana? — Mia perguntou incrédula, com o coração saltando dentro do peito.

— Ele concordou — respondeu Korum. — Ele me deve alguns favores. Além do mais, ele disse que gosta de você.

— Você está me dizendo que posso trabalhar em um laboratório dos Ks, ao lado do maior especialista em mentes? — perguntou Mia lentamente, precisando ouvir a confirmação dele, só como garantia. Ela estava quase hiperventilando de empolgação. Aquela era uma oportunidade inacreditável e impossível. Quantos humanos tiveram uma chance como aquela, de estudar a mente dos krinars da perspectiva deles? Cientistas teriam vendido a alma ao diabo para estar no lugar dela naquele momento. Mia queria pular e gritar, e sabia que tinha um sorriso enorme no rosto.

— Se estiver interessada — disse ele casualmente. Mas havia um brilho nos olhos dele que mostrava que sabia exatamente o quanto aquilo significava para ela.

— *Se* eu estiver interessada? Ah, Korum, eu nem sei como agradecer — disse Mia animada. — Obviamente, essa é uma oportunidade fenomenal para mim! Muito, muito obrigada!

Ele sorriu, parecendo satisfeito consigo mesmo. — É claro. Estou feliz por você ter gostado da ideia. Quanto a como você pode me agradecer... — No olhar dele, surgiu um tom dourado familiar. Ele se sentou no sofá e puxou-a para que se sentasse ao lado dele. — Um beijo seria ótimo — disse ele em tom suave.

O sorriso de Mia desapareceu e ela ficou tensa, lembrando-se da noite anterior. Por um momento, ela se esquecera do que ele fizera, do que a forçara a dizer, distraída demais com a oportunidade incrível que apresentara. Mas, agora, tudo voltou à mente. Ele agiria como se nada tivesse acontecido? Em caso positivo, ela ficaria feliz de fazer o mesmo.

Encarando-o nos olhos, Mia enterrou os dedos nos cabelos dele e puxou-lhe a cabeça para mais perto. Os cabelos eram grossos e macios sob as mãos dela e os lábios quentes e macios. O gosto dele era delicioso, como o de uma fruta exótica, e ela o beijou com toda a paixão e empolgação que sentia. Quando finalmente parou, a respiração dele estava um pouco acelerada e Mia sentiu os próprios mamilos enrijecidos sob o vestido.

— Hmmm, gostei desse agradecimento — murmurou ele, olhando-a com um sorriso suave. — Talvez eu deva encontrar um estágio para você a cada dia.

— Talvez eu morra de empolgação se você fizer isso — disse Mia honestamente. — É sério, isso é muito mais do que eu poderia esperar ou imaginar. Obrigada de novo.

— De nada — disse ele, obviamente gostando da reação

dela. — Agora, está pronta para irmos? O jantar é daqui a quinze minutos e não devemos nos atrasar.

Mia se levantou e girou o corpo em frente a ele. — Posso usar essa roupa ou devo me trocar?

— Está perfeita. Basta colocar uma joia e estará pronta para ir.

Eles saíram de casa alguns minutos mais tarde, depois que Mia colocou o colar de brilhita de um milhão de anos. Korum já criara a pequena aeronave que os levaria até o local do jantar. Mia passou pela parede que se dissolvera, sentando-se em uma das tábuas flutuantes. Ela já começara a se acostumar com aquele modo de transporte.

— Nós vamos encontrá-los em um restaurante? — perguntou ela, curiosa para saber se tal coisa existia em Lenkarda. Até o momento, a única refeição que comera fora da casa de Korum fora na casa de Arman.

Korum assentiu. — Algo parecido com isso. É chamado de Salão de Alimentação e teremos um aposento particular lá. A ideia é similar à de um restaurante humano, mas não há garçons. A comida tende a ser muito mais sofisticada do que se tem em casa, com ingredientes mais exóticos do que minha casa ou eu oferecíamos normalmente.

— Então, os Ks se encontram nesse Salão de Alimentação, da mesma forma como iríamos a um restaurante para socializar?

— Exatamente — confirmou Korum. — É um local popular para reuniões de negócios e ocasiões semelhantes.

Encontros também, mas a maioria prefere um pouco mais de privacidade nesses casos.

— Por quê? — perguntou Mia quando a pequena aeronave decolou sem qualquer ruído.

— Sexo em público é considerado falta de educação — explicou Korum, olhando para ela com um sorriso malicioso. — E os encontros frequentemente resultam em sexo.

Mia sentiu o rosto ficar quente. — Entendi. Com mais frequência do que na sociedade humana?

— Provavelmente, apesar de eu não ter dados concretos para confirmar essa suposição. Nossa sociedade tende a ser muito mais liberal sobre tais questões. Com a exceção de casais oficiais, todos fazem controle de natalidade, portanto, não precisamos nos preocupar com uma gravidez indesejada. Além do mais, não existem doenças sexualmente transmissíveis entre os krinars. Não há, portanto, motivo real para não nos divertirmos.

De súbito, Mia sentiu um ciúmes extremo e irracional, imaginando Korum "divertindo-se" com alguma fêmea krinar desconhecida. Ele dissera que ela era a única mulher da vida dele desde que se conheceram e Mia acreditava, pois não havia motivo para mentir. Ainda assim, não conseguiu tirar da cabeça as imagens de Korum entrelaçado com alguma bela mulher K.

Antes que ela tivesse tempo de fazer mais perguntas, a aeronave pousou suavemente em frente a um grande prédio branco. Com formato similar à casa de Korum, ele também era um cubo alongado com cantos arredondados, mas muito maior.

Korum saiu primeiro e estendeu a mão para ajudá-la. Mia a aceitou, agarrando-a firmemente. Era a primeira vez que ela saía em público em Lenkarda e sentia-se animada e nervosa sobre encontrar outros krinars. Mas, na maior parte, ela esperava que não parecesse uma idiota para Saret e o assistente dele. Quisera ter uma chance de ler as anotações de algumas das aulas, caso decidissem lhe perguntar o que aprendera até o momento nos estudos de psicologia.

Segurando a mão dela, Korum a conduziu em direção ao prédio. Quando se aproximaram, a parede se dissolveu para que passassem e eles entraram em um grande corredor, com paredes opacas e teto transparente. Ninguém apareceu para recebê-los, mas havia vários Ks, machos e fêmeas, vestidos com uma mistura de roupas formais e casuais.

Ao entrarem, várias dezenas de cabeças se viraram e Mia apertou a mão de Korum com mais força, constrangida por ser o centro das atenções. Mas Korum não deu a menor atenção aos olhares, andando à vontade pelo corredor. Mia fez o possível para imitar a compostura dele, olhando diretamente à frente e concentrando-se para não olhar para as belas criaturas que os estudavam abertamente. E, na opinião dela, de forma rude.

Parecia que chegariam ao fim do corredor em breve, mas a parede à direita deles se abriu e Korum a conduziu pela abertura. Era uma pequena sala particular onde Saret e outro krinar macho já os esperavam.

Quando entraram, Saret se levantou do banco flutuante e deu um passo na direção de Korum, cumprimentando-o com a palma no ombro dele. O amante de Mia devolveu o gesto com um sorriso breve.

— Fico feliz por terem vindo aqui hoje — disse Saret, olhando para eles — Mia, é a primeira vez que visita o Salão de Alimentação?

Mia assentiu, sentindo-se um pouco nervosa. Se tudo desse certo, aquele K logo seria o chefe dela. — Sim, não saí muito ainda.

— É claro — disse Saret. — Seu *cheren* está ocupado com o julgamento, como muitos de nós. Korum, você conhece Adam?

— Ainda não tive o prazer — disse Korum, virando-se para o outro krinar. — Mas já ouvi falar muito desse jovem.

Adam se levantou e, para surpresa de Mia, estendeu a mão em um gesto muito humano. — Ouvi falar bastante de você também — disse ele. A voz era profunda e suave e a forma como ele pronunciou certas palavras em krinar fez com que ele parecesse quase estrangeiro.

Sorrindo de leve, Korum estendeu a mão e apertou a de Adam. — Vejo que ainda não se acostumou com os nossos cumprimentos.

O outro K deu de ombros. — Já estou familiarizado com os costumes, mas eles ainda não são naturais para mim. Como você morou em Nova Iorque por algum tempo, achei que não se importaria. — Em seguida, virando-se para Mia, ele abriu um sorriso largo e disse: — Sou Adam Morre. E você deve ser Mia Stalis, a garota sobre quem ouvi falar muito.

Mia piscou algumas vezes, sem saber ao certo se

acabara de imaginar um K apresentando-se com o que parecia nome e sobrenome humanos. — Sim, olá — disse ela, retribuindo o sorriso. Korum o chamara de jovem e ela ficou imaginando quantos anos ele tinha. Fisicamente, parecia ter a mesma idade que Korum e Saret.

— Adam tem uma criação bem incomum — disse Saret, parecendo sentir a confusão dela. — Venham, sentem-se. Podemos conversar mais durante o jantar.

— Parece uma ótima ideia — disse Korum, puxando dois bancos flutuantes. Mia se sentou em um deles, deixando que ele se ajustasse ao formato do corpo dela, e Korum fez o mesmo. Os bancos flutuaram para mais perto dos outros dois krinars, que também estavam novamente sentados. Os quatro estavam posicionados em um círculo em volta do que parecia uma minúscula mesa flutuante. Ao inspecionar mais de perto, Mia viu que a mesa era, na verdade, uma espécie de *tablet*, cheia de palavras em krinar e imagens de vários pratos apetitosos. Um cardápio, percebeu ela.

— Já pedimos a nossa comida — disse Saret. — Vocês podem escolher.

— Quer que eu peça para você? — Korum perguntou a Mia, com os lábios curvando-se em um sorriso leve.

— Claro — respondeu Mia, feliz em delegar aquela tarefa. Apesar de o tradutor embutido possibilitar que lesse as palavras em krinar, ela não fazia ideia do que eram aqueles pratos.

Korum passou a mão sobre a mesa. — Ok, acabei de pedir para nós dois. A comida chegará em alguns minutos.

Mia agradeceu e voltou a atenção para os outros Ks

com um sorriso.

Saret sorriu de volta com os olhos castanhos brilhando. — Está gostando de seus primeiros dias em Lenkarda?

— É um belo lugar — disse ela sinceramente. — A praia é muito bonita. Eu cresci na Flórida e senti muita falta da praia em Nova Iorque. Quero dizer, temos o mar e tudo o mais lá, mas não é a mesma coisa.

— Muito sujo e poluído, certo? — perguntou Saret.

— É muito sujo, sim — admitiu Mia. — E cheio de gente. Mesmo no verão, as praias em volta da cidade não são as melhores. E, claro, o clima não é ideal para ir à praia durante a maior parte do ano...

— Você já foi a Jersey Shore ou a Hamptons? — perguntou Adam. — Aquelas praias são muito mais bonitas.

— Não, não tive a oportunidade — respondeu Mia. — Não tenho carro e, de qualquer forma, normalmente não fico em Nova Iorque no verão. Durante a época de aulas, o clima é bom o suficiente para ir à praia apenas em setembro e normalmente estou ocupada demais para pegar um ônibus e passar um fim de semana inteiro fora. Por que, você já foi lá?

— Na verdade, eu cresci em Manhattan — disse Adam. — Portanto, fui às duas praias muitas vezes com a minha família.

Mia arregalou os olhos em choque. — Sua família?

Adam assentiu. — Fui adotado por uma família humana quando eu era bebê. Eles não faziam ideia do que eu era, é claro. E nem eu, pelo menos até o Dia K.

— É mesmo? — Mia olhou para ele fascinada. Para ela,

ele parecia muito com um K, com os cabelos castanhos escuros, a pele dourada e os olhos cor de âmbar. Ele também tinha o mesmo tipo de movimento, uma graça quase felina comum a muitos predadores. Claro, antes do Dia K, ninguém sabia que os krinars existiam, portanto, era plausível que ele tivesse sido tomado por humano. — Então, você só descobriu recentemente que era um K?

— Eu sabia que era diferente, claro — disse Adam, dando de ombros. — Mas não fazia ideia de que era, na verdade, de outro planeta.

— Mas como ninguém descobriu? Quero dizer, você devia ser muito mais forte e mais rápido que as outras crianças... E os exames de sangue? E as vacinas?

— Não foi fácil — admitiu Adam prontamente. — Meus pais são pessoas incríveis. Eles perceberam cedo que eu não era um garoto comum da Romênia e fizeram todo o possível para me proteger.

— Mas como isso aconteceu? — Mia ainda estava tentando entender aquela situação tão improvável. — Como você veio parar na Terra como um bebê, e antes mesmo do Dia K?

— É uma longa história — respondeu Adam, subitamente parecendo frio e muito mais perigoso. Observando-o agora, Mia conseguiu imaginá-lo facilmente assumindo o lugar de Korum uns duzentos anos à frente. — E provavelmente não é um assunto adequado para o jantar.

— É claro — Mia se desculpou rapidamente. Claramente, ela tocara em um assunto delicado. — Eu não pretendia me intrometer...

— Não se preocupe — disse Adam, sorrindo novamente. — Eu sei que essa coisa toda é estranha e não a culpo por estar curiosa.

Naquele momento, a comida apareceu, com os pratos emergindo da parede à esquerda de Mia e flutuando até a mesa, que imediatamente se expandiu para uma superfície de tamanho razoável. O prato de Mia parecia ser uma mistura de uns grãos roxos estranhos e vários pedaços verdes e alaranjados de plantas desconhecidas. Tudo estava disposto em formatos elaborados de flores, parecendo mais um trabalho de arte do que um prato de comida.

Korum pedira o mesmo prato para si. Ao colocar a comida na boca, Mia quase gemeu de prazer com a fusão incrível de sabores doces, salgados e picantes. Por alguns minutos, a sala ficou em silêncio enquanto os quatro se concentravam na comida.

Saret terminou a comida primeiro e empurrou o prato, que imediatamente flutuou para longe. Voltando ao tópico anterior da conversa, ele disse a Mia: — Como pode imaginar, Adam ainda está tentando entender nosso estilo de vida. Em certos aspectos, vocês dois têm muito em comum e foi por isso que eu trouxe Adam comigo hoje. Apesar de ser jovem, ele é um dos meus assistentes mais promissores e, em parte, isso se deve à perspectiva única que ele tem como resultado da criação que teve. Normalmente, eu não aceitaria alguém com vinte e poucos anos, um adolescente em nossa sociedade, mas Adam é muito mais maduro que os krinars típicos dessa idade.

Mia assentiu, começando a sentir a palma das mãos suadas. Agora estavam chegando ao motivo por trás do jantar. Ela afastou o restante da comida para se concentrar melhor em Saret.

— Korum me disse que você tem muito interesse em todos os aspectos da mente. Que, na verdade, foi a área de estudo que escolheu. É verdade? — perguntou ele, olhando para ela com expectativa.

— Sou estudante de psicologia na Universidade de Nova Iorque — confirmou Mia. — Pelo que entendi, a psicologia tem um escopo muito menor do que a sua especialidade... mas eu adoraria aprender qualquer coisa relacionada à mente.

— E o quanto você já sabe? O que aprendeu na universidade até agora?

Mia sentiu a mente mudando para o "modo de entrevista" e o nervosismo, de alguma forma, converteu-se em uma clareza maior de pensamento e discurso. Buscando tudo de que se lembrava, ela falou a Saret sobre as aulas de psicologia básica, bem como sobre os cursos mais avançados e especializados que começara a fazer mais recentemente. Falou sobre o trabalho que acabara de escrever sobre psicologia infantil e sobre o estágio que fizera no ano anterior no hospital de Daytona Beach, aconselhando vítimas de abuso doméstico. Explicou também sobre os planos de fazer mestrado e de trabalhar como orientadora para que pudesse influenciar positivamente os jovens em um momento importante da vida.

Saret e Adam escutaram atentamente. De vez em quando, Saret assentia quando ela mencionava alguns dos conceitos principais que aprendera nas aulas. Korum observou tudo em silêncio, parecendo contente em simplesmente assistir enquanto ela falava animadamente sobre o que aprendera.

Finalmente, Saret a interrompeu depois de cerca de meia hora. — Obrigado, Mia. Isso é exatamente o que eu queria saber. Você parece bastante apaixonada pelo curso que escolheu e acho que seria um acréscimo útil à minha equipe. Pode começar amanhã?

Mia quase pulou de alegria, mas conseguiu se controlar no último momento e simplesmente abriu um sorriso largo para Saret. — É claro! A que horas devo chegar? — Em seguida, lembrando-se de que provavelmente precisava consultar o K que comandava sua vida, ela olhou rapidamente para Korum. Ele assentiu sorrindo e o sorriso de Mia ficou ainda maior.

— Pode chegar às nove horas da manhã? — perguntou Saret. — Eu sei que você precisa dormir mais do que nós, mas creio que esse é um horário comercial padrão entre os humanos...

— É claro — respondeu Mia animada. — Também posso chegar mais cedo, no horário que é comum para vocês...

Com o canto do olho, ela viu Korum balançando a cabeça negativamente para Saret.

— Não, não é preciso — disse Saret. — Não há urgência alguma e você será mais útil para nós se estiver descansada o suficiente. Chegue às nove, está bem?

Mia assentiu, sentindo-se como se estivesse flutuando. — Claro, mal posso esperar!

Adam sorriu ao ver o entusiasmo dela. — É uma curva

de aprendizagem muito íngreme — advertiu ele. — Trabalho no laboratório há dois anos e posso dizer que ainda aprendo umas cinquenta coisas novas todos os dias.

Mia sorriu novamente, empolgada demais para se sentir intimidada. — Não tem problema, eu adoro aprender. — Virando-se para Saret, ela disse: — Muito obrigada por essa oportunidade. Farei o possível para ser útil.

— É claro — disse Saret com um sorriso. — Esperarei você amanhã de manhã. — E, levantando-se, ele repetiu o cumprimento anterior tocando no ombro de Korum antes de sair.

Adam seguiu o exemplo do chefe, levantando-se e apertando a mão de Korum antes de partir. Mia notou que, por algum motivo, ele não lhe ofereceu a mão, apesar de saber que era um tanto rude ignorá-la daquela forma. Ela achou que devia ser algum tipo de tabu tocar nas mulheres, ou talvez na *caerle* de outro K, provavelmente relacionado à natureza territorial dos Ks. Como até mesmo Adam seguia aquele costume particular, devia haver um motivo razoavelmente forte.

Finalmente, Korum e Mia ficaram sozinhos.

Levantando-se, o amante sorriu para ela. — Você foi ótima. Posso dizer que Saret ficou impressionado. Estou muito orgulhoso de você.

Mia sorriu de volta e também se levantou. As palavras dele a deixaram com um brilho feliz. — Obrigada. E obrigada novamente por tornar isso possível.

— De nada — disse Korum, puxando-a para perto e enterrando os dedos nos cabelos dela. Segurando-a contra o corpo e com o rosto dela voltado para o dele, Korum disse em tom suave: — Agora, diga novamente que me ama.

OLHANDO PARA ELE, Mia ficou imóvel, com a euforia desaparecendo e sendo substituída por uma sensação terrível de vulnerabilidade. Ele *não* pretendia ignorar o que acontecera na noite anterior.

Ela umedeceu os lábios. — Korum, eu... — Ela tentou abaixar o olhar, afastá-lo do rosto dele, mas era impossível por causa da forma como ele a segurava.

— Diga, Mia. — Os olhos dele assumiram um tom dourado mais profundo. — Quero ouvir você dizer isso de novo.

Ela queria desesperadamente negar, dizer a ele que estivera fora de controle na noite anterior, mas as palavras simplesmente não saíam.

Porque ela o amava, tanto que doía, tanto que mal conseguia pensar por causa das emoções poderosas que enchiam-lhe o peito. Em algum momento nas últimas semanas, ele passara de um estranho perigoso e distante para uma pessoa sem a qual ela não conseguia viver. E, apesar de odiar a perda da liberdade, ela também amava os inúmeros gestos de bondade que ele demonstrava diariamente, a forma como a fazia se sentir tão viva...

Ele tinha razão, ela estivera simplesmente contente com a vida que tinha antes de conhecê-lo. Ela tivera uma vida confortável e, em sua maioria, feliz. Mas não estivera realmente viva.

— Diga, minha querida — ele pediu suavemente, deslizando a mão dos cabelos dela para o rosto. — Diga...

— Eu amo você — sussurrou Mia, encarando-o, imaginando o que ele diria agora, se, de alguma forma, usaria aquilo contra ela.

Mas ele apenas sorriu e inclinou-se para beijá-la, com os belos lábios tocando nos dela com tanta suavidade que ela sentiu o coração apertado dentro do peito. — Isso a deixa feliz, ter um estágio aqui? — murmurou ele, erguendo a cabeça e olhando-a com um brilho amoroso nos olhos dourados.

Mia assentiu. — É claro — disse ela baixinho. — Você sabe que sim.

— Ótimo. Quero que seja feliz aqui — disse ele suavemente, recuando um passo e soltando-a. Em seguida, pegando a mão dela, ele a conduziu para fora da sala particular e para o corredor.

Eles chegaram em casa alguns minutos depois.

Durante o breve percurso, Mia manteve o olhar no chão transparente, apesar de mal conseguir enxergar o cenário abaixo, pois a mente estava ocupada pelos eventos da noite. Por algum motivo estranho, era quase libertador se abrir para Korum daquela forma, dizer a ele como realmente se sentia. Agora não precisaria estar constantemente de guarda, preocupada que Korum pudesse descobrir que ela se apaixonara por ele. Não tinha que temer que ele zombasse dela por ser uma jovem boba e confundir sexo com emoções.

Não, ele não zombara dela. Contrário ao que esperara, ele parecera gostar do aspecto emocional. De fato, ele praticamente a forçara a admitir que o amava. Ele não retribuíra com as próprias palavras de amor, mas ela não esperara que o fizesse. Ele dissera no passado que gostava dela e Mia acreditara nele. Mas amor? Alguém como Korum podia verdadeiramente se apaixonar por uma humana? Arman parecia amar Maria, mas o relacionamento deles era completamente diferente do que Mia tinha com o seu *cheren*.

Não, ela não sabia se Korum algum dia a amaria e não queria enlouquecer pensando nisso. Não naquele momento, não quando se sentia tão feliz e estava tão ansiosa para começar o estágio no dia seguinte.

Eles saíram da aeronave e Korum rapidamente a desmanchou, ativando as nanomáquinas com um pequeno gesto. Mia o observou, sentindo-se como se o coração fosse explodir no peito, incapaz de conter os sentimentos. Cada movimento do corpo alto e musculoso exibia uma força mal dominada. A herança de caçadores dos krinars era evidente na graça predatória com a qual ele se continha. Ele era tão diferente de tudo o que ela imaginara para si — e tão errado para ela de tantas formas —, mas, ainda assim, fora o único homem que a fizera se sentir daquela forma.

Depois que a nave desapareceu, voltando para os átomos individuais, Korum a ergueu nos braços e carregou-a para dentro da casa, indo diretamente para o quarto. Mia o abraçou, desejando desesperadamente contato físico, querendo o prazer incrível que só ele lhe dava.

Eles entraram no quarto e Korum a colocou gentilmente sobre a cama. Deitada, Mia observou enquanto ele retirava a camisa, revelando o peito e o abdômen musculosos. Em seguida, ele tirou a bermuda e ficou totalmente nu, com o pênis grande já rígido e os testículos balançando pesadamente entre as pernas. O corpo dele era o máximo em beleza masculina, pensou Mia vagamente, com o próprio corpo reagindo à visão com excitação quase instantânea.

Antes que ela tivesse a oportunidade de admirá-lo por inteiro, Korum ficou sobre ela e tirou-lhe o vestido, expondo as regiões baixas ao olhar ardente dele. Sem qualquer preliminar, ele afastou as pernas dela e parou por alguns segundos, parecendo fascinado pela visão.

Com o corpo inteiro corado, Mia tentou fechar as pernas, sentindo-se exposta demais naquela posição. Mas ele não deixou que fizesse isso, não até que tivesse a oportunidade de olhar à vontade. Finalmente, erguendo a cabeça, Korum murmurou: — Você tem a boceta mais bonita que já vi. Eu já lhe disse isso?

Mia balançou a cabeça negativamente, ficando ainda mais vermelha.

— É verdade — disse ele suavemente. — Todas as dobras cor-de-rosa delicadas e o minúsculo clitóris, como uma florzinha linda. — E, antes que Mia pudesse dizer alguma coisa, ele abaixou a cabeça na direção do objeto da admiração, separando cuidadosamente as dobras com os dedos, e a língua encontrou a área sensível em volta do clitóris.

Sobressaltada pela súbita onda de prazer, Mia gritou e arqueou o corpo em direção à boca de Korum, com o corpo inteiro tenso devido a uma sensação tão intensa que foi quase intolerável. Ela abaixou as mãos para os cabelos dele, apertando-lhe a cabeça, tentando forçá-lo a um ritmo mais rápido que lhe daria alívio imediato. Mas Korum se recusou a ser apressado e a língua continuou os movimentos enlouquecedoramente leves em volta do clitóris, mantendo-a a um passo do orgasmo. E, quando Mia achou que ficaria totalmente louca, ele finalmente pressionou a parte plana da língua sobre o clitóris, movendo-a para a frente e para trás com força suficiente para que ela atingisse o orgasmo com um grito alto e com o corpo inteiro estremecendo com a intensidade do clímax.

Fraca e com a respiração pesada, ela ficou deitada enquanto ele observava o sexo dela pulsando por causa do orgasmo, com o interesse ainda não totalmente satisfeito. Depois que ela se recuperou um pouco, ele começou a subir nela novamente, mas Mia sussurrou: — Espere.

Para sua surpresa, ele lhe deu ouvidos e parou por um segundo.

Ainda estremecendo ligeiramente depois do que acabara de acontecer, ela se sentou e lançou um olhar desafiador a Korum, estendendo a mão esquerda para acariciar os testículos dele. — É justo dar o troco — disse ela suavemente. — Por que não se deita de costas agora?

Os olhos dele assumiram um tom dourado mais profundo e Mia sentiu os testículos endurecendo na mão.

Ela percebeu que, quando tomava iniciativa, como naquele momento, ele ficava excitado.

— Que tal eu ficar de pé? — sugeriu ele e Mia assentiu, gostando ainda mais da ideia. Ela se ajoelhou sobre a cama alta, estendeu as mãos e correu-as pelo peito dele, adorando a sensação dos músculos duros cobertos pela pele macia. Ele era quente e firme e era quase possível acreditar que era a estátua de algum deus grego ou romano que voltara à vida.

A mão direita continuou descendo pelos músculos rijos do abdômen e seguiram o rastro leve de pelos até o sexo dele. Envolvendo o pênis com os dedos, Mia o sentiu ficando ainda mais duro. Ela o acariciou gentilmente, gostando da textura de veludo da pele, e ele gemeu, fechando os olhos, com a expressão no rosto quase beirando a dor.

Encorajada, Mia pressionou os lábios no peito dele e desceu, cobrindo o corpo de Korum de beijos, lentamente ajoelhando-se até que a boca estava logo acima do pênis. Ele prendeu a respiração em ansiedade. Mia sorriu e lambeu-o, com a língua passando de leve sobre a ponta sensível. Ele gemeu novamente, movendo os quadris na direção de Mia, e enterrou as mãos nos cabelos dela. Isso deixou o rosto dela mais perto do pênis até que ela não teve outra opção além de abrir a boca e deixá-lo entrar.

Ao sentir os lábios dela fechando-se em volta do pênis, ele estremeceu e ela sentiu o gosto levemente salgado. Os músculos internos dela se contraíram quando um tremor de excitação a percorreu.

O prazer dele a deixava excitada, percebeu Mia,

adorando o efeito que tinha nele. Ela raramente tinha a oportunidade de fazer aquilo, de tomá-lo na boca e fazê-lo gozar, pois ele estava sempre muito concentrado em deixá-*la* louca, fazê-*la* gritar com êxtase nos braços dele.

Segurando os testículos com a mão esquerda, ela colocou a direita mais abaixo, em volta da base do pênis e começou um movimento lento e rítmico, a cada vez levando-o mais fundo na boca. Ela não tinha como colocá-lo inteiro na boca, claro, mas ele não pareceu se importar, apertando os dedos nos cabelos dela até quase machucá-la.

Ela o sentiu inchando ainda mais, ficando impossivelmente longo e grosso, e um líquido quente e salgado jorrou na boca de Mia quando ele gozou com um grito rouco, jogando a cabeça para trás em êxtase.

Depois de um minuto, os dedos de Korum lentamente soltaram os cabelos de Mia quando ele retirou o pênis flácido da boca da amante. Olhando para ela, ele sorriu. — Isso foi incrível — disse e Mia olhou para ele, lambendo os lábios devagar e sentindo o gosto do que restara da semente dele. Ela não sabia por que achava tão excitante dar prazer a ele. Estava totalmente excitada de novo, como se o orgasmo poderoso que sentira tivesse acontecido dias antes, não apenas minutos.

Subindo na cama, ele a puxou para perto e tirou-lhe o vestido pela cabeça. Com a visão do corpo nu de Mia, o pênis enrijeceu novamente e as entranhas de Mia se contraíram em expectativa quando ele a puxou, cobrindo-lhe a boca com um beijo intenso.

Em seguida, ele a tomou, possuindo o corpo dela, além de já ser dono do coração e da alma de Mia.

CAPÍTULO TREZE

Nos dez dias seguintes, Mia entrou em uma rotina. os dias eram quase inteiramente consumidos com o estágio no laboratório de Saret, enquanto Korum ocupava as noites e, com bastante frequência, as madrugadas.

O estágio no laboratório era um trabalho exigente e mentalmente exaustivo, mas Mia aprendeu mais em alguns dias do que aprendera em todos os três anos na faculdade. Saret não fazia concessões à ignorância dela nem pelo fato de, como humana, ela ser mais lenta em certas tarefas do que os outros assistentes. No primeiro dia, ele a colocou junto a Adam e atribuiu a eles três projetos. O mais interessante deles era descobrir como melhorar o processo de transferência de conhecimento para crianças krinars. Mia aprendeu que a transferência de conhecimento era a forma como os Ks educavam as crianças, essencialmente gravando as informações necessárias nos cérebros em desenvolvimento. Assim, eliminavam a necessidade de aprendizagem de coisas básicas, como leitura, redação, matemática e história.

Depois de dar algumas explicações rápidas sobre a tecnologia altamente avançada usada no laboratório, Saret pediu a Adam que explicasse a Mia a pesquisa que já fora feita até o momento e mostrasse a ela as gravações e os documentos necessários. Quando Mia saiu do laboratório no primeiro dia, já eram mais de dez horas da noite e ela estava completamente exausta. Korum ficara furioso com Saret, mas o novo chefe dela fora surpreendentemente inflexível: Mia teria que trabalhar tanto quanto os outros aprendizes, caso contrário, não haveria lugar para ela no laboratório. Depois de uma grande discussão entre os dois Ks, que incluiu várias ameaças veladas de Korum, Saret relutantemente concordara que Mia iria para casa às sete horas na maioria das noites, exceto quando estivessem realizando simulações críticas. Naqueles dias, ela teria que ficar até meia-noite, como o restante da equipe do laboratório. Mia protestou que não se importava, que adorava aprender e ficaria até o horário que fosse necessário, mas Korum se recusou a escutá-la. — Você é humana e é minha *caerle*. Não vou deixar que se canse desse jeito — disse ele.

Portanto, a rotina dela fora estabelecida.

Em um esforço de acompanhar a quantidade imensa de informações que recebia todos os dias, Mia colocou várias gravações relacionadas ao trabalho no *tablet* que Korum lhe dera. O *tablet* era à prova d'água e Mia aproveitava os banhos para assistir a alguns vídeos. Korum não ficara nada contente ao descobrir, resmungando que ela estava ainda mais obcecada pelo estágio do que estivera pelos trabalhos da faculdade, mas não ficou no caminho. Na verdade, ele até mesmo preparou um local confortável para ela no escritório, onde poderia estudar perto dele nas noites em que ele trabalhava nos projetos.

Adam era um parceiro de laboratório indispensável e Mia rapidamente percebeu que Saret fizera um imenso favor a ela colocando os dois juntos nos projetos. O jovem K, que ela descobriu ter apenas vinte e oito anos, era muito inteligente e sentia-se extremamente confortável trabalhando com uma humana. Quando adolescente, ele fizera uma fortuna no mercado de ações e estabelecera um fundo considerável para a família humana que o adotara, garantindo que tivessem uma vida confortável para sempre. Ele também detinha várias patentes de *microchips* que a Intel e a Apple disputavam para comprar e pretendia fazer um estágio na empresa de Korum alguns anos mais tarde. Para sua surpresa, Mia descobriu que ele, na verdade, tinha uma namorada humana que se recusava a chamar de *caerle*. Quando Mia tentou descobrir mais, sentindo que seria uma história fascinante, ele não quis dar mais detalhes. Prometeu apresentá-la a Mia algum dia e ela teve que se contentar com aquilo.

Nos primeiros dias, Mia se sentiu tão assoberbada que tinha vontade de chorar, com o cérebro doendo pela quantidade de aprendizado que tentava realizar todos os dias. Para ajudá-la, Adam sugeriu que tentassem gravar na mente dela algumas das informações necessárias, como fariam como uma criança krinar. Inicialmente, Mia resistiu à ideia. Mas, depois de lutar com a coleta básica de dados usando alguns dos equipamentos mais complexos do laboratório, acabou concordando. Saret ficara encantado por ter uma cobaia em quem fazer o experimento, mesmo que ela não se qualificasse como criança nem como krinar, e pediu a Korum permissão para tentar o novo procedimento de gravação em Mia. Depois de interrogar exaustivamente Saret e Adam sobre a segurança e os possíveis efeitos colaterais do processo, o *cheren* deu o consentimento, dizendo a Mia que esperava que aquilo a ajudasse com as dificuldades do período de ajuste inicial. Como resultado, Mia passou a maior parte do fim de semana dentro da câmara de gravação, com o cérebro rapidamente absorvendo todas as informações que Saret considerara serem úteis à assistente.

Quando Mia saiu da câmara no domingo à noite, sentia-se tonta e enjoada, mas sabia o suficiente em neurobiologia para se candidatar a um doutorado honorário no assunto. Ela também poderia realizar cirurgia em cérebros, particularmente em um krinar, mas não achava que gostaria dos aspectos físicos daquela tarefa em especial. Ao mesmo tempo, ela tinha, pelo menos teoricamente, dominado todos os equipamentos no laboratório de Saret e agora se sentia infinitamente mais confortável com a tecnologia krinar de forma geral.

Depois da gravação, um mundo inteiramente novo se abriu para Mia e a segunda semana no laboratório foi consideravelmente menos estressante que a primeira. Em vez de se sentir como uma idiota desajeitada o tempo inteiro, ela agora sabia como fazer todas as tarefas simples — e muitas das mais avançadas — que Saret exigia dos assistentes. Os outros três aprendizes no laboratório, que inicialmente pareceram achar divertida a presença dela, começaram a tratá-la mais como uma igual, deixando que usasse alguns dos equipamentos e das ferramentas deles. Eles ainda eram reservados perto dela, como se não se sentissem muito à vontade com uma humana entre o grupo, mas Mia não deixou que isso a incomodasse. Houvera inúmeros candidatos krinars para a posição dela e ela só estava lá por causa de Korum. Era compreensível que os outros aprendizes não achassem que ela realmente merecesse a oportunidade. Mas Mia estava determinada a provar que estavam errados.

Agora que tinha uma fundação sólida com a gravação, ela passou a aprender muito mais depressa e conseguiu até mesmo oferecer algumas sugestões a Adam sobre possíveis melhorias no processo de gravação. Ele já pensara na maioria delas, claro, mas, mesmo assim, contou a Saret sobre o progresso de Mia. O chefe disse que ela parecia ter uma aptidão natural para a área de estudo dele, palavras de elogio que ela nunca teria esperado ouvir de um krinar.

Ela gostava tanto de trabalhar no laboratório que ficou imaginando por que o assistente anterior saíra.

— Não sei ao certo — disse Adam. — Saur simplesmente levantou e foi embora um dia. Ele disse a Saret que estava se demitindo e, no dia seguinte, desapareceu. Ele sempre foi um pouco estranho, meio solitário. Nenhum de nós o conhecia muito bem. Mas ele era realmente inteligente. Fez muitos trabalhos com a manipulação da mente, que é a parte mais complexa do que fazemos. Ninguém o viu novamente depois que ele foi embora. Não acho que ele ainda esteja em Lenkarda.

Em casa, o relacionamento com Korum passara por uma mudança significativa. Depois da primeira confissão de amor, um tanto relutante, ela se sentia como se não tivesse mais nada a esconder e, agora, as palavras saíam com rapidez e facilidade. Korum parecia estar gostando da nova situação, frequentemente exigindo que dissesse o quanto o amava, e havia um brilho terno constante nos olhos dele quando olhava para ela. De vez em quando, ela achava que ele tinha que amá-la também, pelo menos um pouco, mas não queria perguntar por medo de estragar a trégua frágil que parecia reinar entre eles. Em vez disso, pela primeira vez na vida, ela escolheu viver o momento e não mais sofrer pelo passado nem se preocupar com o futuro.

Os dias de Korum eram ocupados com o julgamento e toda a política associada e ele frequentemente falava sobre o assunto durante o jantar. O Conselho fizera uma investigação sobre a suposta perda de memória dos Kapas e vários especialistas em mente, incluindo Saret, tiveram que testemunhar sobre a validade dos resultados. Começava a parecer que a perda de memória era mesmo real e o veredito final foi suspenso até que o Conselho pudesse descobrir exatamente o que acontecera e quem estava por trás daqueles estranhos eventos. Korum ainda suspeitava que Loris era o culpado, mas não tinha provas suficientes para convencer o restante do Conselho. Como resultados, os Kapas tiveram uma folga temporária enquanto a investigação acontecia.

Todas as noites, Korum fazia jantar para eles, constantemente apresentando a ela comidas novas e exóticas de Krina. Depois, eles iam passear na praia ou sentavam-se no escritório, trabalhando silenciosamente perto um do outro. Sempre que Mia se permitia pensar sobre a vida que levava em Lenkarda, ficava espantada ao notar como era diferente e incrível em comparação às expectativas que tivera inicialmente. Longe de se sentir como a humana de estimação de Korum, ela acordava todas as manhãs com uma sensação de propósito, empolgada para enfrentar o dia e aprender tudo o que o novo emprego tinha a ensinar. Depois de voltar para casa, ela desfrutava da companhia do amante e as noites eram consumidas por sexo apaixonado.

Na cama, Korum era insaciável e Mia percebeu que ele se contivera enquanto estavam em Nova Iorque. O desejo que sentia por ela não parecia ter limites e, com frequência, ele a fodia até que Mia estivesse completamente esgotada e literalmente desmaiasse nos braços dele. Surpreendentemente, o corpo dela parecera se acostumar ao de Korum e ela não precisava mais se preocupar com dores internas nem músculos doloridos ao acordar. Mesmo nas ocasiões em que ele bebia o sangue dela, Mia se recuperava com facilidade incomum.

Ele também começou a introduzir realidade virtual na vida sexual deles. Agora, pelo menos duas vezes por semana, faziam sexo em uma variedade de locais públicos e particulares, indo do palco de um concerto de Beyoncé ao topo do monte Everest, que fora frio demais para o gosto de Mia. Depois daquela primeira vez no ambiente virtual da boate, ele não a pressionara muito além da zona de conforto, apesar de ela não ter dúvidas de que Korum apenas começara a arranhar a superfície de tudo o que pretendia fazer com ela na cama.

Em alguns dias, ela ficava maravilhada com a própria energia aparentemente inesgotável. Apesar de ficar cansada com mais facilidade do que os colegas krinars no laboratório de Saret, conseguia trabalhar dez ou mais horas por dia e ainda passava várias outras horas com Korum, das quais pelo menos duas eram na cama — ou onde estivessem quando ele tinha vontade de fazer sexo. Ela deveria se sentir exausta e esgotada o tempo todo, mas se sentia muito bem. Mia atribuiu isso ao ar fresco da Costa Rica e à empolgação geral pelo novo trabalho.

Depois de uma semana, ela telefonou a Jessie e contou como estava feliz.

— É mesmo, Mia? Você está feliz aí? — perguntou Jessie em tom incrédulo. — Depois de tudo o que ele fez a você?

— Agora é diferente — Mia explicou à amiga. — Eu estava errada em ter tanto medo dele no começo. Eu acho que ele realmente gosta de mim...

— Um alienígena que bebe sangue e praticamente sequestrou você? Você está sofrendo de alguma versão estranha da síndrome de Estocolmo?

Mia riu. — Ei, quem estuda psicologia aqui sou eu. E não, acho que não... — Ela não contou todos os detalhes do novo relacionamento que tinha com Korum, que ainda parecia frágil e precioso demais, mas falou a Jessie sobre o estágio e algumas das coisas novas que aprendera.

— Ah, meu Deus, Mia! Você será especialista em Ks

quando voltar para cá — disse Jessie com inveja. — Está bem, posso ver que ele não está tratando você mal...

— Não, longe disso — disse Mia animada. — Na verdade, acho que nunca fui tão feliz na vida.

— Mas você *vai* voltar para Nova Iorque, certo? — perguntou Jessie preocupada. — Não vai simplesmente decidir ficar aí, vai?

— Não, claro que não — garantiu Mia. — Preciso terminar a faculdade e tudo o mais... — Mas a ideia de voltar não era nem um pouco atraente como fora alguns dias antes.

Ela também telefonou para os pais duas vezes, dizendo a eles que estava tudo bem e que ela chegaria em casa na sexta-feira, quase duas semanas depois da data inicialmente programada. Korum resolvera as férias dela com Saret, dizendo a ele que Mia precisava ver a família. O chefe não ficara nem um pouco feliz pelo fato de Mia ficar afastada por uma semana inteira, mas aceitou, particularmente depois que ela prometeu ficar em contato com Adam e acompanhar os desenvolvimentos mais recentes dos projetos dela.

— Qual é o seu voo? — perguntou a mãe ansiosa. — Precisamos saber para que possamos buscá-la.

Mia franziu o nariz, feliz por a mãe não poder vê-la. Ela não sabia como iria até a Flórida e estivera tão ocupada com o trabalho que se esquecera de peguntar a Korum os detalhes da viagem deles.

— Estou na lista de espera para um voo cedo pela manhã — mentiu Mia, encolhendo-se internamente diante de mais uma mentira que tivera que contar aos pais. — Mas talvez acabe sendo à tarde, então realmente ainda não sei. Mas não se preocupe, o professor conseguiu um carro alugado para mim e não será preciso me buscar no aeroporto.

— Está bem, querida — disse a mãe, soando surpresa. — Se tem certeza... Nós realmente não nos importamos. Você voará para Orlando ou Jacksonville?

— Orlando — disse Mia. Soava bem plausível.

Na quinta-feira à noite, logo antes de partirem para a Flórida, eles tinham uma festa para ir. A prima de Korum, Leeta, estava com o companheiro havia quarenta e sete anos, um grande marco na cultura dos krinars. Em tempo da Terra, isso era, na verdade, quase cinquenta anos, pois Krina viajava em volta do sol em um passo ligeiramente inferior ao da Terra.

Era o primeiro evento público de Mia em Lenkarda.

— Não temos casamentos no sentido humano da palavra — explicou Korum, observando-a colocar um belo vestido que acabara de criar para ela. — Em vez disso, quando um casal quer fazer um compromisso permanente, chegam a um acordo verbal e, em seguida, documentam isso com uma gravação. Nesse ponto, realmente não é da conta de ninguém. Não fazem uma festa nem nada parecido e a união não é considerada permanente até que estejam juntos por pelo menos quarenta e sete anos.

— Por que quarenta e sete? — perguntou Mia curiosa, colocando os pés em sandálias brilhantes que combinavam com o material branco e cintilante do vestido. O vestido em si se moldava à forma dela, mostrando cada curva do corpo. Era também incrivelmente sensual, deixando as costas totalmente expostas. Em volta do pescoço, ela usava o belo colar de Korum e os cabelos estavam decorados com uma malha prateada fina que, de alguma forma, entrelaçara-se com os fios, definindo e separando cuidadosamente cada cacho. A aparência dela não poderia ser melhor e ela ficou grata por Leeta ter se dado ao trabalho de enviar instruções gravadas sobre o que vestir. Pelo jeito, Korum insistira nisso, querendo ter certeza de que Mia não se sentiria desconfortável na primeira festa grande em Lenkarda.

— Porque é um número que consideramos especial. É um número primo razoavelmente grande e vários eventos históricos importantes em Krina aconteceram em anos que terminavam em quarenta e sete. Além disso, é considerado um tempo suficiente para que um casal saiba se é compatível em longo prazo ou não. Antes da Celebração dos Quarenta e Sete, é muito fácil desistir da união. No entanto, o evento a que vamos hoje à noite torna a união vinculativa. Depois desse ponto, um casal cuja união se desfaz perde parte da posição na sociedade. É claro, se uma pessoa traiu ou fez alguma outra coisa para fazer com que a união chegasse ao fim, a posição dela sofre mais e a da parte inocente é menos afetada.

— Então, os divórcios são raros entre os krinars?

Korum assentiu, levantando-se lentamente da cama onde estivera deitado. Ele usava calças brancas justas enfiadas em botas cinzas que iam até o joelho e uma camisa branca sem mangas feita de um material duro e estruturado. Aquele parecia ser o traje tradicional dos krinars para tais celebrações e ele estava simplesmente maravilhoso.

— Sim, divórcios, ou dissoluções de uniões, são incomuns. No entanto, uniões permanentes também são incomuns. Muitos krinars não encontram a pessoa com quem querem ficar por séculos ou mesmo milênios e alguns nunca entram em uma união tradicional por uma série de motivos. Portanto, como pode ver, a Celebração dos Quarenta e Sete é um evento importante para nós e ele será bem concorrido. Não podemos nos atrasar.

— É claro — disse Mia, seguindo-o na direção da porta do quarto.

Eles saíram da casa pela parede normal que se dissolvia e entraram na aeronave que Korum deixara perto da casa preparada para o percurso. A celebração seria em Lenkarda, mas não a uma distância que pudesse ser percorrida a pé. Nas duas semanas anteriores, Mia descobrira que os krinars se locomoviam de duas formas: a pé ou com pequenas cápsulas voadoras. Não havia carros nem transporte terrestre de tipo algum.

Sentando-se no banco inteligente, Mia desfrutou da sensação de se sentir totalmente confortável. Apesar de já serem dez horas da noite e de ter sido um longo dia no laboratório, ela estava muito animada com a ideia de participar daquela celebração. Batendo o pé de leve no chão, ela observou a nave decolar, levando-os rapidamente em direção ao centro da colônia.

Um minuto depois, eles pousaram em frente a um

prédio grande que Mia nunca vira antes. Em vez de ser plantado no chão, ele flutuava no ar alguns metros acima do topo das árvores. Um longo caminho conectava uma parede ao chão, servindo como uma espécie de ponte.

— Esse é o Salão de Celebração — explicou Korum quando saíram da aeronave e percorreram o caminho em direção à estrutura imponente. O prédio parecia ter uns vinte andares de altura e o tamanho de um quarteirão. Mia ficou surpresa de não tê-lo visto antes no mapa virtual de Lenkarda.

— Esse prédio fica aqui o tempo todo? — perguntou ela, vendo outras naves pousando em volta deles e centenas de krinars saindo delas.

— Não — respondeu Korum, conduzindo-a na direção do prédio e ignorando os olhares que eram lançados na direção deles. — Ele foi construído especificamente para essa finalidade e será desfeito quando o evento terminar. Há um Salão de Celebração muito maior em Krina, que é permanente, mas não há krinars suficientes aqui na Terra para justificar ter um prédio tão grande por perto o tempo todo. A Celebração dos Quarenta e Sete é um dos pouquíssimos eventos que reúne toda a população dos krinars na Terra. Muitos habitantes de Krina também estarão assistindo virtualmente.

Toda a população dos krinars na Terra? Todos os cinquenta mil deles? Mia não tinha se dado conta do escopo completo do evento. Nervosa e empolgada, ela agarrou o braço de Korum quando eles entraram no prédio.

O ruído do lado de dentro era quase ensurdecedor.

Parecia que milhares de pessoas já tinham chegado e Mia não pôde evitar estudar as criaturas maravilhosas em volta dela. As fêmeas usavam vestidos brilhantes e de cor clara, similares aos de Mia, enquanto que os trajes masculinos eram parecidos com os de Korum. Até mesmo as mulheres krinars mais baixas eram vários centímetros mais altas que Mia, fazendo com que ela desejasse estar usando saltos altos. O prédio em si era lindamente decorado, com flores e superfícies brilhantes por toda parte. As paredes não eram transparentes, como era comum nas estruturas krinars. Em vez disso, eram reflexivas, fazendo com que o salão já imenso parecesse ainda maior.

Como no Salão de Alimentação, os krinars em volta encararam Mia e Korum. Mia ficou imaginando se era porque não tinham visto muitos humanos, o que não era provável, dado o fato de que todos eles moravam na Terra, ou se porque estavam surpresos ao ver Korum com uma *caerle*. Ela achou que era a última opção. Provavelmente era apenas o fator da novidade de ver um membro do Conselho acompanhado de uma garota humana.

Enquanto abriam caminho pela multidão, Korum colocou uma mão possessiva nas costas dela, puxando-a para mais perto dele. Mia descobrira nas duas semanas anteriores que era considerada uma ofensa grave um macho krinar tocar na fêmea de outro macho, fosse companheira ou *caerle* dele. Era um retorno estranho aos primórdios do comportamento territorial. Os krinars eram muito liberais em relação ao sexo e as mulheres krinars tinham todos os mesmos direitos e as mesmas liberdades que os homens krinars. No entanto, quando entravam em um relacionamento de compromisso, nenhum outro homem tinha permissão de tocar na mulher sem consentimento explícito do *cheren* ou do companheiro dela. Em alguns casos, violar essa regra podia até mesmo terminar em um desafio na Arena.

Korum era particularmente rigoroso nessa questão. Quando ele a buscara no laboratório no segundo dia do estágio e vira Adam inclinado sobre ela para ajudá-la com um dispositivo de teste específico, ele quase perdera o controle. Mia ficara impressionada com a compostura de Adam naquela situação. Em vez de se encolher com a fúria de Korum, o jovem krinar explicara calmamente que estava ajudando Mia com o trabalho e não encostara um dedo nela. Por sorte, Korum não fizera nada além de lhe lançar um olhar gelado. Mia teria odiado ver aqueles dois em uma briga. Ainda assim, depois daquele incidente, Adam passou a ser particularmente cuidadoso perto dela, sempre mantendo pelo menos meio metro de distância entre eles. A última coisa de que ele precisava era de um *cheren* ciumento atrás dele, explicou Adam com uma risada.

Portanto, naquele momento, Korum a mantinha bem perto enquanto andavam em direção ao centro do salão gigante. Seria impensável que outro macho encostasse nela, pensou Mia com exasperação.

Ao se aproximarem do centro, Mia viu uma plataforma flutuante com um casal sobre ela. Ela reconheceu os cabelos vermelhos escuros da prima de Korum, o motivo da celebração de união que estava acontecendo. Era um tom incomum para uma krinar e Mia ficou imaginando se era natural ou tingido. O companheiro de Leeta era tão lindo quanto ela: alto, musculoso e com a cor escura típica dos krinars. Eles usavam trajes incomuns, parecendo mantos, de cor verde pálido, e estavam completamente parados, simplesmente olhando um para o outro.

Centenas de bancos flutuantes estavam dispostos em fileiras circulares em volta da plataforma e Korum a levou para a fileira da frente. Pelo jeito, como parente e membro do Conselho, ele tinha os melhores lugares do salão.

Olhando em volta, Mia viu uma pessoa familiar algumas fileiras atrás deles. Levantando o braço, ela abanou para Delia e sorriu quando a *caerle* de Arus acenou de volta. Virando a cabeça para ver para o que Mia olhava, Korum viu Arus e deu-lhe um aceno frio com a cabeça. O outro Conselheiro respondeu do mesmo modo. Claramente, as tensões políticas entre os dois não tinham melhorado desde que Mia observara as interações deles no julgamento.

— Então, o que vai acontecer? — perguntou Mia, observando enquanto mais e mais krinars se apinhavam dentro do prédio. Talvez não houvesse nem perto de cinquenta mil ainda, mas certamente parecia um número grande.

— Em mais alguns minutos, eles se unirão e, depois, todos celebrarão dançando a noite inteira — disse Korum e havia um brilho malicioso nos olhos dele.

Aquele brilho normalmente significava que ele estava aprontando alguma coisa. — O que quer dizer com "eles se unirão"? — perguntou Mia desconfiada. A mente dela começou a vagar por uma direção estranha e inadequada.

Os lábios dele se abriram em um sorriso, expondo a

covinha na bochecha esquerda. — Exatamente o que você acha que significa, minha querida. Eles copularão publicamente, vinculando a união deles na forma de nossos ancestrais.

— Eles farão sexo na frente de todo mundo?

O rosto dela provavelmente ficara vermelho, pois Korum caiu na gargalhada. — Sim, minha querida. Mas não se preocupe, os mantos que estão usando foram concebidos especificamente para dar a eles privacidade. Suas sensibilidades delicadas não serão muito ofendidas.

— Minhas sensibilidades não são delicadas — sibilou ela, sabendo que todos os krinars em volta deles provavelmente conseguiam ouvir a conversa. Como os vampiros das lendas, os Ks tinham os sentidos mais aguçados que a maioria dos humanos, o que significava audição, visão e olfato melhores, cortesia da herança de caçadores deles.

— Não? — brincou ele, erguendo a mão para acariciar o rosto dela. — Está acostumada com orgias públicas?

Mia empurrou a mão dele para longe e, com ar determinado, voltou a atenção para o casal sobre a plataforma. Algumas vezes, Korum gostava de implicar com ela, dizendo todo tipo de coisas maldosas só para vê-la corar. Mia não era puritana, mas não conseguia impedir a reação involuntária da pele. E ele parecia gostar muito disso.

Naquele momento, o salão escureceu e o ruído da multidão abruptamente cessou. Uma luz suave acendeu somente sobre a plataforma. Era como um palco, percebeu Mia, com o rosto ficando quente novamente ao pensar no que estava prestes a acontecer. Em geral, ela achava que a cultura krinar era bastante paradoxal. Enquanto a ciência e a tecnologia eram incrivelmente avançadas, alguns dos costumes — como as lutas na Arena e, agora, aquele ritual de vinculação — eram quase bárbaros.

Uma música estranha, diferente de tudo o que Mia já ouvira, começou a tocar. A melodia era assustadora e poderosa e a batida subjacente era rítmica e irregular ao mesmo tempo, fazendo com que Mia se contorcesse na cadeira. Não era uma música para dançar, mas havia algo estranhamente sensual nela, com alguns tons quase acariciando-lhe a pele. Ela não tinha ideia de que instrumentos musicais eram usados, mas tinha que admitir que o resultado final era lindo. Korum a deixara escutar algumas músicas krinar anteriormente e ela as achara bem incomuns, mas nada como o que escutava naquele momento.

— Essa é a música tradicional de vinculação — sussurrou Korum. — É uma de nossas melodias mais antigas e data de mais de um bilhão de anos.

— É incrível — sussurrou Mia de volta, sentindo os cabelos finos da nuca arrepiando-se quando o ritmo ficou mais acelerado.

O casal, que estivera de pé no palco o tempo inteiro sem se mover, deu um passo em direção ao outro. Os braços se levantaram, as palmas se encontraram e os mantos que eles usavam pareceram se expandir e curvar-se em volta do corpo dos dois, criando uma espécie de tenda. Agora, somente a cabeça deles estava visível e a expressão no rosto dos dois era calma, como se não estivessem prestes a fazer algo muito íntimo na frente de cinquenta mil espectadores.

Enquanto a música continuava a tocar, o companheiro de Leeta começou a falar, com a voz ecoando pelo salão. — Nos últimos quarenta e sete anos, você foi minha companheira, meu amor, minha vida. Sem você, meu futuro não significa nada. Você é o ar que eu respiro, a água que bebo, a comida que consumo. Você é e sempre será parte de mim.

Ele parou e Mia piscou várias vezes para eliminar a umidade súbita dos olhos. Apesar de simples, as palavras pareciam ser verdadeiras e ela não pôde deixar de sentir inveja de Leeta por ter alguém que a amava tão profundamente.

Leeta falou em seguida. — Você é meu companheiro, meu amor, minha vida. Sem você, meu futuro não significa nada. Você é o ar que eu respiro, a água que bebo, a comida que consumo. Você é e sempre será parte de mim. Ficarei com você por mais quarenta e sete anos, quarenta e sete anos depois disso e cada quarenta e sete anos até o infinito.

Ela ficou em silêncio e, logo depois, eles falaram juntos. — Estamos unidos — disseram e o voto reverberou pelo prédio.

A música ficou em silêncio por um segundo e recomeçou, mas, dessa vez, a batida era mais profunda, mais sexual. Para sua surpresa, Mia começou a se sentir excitada, com o coração batendo mais depressa e os músculos internos se contraindo com os tons incomuns e melodiosos. Ela nunca imaginara que uma música poderia lhe causar algo parecido.

E, pelo jeito, ela não era a única. O humor da multidão pareceu mudar e Mia sentiu a tensão súbita na atmosfera. Uma mão masculina quente pousou sobre a coxa dela, acariciando-a de leve, e Mia virou a cabeça para ver Korum olhando para ela com um brilho familiar nos olhos cor de âmbar. — Agora começa a parte divertida — disse ele baixinho e o rosto de Mia ficou quente novamente.

Olhando em volta disfarçadamente, ela viu que os outros expectadores olhavam para o palco com uma expressão enlevada no rosto.

Enquanto isso, o casal no palco chegou ainda mais perto um do outro. Apesar de Mia não conseguir ver o corpo deles, sabia que deviam estar tocando-se naquele momento. Os olhos de Leeta estavam fechados e ela parecia afogueada sob a pele dourada, enquanto que o companheiro estava com respiração mais pesada ao olhar para o belo rosto dela. Eles não se beijaram e não havia contato físico visível de qualquer tipo, mas o coração de Mia ainda batia mais forte ao saber o que estavam fazendo. A cena que se desenrolava na plataforma era incrivelmente erótica, ainda mais pelo fato de que muito ficava a cargo da imaginação dos expectadores.

Hipnotizada, Mia ficou olhando para o palco, incapaz de afastar os olhos.

~

A ALGUMAS FILEIRAS DE DISTÂNCIA, o krinar observou a *caerle* de Korum assistindo à cerimônia.

O pequeno rosto dela estava rosado e os lábios

ligeiramente separados. Ele viu o peito pequeno subindo e descendo com cada respiração e contraiu os dedos com vontade de arrancar o vestido dela e expor os seios perfeitamente redondos com mamilos rosados ao olhar dele.

Nas duas semanas anteriores, o desejo dele se transformara em uma obsessão quase intolerável. Quando tentou analisá-la logicamente, percebeu que tinha algo a ver com o fato de ela pertencer ao inimigo. Ele odiava Korum havia muito tempo e a ideia de tirar algo que o inimigo amava era excessivamente atraente.

Mas era algo mais profundo que aquilo. Ele se via pensando nela constantemente, fantasiando sobre tocá-la, sentir o gosto dela... Fodê-la, como ele vira Korum fazer na praia. Até aquele dia, ele não conseguira assistir ao incidente completo, pois a fúria e o ciúmes amargo corriam-lhe pelas veias ao ver o nêmesis desfrutando de algo que queria desesperadamente para si.

Aquela obsessão dele era algo incrivelmente perigoso. Ele estava começando a ter dificuldades para se controlar e não podia deixar que os verdadeiros sentimentos aparecessem. Havia muita coisa em jogo para desperdiçar tudo por uma garota humana, não importava o quanto ele desejava aquele corpo delicado.

Além do mais, se o plano dele desse certo, ela seria sua.

Tudo seria seu.

CAPÍTULO CATORZE

Depois que o ritual de vinculação terminou, uma parede opaca subiu em volta das bordas da plataforma, ocultando o casal das vistas, e a música silenciou.

Com o rosto quente, Mia se levantou da cadeira, seguindo o exemplo de Korum. O que acabara de testemunhar não fora nada pornográfico, mas ela não conseguia tirar da mente as expressões enlevadas do casal. O ato sexual deles fora escondido, mas os sentimentos e as emoções durante o ritual estiveram bem à vista para que todos vissem. No final, a música chegara a um *crescendo* e Mia percebeu que ela imitava e incentivava o ato de amor.

Agora todos estavam de pé. Olhando para Korum, ela notou que ele olhava diretamente à frente. Subitamente, ele bateu o pé no chão várias vezes. A ação dele pareceu servir como algum tipo de sinal, pois o salão ficou subitamente tomado pelo ruído de batidas altas quando todas as pessoas na multidão seguiram o exemplo de Korum. Incerta no começo, Mia fez o mesmo, chegando à conclusão que provavelmente era a versão dos Ks de bater palmas. Korum virou a cabeça e lançou-lhe um sorriso aprovador.

O holofote do palco desligou e o salão ficou gradualmente mais claro. Todos os bancos subiram no ar e flutuaram para longe, deixando uma área vazia imensa no lugar onde os espectadores estiveram sentados.

Uma música diferente começou a tocar, mais parecida com as que Mia ouvira antes na casa de Korum. Parecia uma mistura de sintetizador com subtons chorosos e uma batida pulsante. Música de festa dos krinars, imaginou Mia, observando quando todos começaram a se mover e a reunir-se em pequenos grupos.

— O que você achou? — perguntou Korum, colocando a mão no ombro de Mia e olhando para ela com um sorriso.

— Achei lindo — disse Mia sinceramente e o sorriso dele se alargou.

— Quer ficar para a dança ou está cansada demais? — perguntou ele.

— Ah, não, eu adoraria ficar! — Que tipo de idiota seria ela se perdesse a primeira festa dançante dos krinars?

— Então está bem, vamos dançar.

Ele a conduziu para longe da plataforma, na direção de uma das áreas de canto que parecia ter a função de pista de dança. Ao passarem pela multidão, outro krinar deu um passo para o lado, deixando-os passar. Korum acenou com a cabeça para algumas pessoas, parando brevemente para dizer olá e apresentar Mia para alguns Ks aqui e ali. Todos que encontraram pareceram tratar Korum com uma mistura de deferência e respeito, e Mia percebeu novamente como o amante era poderoso na sociedade dos Ks.

Quando chegaram a uma das pistas de dança no canto, Mia parou e ficou olhando. Ela nunca conseguiria dançar daquele jeito. Nunca.

A graça atlética exibida pelos dançarinos era incrível... e inumana. Eles não se moviam, simplesmente *fluíam* de um passo de dança para o outro. Era um espetáculo diferente de tudo o que Mia já vira e ela tentou imaginar como atletas ou dançarinos profissionais krinars seriam, se tal coisa existia.

Olhando para Korum, ela disse em tom assustado: — Acho que vou ficar só assistindo. Isso é um pouco avançado demais para mim.

— Não se preocupe com isso — disse Korum, sorrindo para ela. — Você pode só me seguir.

E, antes que ela pudesse protestar, ele a levou para a pista de dança, com as mãos segurando a cintura dela com firmeza. Assustada, Mia agarrou os ombros dele, segurando-se nele quando Korum começou uma série nada familiar de movimentos.

Dançar com Korum foi uma experiência diferente de tudo o que ela vivera. Mia não sabia nem mesmo se aquilo podia ser chamado de dança. Era mais como ser pega e arrastada por um tornado. Durante a hora seguinte, os pés dela mal encostaram no chão enquanto ele a girava em uma rotina complexa. Rindo e gritando em alguns dos movimentos mais extremos, a única coisa que Mia conseguia fazer era se segurar enquanto o salão girava em volta dela. Finalmente, com sede e sem fôlego, Mia implorou para que ele parasse.

— Isso foi incrível! — Ela não conseguiu evitar o sorriso imenso no rosto quando pararam ao lado de uma das mesas flutuantes que tinham uma variedade de líquidos de aparência interessante.

Korum sorriu de volta para ela. — Viu só? Você consegue dançar. — Enchendo um copo arredondado com um líquido cor-de-rosa, ele o entregou a ela.

— Consigo ficar agarrada enquanto você me gira — disse Mia, rindo da imagem que deviam ter mostrado. Ela se sentia como se tivesse voado e fora uma sensação incrível. Pegando o copo da mão dele, ela tomou um gole e imediatamente bebeu tudo.

— Nossa, que delícia — disse ela. — O que é? — Parecia um suco, mas tinha um gosto refrescante.

— Um tipo de coquetel de frutas. Muito comum em festas e outros eventos.

— Vocês não bebem nada com álcool?

— Sim, bebemos. — Korum apontou para as outras bebidas sobre a mesa. — Mas não é nada que você possa beber. Eles são preparados para deixar os *krinars* embriagados e provavelmente acabarão com você. Portanto, fique só no coquetel, está bem?

Mia fingiu estar desapontada. Depois do incidente na boate em Nova Iorque, Korum parecia fazer o possível para limitar a ingestão de álcool dela. Ela na verdade não queria nada forte o suficiente para deixar um K bêbado, mas achou engraçado que Korum sentisse a necessidade de avisá-la.

— Não me olhe assim — disse ele em tom suave com os olhos presos nos lábios dela. — Faz com que eu tenha vontade de morder esse seu lábio delicioso.

Surpresa pela mudança súbita no humor de Korum, Mia reflexivamente umedeceu os lábios. E percebeu o erro quando o ouviu respirar fundo.

— Já chega — disse ele baixinho, com a voz um pouco rouca. — Nós vamos para casa.

E, antes que ela conseguisse dizer alguma coisa, ele a conduziu rapidamente pela multidão, encaminhando-se em passos decisivos para a saída.

Quando chegaram, ele arrancou as roupas dela assim que entraram na casa. Em expectativa, Mia ficou parada nua, observando enquanto ele tirava as próprias roupas. Ele já estava com o pênis totalmente enrijecido e um calor familiar a queimou por dentro ao ver o olhar faminto nos olhos dele.

— Você está me deixando louco, sabia disso? — disse ele em voz rouca, dando um passo na direção dela e erguendo-a para que ficasse de pé sobre o sofá. Daquele ponto, Mia ficou um pouco mais alta que ele e gostou da novidade de olhar para baixo para vê-lo.

— Não estou fazendo nada — protestou Mia. Em seguida, gemeu quando ele colocou a boca quente sobre o pescoço dela, beijando o ponto sensível naquela área. Tremores de prazer percorreram-lhe o corpo e ela fechou os olhos quando ele a puxou para mais perto, com as mãos largas acariciando as costas nuas. Os lábios dele desceram pelo pescoço dela até que a língua brincou lentamente em volta do mamilo direito. As entranhas de Mia se contraíram com a sensação.

Ele ergueu a cabeça, olhando para ela com um olhar âmbar ardente. — Você existe. Você me faz querê-la só pelo fato de respirar. Tudo em você me atrai. Seu gosto, seu cheiro, o olhar em seu rosto quando estou dentro de você. Não consigo passar um dia sequer sem tocar em você, sem senti-la em meus braços. Não consigo passar nem algumas horas sem isso. E não é suficiente, Mia... Eu quero mais. Quero tudo.

Mia prendeu a respiração ao olhar para ele. A intensidade de Korum era quase assustadora.

— Você tem tudo — sussurrou ela, agarrando os ombros poderosos. — Eu amo você. Você sabe disso...

— Eu sei? — As mãos dele deslizaram pelas costas de Mia e seguraram-lhe as nádegas. Ele a puxou mais para perto até que a parte inferior do corpo dela encostou no dele e a ponta do pênis enrijecido sondou o espaço entre as coxas.

— É claro... — Mia arquejou quando sentiu ele começar a penetrá-la.

— Diga-me que você é minha — comandou ele e ela estranhou a necessidade sombria que viu no rosto dele. O rosto de Korum estava afogueado e os olhos brilhavam com uma emoção estranha.

Mia umedeceu os lábios. Por enquanto, apenas a cabeça do pênis estava dentro dela, que estava desesperada por mais. — Eu sou sua — disse ela suavemente. Em seguida, ela gritou, jogando a cabeça para trás, quando ele a penetrou totalmente com uma investida.

— É isso mesmo — sussurrou ele selvagemente —, você é minha. Você sempre será minha.

E, pelas horas seguintes, Mia não duvidou daquilo nem por um segundo.

~

— Como vamos para a Flórida? E você pode fazer mais algumas roupas humanas para mim? Acho que não tenho o suficiente aqui... E sapatos... Talvez devêssemos pegar algumas das minhas roupas novas em Nova Iorque...

Sentindo-se uma pilha de nervos na manhã seguinte, Mia andava de um lado para o outro na cozinha, nervosa demais para dormir além das sete horas da manhã, apesar de ter dormido menos de quatro horas na noite anterior.

— Não me lembro de ter visto você tão nervosa desde a época em que estava me espionando — observou Korum com expressão divertida, cortando um mamão para fazer uma vitamina para ela. Ele voltara ao normal, parecendo ter superado o estranho estado de espírito em que estivera na noite anterior.

Mia respirou fundo e sentou-se em uma das cadeiras. — Não, mas é sério, não tenho nada para vestir. Só o que tenho é a calça *jeans* e a camiseta que estava usando antes...

— E por acaso eu não cuido disso sempre para você?

Era verdade, ele cuidava. Ele sempre cuidava de toda a parte logística e tudo saía perfeitamente bem.

— Está bem, estou nervosa — confessou Mia, levando o

polegar à boca para roer a unha. Mas acabou se lembrando de que se livrara daquele hábito horroroso na época da escola.

— Por quê? Você deveria estar feliz. Verá a sua família em breve. Não é o que queria?

— Eles vão descobrir que menti para eles — Mia explicou em tom impaciente, lançando um olhar a Korum que dizia "será que não entende?". — E depois vão ter um ataque quando conhecerem você...

Ele suspirou exasperado. — Eles não vão ter um ataque. Nós já discutimos isso. Primeiro, você contará a eles sobre mim. Depois, farei o possível para mostrar a eles que a sua segurança e o seu bem-estar estão garantidos.

Mia saltou da cadeira, incapaz de permanecer sentada. — Eu sei, mas não consigo imaginar como eles *não* terão um ataque. Eu nunca levei um namorado para casa antes e agora aparecerei com um K. Eles nunca viram um de vocês, exceto na televisão.

— Bem, então, terão uma nova experiência.

Korum estava completamente inflexível em relação àquilo. No que lhe dizia respeito, os pais dela teriam que se acostumar com o fato de que a filha agora era a *caerle* dele. Sempre que Mia tentava lançar a ideia de ir sozinha para a Flórida, ele imediatamente a dissuadia. Era perigoso demais, dizia Korum, e, além do mais, ele não tinha a menor intenção de ficar longe dela por uma semana inteira. Quando Mia argumentava que ainda poderiam se encontrar à noite, pois a aeronave super-rápida dele podia ir a qualquer lugar do planeta em questão de minutos, ele voltava à primeira parte do argumento. Nem todos os combatentes da Resistência tinham sido capturados ainda, explicava ele, e, portanto, não era seguro que ela fosse para fora de Lenkardâ sozinha.

Mia soltou um suspiro frustrado. — Está bem, ok. Então, vamos na mesma nave que nos trouxe à Costa Rica? — Quando Korum assentiu, ela continuou: — E onde você pretende pousar? No quintal da casa dos meus pais?

Ele riu. — Não, minha querida. Isso poderia assustá-los demais, sem falar que atrairia muita atenção indesejada para a sua família. Nós pousaremos em uma seção especial do Aeroporto Internacional de Daytona Beach e criarei um carro para nós lá. Depois, iremos até a casa dos seus pais. Sua chegada será bem humana e direta.

— E o que você fará? Ficará sentado dentro do carro enquanto explico a situação toda para eles?

— Eu a deixarei lá e darei uma volta para explorar a área. Você me telefonará quando estiver pronta para que eu vá até lá. Tome, beba a sua vitamina e pare de se estressar. Ficará tudo bem — disse Korum em tom reconfortante, entregando o copo a ela.

— Obrigada — disse Mia depois de tomar alguns goles da bebida saborosa. Ela estava começando a se sentir marginalmente melhor. Talvez *estivesse* preocupando-se demais. — E quando vamos decolar?

Ele deu de ombros. — Quando estiver pronta. Podemos ir agora, se quiser.

— O quê? Tipo, nesse exato segundo? — O nervosismo dela voltou com toda força.

Korum pareceu exasperado. — Eu disse quando você

estiver pronta. Termine a vitamina, faça o que ainda precisa fazer e depois disso nós partiremos.

— Eu não deveria também trocar de roupa? — perguntou Mia, dando a ele um olhar ansioso. Naquele momento, ela estava de roupão e chinelos.

— Sim, você deveria. E, se olhar no armário, encontrará uma roupa que preparei especificamente para hoje — disse Korum pacientemente. — Agora, pare de entrar em pânico e termine de se arrumar. Sua família está esperando.

Quase vibrando por causa da tensão, Mia correu para o quarto e abriu o armário. Korum preparara um belo vestido azul de verão e um par de chinelos prateados. Não havia etiquetas no vestido nem nos sapatos. O amante obviamente os criara ele mesmo. Mas ele acertara o estilo. O vestido tinha o decote amplo que aparecera em todas as revistas de moda e os chinelos tinham a quantidade certa de brilho para que fossem casuais para uso diurno, se é que era assim que as revistas os chamavam. Havia também um conjunto de roupas íntimas: uma calcinha de renda *sexy* e um sutiã combinando. Korum claramente pensara em tudo.

Vestindo as novas roupas com estilo humano, Mia estudou criticamente o reflexo no espelho, tentando imaginar como os pais a veriam. Na opinião dela, sem ser excessivamente modesta, achou que parecia incomumente bem. A pele não tinha nenhuma imperfeição — até mesmo as sardas tinham desaparecido, apesar do sol quente — e os cachos castanhos estavam macios e sedosos. A cor do vestido complementava a dos olhos, deixando-os com um azul mais profundo. No geral, ela parecia exatamente como se sentia: feliz e saudável. Com sorte, aquilo ajudaria a diminuir a preocupação dos pais sobre a situação.

Saindo do quarto, Mia encontrou Korum sentado no escritório, parecendo ajustar um projeto. Ele também trocara de roupa e vestia *jeans* e uma camisa polo branca, que abraçava o corpo musculoso de maneira perfeita. Nos pés, ele usava tênis marrons que tinham aparência casual e elegante.

— Estou pronta — disse Mia corajosamente, sentindo como se fosse enfrentar a guilhotina, não os pais que adorava.

Ao vê-la, Korum lentamente sorriu e manchas amarelas apareceram nos olhos expressivos. — Venha cá — disse ele em tom suave, puxando-a para o colo antes que ela pudesse protestar.

Inclinando-se para a frente, ele a beijou de forma profunda, com a boca sondando-lhe a boca enquanto a mão entrava por debaixo da saia, pressionando as partes íntimas cobertas de renda. O corpo de Mia reagiu com excitação rápida, os mamilos ficaram enrijecidos e ela se sentiu molhada e preparada para ele.

Lutando para respirar, Mia gemeu. — O que está fazendo? — Os dedos dele agora estavam dentro da calcinha e ela os sentiu acariciando a área diretamente em volta do clitóris. Incapaz de ficar imóvel, ela se contorceu no colo dele, sentindo a tensão começar a se acumular. Mia não conseguia acreditar que ele estivesse fazendo aquilo com ela, tão pouco tempo depois da maratona sexual da noite anterior.

— Estou garantindo que você esteja menos estressada quando encontrar os seus pais — murmurou ele. Ela ouviu o barulho do zíper sendo aberto. Antes que tivesse tempo de dizer alguma coisa, ele puxou a calcinha dela para baixo, deixando-a pendurada nos tornozelos, e levantou a saia. Agora, o traseiro nu estava no colo dele e o pênis rígido pressionava as nádegas dela.

— Korum, por favor... Não acho que seja uma boa ideia... Ah! — gritou ela quando ele a penetrou subitamente, entrando nela sem qualquer preliminar. Com os pés presos pela calcinha, ela não conseguiu abrir as pernas um pouco mais para que ficasse um pouco mais confortável e ele parecia imenso dentro dela. O pênis parecia um bastão em chamas queimando-a por dentro.

— Shhh — sussurrou ele, colocando os dedos sobre o clitóris dela novamente. — Apenas relaxe. Seja uma boa garota...

Mia gemeu, sentindo-se desconfortavelmente repleta e insuportavelmente excitada quando ele começou a se mover dentro dela e o pênis encostou no ponto G. Ao mesmo tempo, ele começou a acariciar o clitóris, mantendo a pressão firme e constante.

Sem qualquer aviso, um orgasmo intenso percorreu o corpo de Mia e ela gritou, com a vagina latejando em volta do intruso enorme. Korum também gemeu, com o pênis latejando dentro dela, liberando a semente em jatos quentes quando as contrações rítmicas dos músculos internos de Mia o fizeram gozar.

Sentindo-se como uma boneca de pano, Mia se jogou sobre ele. O corpo inteiro ainda estremecia com pequenas contrações e ela ouviu a respiração dele lentamente voltar ao normal.

Depois de cerca de um minuto, ele se levantou e gentilmente colocou-a de pé, entregando-lhe um lenço macio para limpar os vestígios do ato sexual. — Está melhor agora? — perguntou ele, sorrindo.

Mia certamente se sentia menos tensa, mas agora estava preocupada em aparecer na casa dos pais parecendo e cheirando como uma ninfomaníaca. Ela lhe lançou um olhar reprovador enquanto limpava os restos de esperma da parte de dentro da coxa. — Agora preciso tomar um banho antes de ir a qualquer lugar...

— Está bem. — Korum sorriu. — Vamos tomar um banho rápido e partiremos. Cinco minutos deve ser suficiente. — E, pegando-a no colo, ele rapidamente a carregou para o banheiro, movendo-se com velocidade inumana.

Mantendo a promessa, eles estavam prontos e saíram cinco minutos depois. A cápsula que levara Mia à Costa Rica já estava montada e parada ao lado da casa. Korum parecia ter aumentado a clareira em volta da casa para acomodar a nave, em vez de ser necessário caminhar alguns minutos até o ponto em que pousaram duas semanas antes.

Entrando pela parede dissolvida, Mia estudou as paredes cor de marfim transparentes e os bancos flutuantes já familiares. A nave ainda não parecia o equipamento de tecnologia complexa que realmente era, sem nenhum componente eletrônico nem controle visível. Mesmo assim, ela sabia que era capaz de carregá-los por milhares de quilômetros em questão de segundos, sem efeito prejudicial nenhum devido à alta velocidade.

Sentando-se em um dos bancos, Mia suspirou ao senti-lo ajustando-se em volta dela, moldando-se ao formato do corpo. Era uma das coisas que ela mais sentiria falta na Flórida, todas as tecnologias inteligentes que pareciam feitas unicamente com a finalidade de tornar a vida mais fácil e mais confortável. Ela resolveu pedir a Korum que refizesse a casa para que fosse como era antes de ele "humanizá-la" por causa dela. Agora, que ela estava praticamente acostumada com a tecnologia dos krinars, estava muito curiosa para saber como a casa dele era normalmente.

Logo depois, eles estavam a caminho, com a nave decolando silenciosamente e levando-os em direção à Flórida, onde os pais de Mia ainda estavam em ignorância completa da surpresa que a filha mais nova tinha para eles.

O KRINAR ASSISTIU quando a nave decolou.

Eles foram embora. *Ela* foi embora.

Observá-la dançar com o inimigo na noite anterior fora quase intolerável. *Ele* queria estar com o corpo dela encostado contra si, queria levá-la para casa para passar a noite. Ele passara as horas seguintes imaginando-a na cama de Korum e uma fúria silenciosa o queimara por dentro. Talvez fosse melhor ela ter partido. Aquilo reduziria as distrações durante a semana seguinte.

Ela parecia feliz, rindo enquanto Korum a girava no ar. Garota tola. Se ao menos ela soubesse da verdade.

Ela apoiaria a causa dele depois que ele explicasse tudo. Ela entenderia, o K tinha certeza disso.

Ela iria querer que a Terra fosse salva.

CAPÍTULO QUINZE

—*P*ode me deixar aqui? — Mia perguntou a Korum quando entraram na rua dos pais dela. — Eles poderão ver o carro se você parar na frente da casa.

— Claro — disse ele e a Ferrari Spider conversível inimaginavelmente cara parou suavemente a algumas casas de distância da casa onde Mia passara a infância.

Mia não fazia ideia de por que Korum escolhera criar aquele carro em particular. Ela se lembrou vagamente de ouvir o irmão de Jessie falar sobre ele alguns meses antes. Supostamente, ele custava mais do que três casas médias. Quando Mia protestara e dissera que um Toyota serviria tão bem quanto aquele carro, o amante simplesmente erguera as sobrancelhas. — É um dos carros mais bonitos — disse ele — e eu gostaria de aproveitar a experiência de operar um desses veículos humanos. Sem falar que esse é o único projeto de carro que me preocupei em ajustar para que pudesse ser reproduzido por nossa nanotecnologia.

E foi o fim da conversa. O pequeno carro esportivo percorrera a I-95 em alta velocidade, levando-os ao destino em Ormond Beach em tempo recorde. Parecia que uma das vantagens de viajar com um K era não ter que se preocupar com multas por excesso de velocidade. Qualquer policial azarado o suficiente para pará-los imediatamente daria meia volta ao vir o motorista.

— Muito bem, basta me chamar quando quiser que eu venha. E pare de se preocupar — disse Korum, inclinando-se para abrir a porta para ela e beijando-a rapidamente nos lábios.

— Está bem.

Mia saiu do carro e fechou a porta, observando enquanto ele ia embora. Depois, respirando fundo, ela andou na direção da casa dos pais.

A RUA em que Mia crescera era em uma parte ligeiramente mais antiga da cidade. A maioria das casas foram construídas nas décadas de oitenta e noventa, antes da explosão imobiliária no meio da década de 2000. Como resultado, o teto de alguns vizinhos parecia um pouco gasto, com alguns deles cobertos por painéis solares que estavam na moda. Em geral, as casas não tinham aquela aparência nova e brilhante que caracterizava algumas das partes mais ricas e caras da área. No entanto, a paisagem era muito mais bonita, com árvores grandes que forneciam sombra e reduziam as contas de energia elétrica.

Descendo a rua, Mia absorveu a atmosfera familiar, com cada casa e cada arbusto trazendo uma lembrança da infância. Ali ficava a casa da amiga Lauren, onde ela passara muitos verões quentes na piscina. E lá estavam os carvalhos altos em que costumavam subir sem a menor preocupação com a segurança. Lauren fora para a universidade em Michigan e Mia raramente a via, apesar de conversarem pelo telefone ou pelo Skype de vez em quando.

Como muitos outros, os pais de Mia saíram do Brooklyn e mudaram-se para a Flórida, atraídos pelo clima quente e pelos preços das casas. Fora uma decisão da qual nunca se arrependeram, ajustando-se rapidamente ao ritmo mais lento da vida lá. Marisa tinha três anos na época e Nova Iorque ficara cara demais para que o jovem casal comprasse qualquer coisa maior do que um apartamento quarto e sala. Portanto, economizaram durante dois anos — sem nem mesmo ir a um restaurante naquele tempo todo, dissera a mãe com orgulho — e deram entrada em uma bela casa de quatro quartos em um bairro de classe média em Ormond Beach.

Aproximando-se da casa, Mia hesitou por um segundo, tentando controlar o nervosismo. Sem querer contar mais nenhuma mentira, ela decidira não telefonar para os pais avisando o horário em que chegaria. Parecia mais fácil simplesmente aparecer e explicar a história toda. Olhando para o telefone, viu que eram apenas nove horas da manhã, o que significava que os pais provavelmente estariam em casa.

Erguendo a mão, ela tocou a campainha. Imediatamente, um ruído alto de latidos quebrou o silêncio quando Mocha, a chihuahua, anunciou que havia uma visita. Os pais compraram a cachorra quando Mia partira para a faculdade, como substituta, dizia sempre o pai brincando.

Vinte segundos depois, a mãe abriu a porta. — Ah, meu Deus! Mia!

Antes que Mia tivesse a chance de dizer alguma coisa, foi envolvida em um abraço caloroso e familiar. Como sempre, Ella Stalis cheirava a limões e a algum perfume Chanel.

Sorrindo, Mia retribuiu o abraço antes de se afastar. — Olá, mamãe. Surpresa!

— Ah, querida, não sabíamos que você chegaria tão cedo! Por que não telefonou? E onde está o seu carro? — A mãe olhou por sobre o ombro de Mia e viu a rua vazia. — E toda a sua bagagem?

— É uma longa história, mamãe. O papai está em casa? Há algo que preciso contar a vocês.

Um olhar imediato de preocupação apareceu no rosto arredondado da mãe. — Mia, querida, você está bem? O que aconteceu? Venha, entre...

— Não aconteceu nada, mamãe — assegurou Mia, entrando no corredor que levava à sala de estar espaçosa. Mocha fugiu imediatamente. A cachorra dos pais era tímida com estranhos e persistia em achar que Mia era um deles, apesar do fato de tê-la encontrado dezenas de vezes. — Está tudo bem. Só tenho uma história interessante para contar a você, mais nada. O papai está em casa?

— Ele está no escritório — disse a mãe. Em seguida, ela gritou: — Dan! Venha ver quem chegou!

Daniel Stalis entrou na sala de estar, ainda vestindo

pijama e um roupão. Ao ver Mia, o rosto dele se iluminou. — Mia, querida! O que está fazendo em casa tão cedo? A que horas chegou o seu voo?

Sorrindo, Mia se aproximou dele e deu-lhe um abraço apertado, inalando o cheiro familiar de pós-barba e pasta de dentes de menta. — Olá, papai. Nossa, senti tanta saudade de vocês!

O pai sorriu, abraçando-a de volta. — Ah, eu sempre esqueço como você é pequena depois de ficar um tempo sem vê-la. De verdade, querida, você devia comer mais.

— Eu como feito um cavalo e você sabe disso — respondeu Mia, sorrindo.

— Mia tem algo que deseja nos contar — disse a mãe e Mia notou o tom preocupado na voz dela.

O pai franziu a testa. — Está tudo bem? Tem alguma coisa a ver com aquele professor?

— Sim e não. — Mia não sabia ao certo por onde começar. — Por que não nos sentamos e tomamos um chá? É uma história meio longa.

O mãe assentiu devagar. — É claro. Vou fazer chá agora mesmo. Você está com fome? Já tomou café da manhã? Posso fazer umas panquecas...

— Eu já comi, mamãe, obrigada. Mas vou querer as panquecas outra hora, sim. — Sentando-se à mesa, Mia esfregou as mãos nervosamente, observando enquanto a mãe colocava a água para esquentar. O pai também se sentou, estudando a filha silenciosamente enquanto o chá era preparado. Quando a água ferveu, Mia se levantou para ajudar a mãe a carregar as xícaras até a mesa. Finalmente, os três estavam sentados em volta da mesa com o chá quente em frente a eles.

— Muito bem, querida. Agora conte — disse a mãe, visivelmente preparando-se para o pior.

— Está bem — disse Mia lentamente. — Então, não fui completamente honesta com vocês sobre o que aconteceu na minha vida nas últimas semanas. Não há professor nenhum e eu não fiquei em Nova Iorque por causa desse projeto voluntário...

Vendo o olhar surpreso no rosto dos pais, Mia prosseguiu. — Na verdade, eu conheci uma pessoa...

— Viu, Ella? Eu não disse que Mia estava agindo de forma estranha? — O pai pareceu satisfeito consigo mesmo por um segundo, mas a mãe continuou a encará-la com expressão preocupada.

Respirando fundo, Mia continuou. — O motivo pelo qual não contei isso antes foi porque ele não é alguém com quem vocês se sentiriam confortáveis normalmente. E eu não queria que se preocupassem...

— Quem é ele, Mia? — perguntou a mãe em tom ríspido. — Um traficante de drogas? Alguém com ficha criminal?

— Não, nada parecido com isso! — Mas provavelmente teria sido mais fácil para os pais aceitarem se fosse. — Korum é um K.

Por um momento, houve um silêncio mortal em volta da mesa. Os pais pareciam chocados, completamente atônitos e sem palavras.

O pai pigarreou. — Um K? K dos alienígenas?

Mia assentiu, tomando um gole de chá. — Eu o conheci

em um parque em Manhattan há algumas semanas. Estamos envolvidos desde então.

O queixo da mãe estremeceu. — O que quer dizer com envolvidos? Envolvidos como?

— Ella, não seja tola — disse o pai com um tom surpreendentemente calmo. — Claramente, Mia está tentando nos dizer que tem um namorado que é um K. Não é isso?

O pai era muito calmo em circunstâncias estressantes. — Exatamente — disse Mia, sentindo as entranhas se contorcerem quando o rosto da mãe ficou pálido e lágrimas grossas escorreram dos olhos. Sentindo-se a pior filha do mundo, Mia tentou confortá-la. — Olhe, você pode ver que eu estou perfeitamente bem. Eu sei como eles são retratados na mídia e a realidade não tem nada a ver com aquilo. Na realidade, Korum é muito carinhoso e ele me faz muito feliz...

— Carinhoso? Como esses monstros podem ser carinhosos? Mia, dizem que eles bebem sangue! — A mãe estava fora de si e o rosto normalmente pálido ficou vermelho.

— Eles bebem sangue? — perguntou o pai, parecendo ligeiramente curioso.

— Somente para fins recreativos e em quantidades pequenas — admitiu Mia honestamente. — É só uma coisa agradável para eles. Não precisam mais de sangue.

A mãe enterrou o rosto nas mãos. — Ah, meu Deus, estou passando mal!

— Ella, pare com isso — disse o pai com voz incomumente firme. — A sua reação é exatamente o que

Mia temia e foi por isso que não nos contou nada disso antes.

Mia sorriu, sentindo-se ligeiramente melhor. — Obrigada, papai. Olhe, eu sei como isso parece. Mas acreditem quando digo que ele me trata muito bem e que me faz muito feliz...

— Ele foi o motivo pelo qual você não pôde vir para casa no dia combinado? — perguntou o pai, enquanto a mãe erguia a cabeça para encarar Mia com olhos ainda cheios d'água.

— Sim. Na verdade, fomos para a Costa Rica quando as minhas provas terminaram — disse Mia. — Estou fazendo um estágio lá, em um laboratório de neurociência, e estou trabalhando em alguns projetos realmente interessantes...

— Na Costa Rica? — O pai pareceu confuso por um segundo e, em seguida, arregalou os olhos. — O Centro dos Ks na Costa Rica?

Mia abriu um sorriso. — Sim. Korum conseguiu um estágio para mim lá. Estou trabalhando com um dos maiores especialistas em mente e você nem pode imaginar o quanto estou aprendendo...

— Você está trabalhando em um Centro dos Ks na Costa Rica? — A mãe parecia totalmente chocada. — Com Ks?

— Eu sei, também mal consigo acreditar — disse Mia, sorrindo. — E agora consigo falar tantos idiomas...

— O quê? O que quer dizer? — O pai esfregou as têmporas. — Que idiomas?

— Todos os idiomas — respondeu Mia em polonês, sabendo que ele a entenderia. — Todos os idiomas humanos, além da linguagem krinar. É um tradutor muito bom que Korum me deu. — Ela decidiu não contar sobre a parte do implante no cérebro.

O pai ficou de boca aberta. — Você fala polonês sem sotaque algum! Mia, como você...?

— Tecnologia dos krinars — explicou ela com um sorriso. — Vocês não podem nem imaginar algumas das coisas que eles conseguem fazer...

— Mas, Mia... ele não é *humano*... — A mãe ainda parecia estar em choque. — Como você consegue...

— Mamãe, eles são muito similares aos humanos de muitas formas. Você sabem que eles nos fizeram à imagem deles, certo?

A mãe balançou a cabeça, parecendo não acreditar no que ouvia. — E isso deixa tudo certo? Como você conseguiu se envolver com ele? Você o conheceu no parque e depois? Tiveram um encontro?

Mia hesitou por um segundo. — Sim, praticamente isso. Na verdade, ele me mandou flores e fomos jantar em um restaurante muito bacana. E passamos a nos encontrar desde então...

— Simples assim? — A mãe estava incrédula. — Você conhece uma dessas criaturas no parque e sai em um encontro com ele? O que estava pensando?

Ela estava pensando que não queria morrer nem ser sequestrada. Mas os pais não precisavam saber disso. — Ele é muito bonito — disse ela sinceramente. — E foi a primeira vez em que me senti tão atraída por alguém.

— Então, você ignorou completamente o fato de que ele não era humano? Mia, isso não parece algo que você faria...

— A mãe olhava para Mia como se ela subitamente tivesse duas cabeças.

— Como você chegou aqui vindo da Costa Rica? — perguntou o pai baixinho, observando-a com uma expressão indecifrável no rosto. Como sempre, ele era o único que conseguia pensar claramente em circunstâncias difíceis.

Mia olhou para ele. — Korum me trouxe até aqui. Voamos até Daytona em uma das naves dele e ele me deixou aqui de carro para que eu pudesse conversar com vocês.

— E por quanto tempo você ficará aqui?

— Como assim, Dan, quanto tempo ela ficará? Até o fim do verão, certo? — perguntou a mãe em pânico.

Mia balançou a cabeça negativamente. — Vou ficar aqui por uma semana, mamãe. Infelizmente, não posso ficar longe do laboratório por muito tempo...

A mãe começou a chorar. — Ah, meu Deus, é a última vez que vemos você...

— O quê? Não! É claro que não! Só preciso terminar o estágio, mais nada. Voltarei para cá em breve e vocês poderão me visitar em Nova Iorque durante a época de aulas...

— Onde ele está agora? — perguntou o pai em tom frio. — Se ele a trouxe aqui, então onde está?

Mia respirou fundo. — Preciso telefonar para ele. Eu queria ter a oportunidade de conversar com vocês primeiro, explicar um pouco as coisas antes que o conhecessem. Mas Korum quer encontrar vocês para garantir que está tudo bem e que estou segura com ele.

— Nós vamos conhecer um K? — A mãe pareceu estupefata ao ouvir aquilo.

— Sim — disse Mia. — E vocês verão que realmente não há nada a temer. — Ela cruzou os dedos, torcendo para que Korum se comportasse da melhor forma possível.

— Está bem, Mia — disse o pai. — Por que não telefona para ele então? Queremos conhecer esse seu K.

MEIA HORA DEPOIS, a campainha tocou.

Mia tivera tempo de explicar um pouco mais sobre Korum e o relacionamento deles, enfatizando apenas as partes boas. Contou a eles como ele cuidava dela e sobre o *hobby* de culinária dele, o que fez com que a expressão no rosto da mãe ficasse um pouco mais animada. Contou também como ele era inteligente, ao ponto da genialidade, que tinha a própria empresa e sobre a oportunidade incrível que lhe dera conseguindo o estágio. Como resultado, quando Korum chegou, Mia estava razoavelmente certa de que os pais estavam calmos o suficiente para serem civilizados. Ainda assim, ela não pôde evitar a ansiedade ao abrir a porta e vir o amante parado lá, lindo demais para ser humano.

— Olá — disse ele em tom suave, abaixando-se para beijar a testa de Mia.

— Olá. Venha, entre. — Mia pegou a mão dele e conduziu-o para dentro da casa. Pausando no corredor por um segundo, ela lhe lançou um olhar suplicante e apertou a mão dele, esperando que Korum entendesse a súplica silenciosa.

Korum sorriu e sussurrou: — Confie em mim.

Mia não tinha outra opção. Preparando-se para o pior, ela levou Korum até a sala de estar.

Ao entrarem, os pais se levantaram do sofá e ficaram simplesmente olhando. Mia não os culpou: Korum era uma visão incrível. Vestido em camisa polo branca e calça *jeans* azul, o amante era a epítome da elegância casual. Com os cabelos pretos brilhantes e a pele dourada, ele poderia ter sido um modelo ou uma estrela do cinema, exceto que nenhum humano tinha os olhos com aquele tom âmbar incomum nem se movia com tanta graça animal. E, mesmo parado, ele projetava uma aura inquestionável de poder que dominava a sala.

Dando um passo na direção dos pais de Mia, ele abriu um sorriso largo, revelando a covinha na bochecha esquerda. — Vocês devem ser Ella e Dan. É um grande prazer conhecer vocês. Mia falou muito sobre a família dela.

Mia notou que ele não estendeu a mão nem fez qualquer outro movimento para encostar neles. Provavelmente era a coisa certa a fazer. Os pais já estavam tensos o suficiente com um K dentro de casa.

O pai assentiu secamente. — É engraçado, porque só ouvimos falar de você hoje.

— Dan! — sussurrou a mãe rispidamente, claramente com medo da reação do hóspede extraterrestre. Ela parecia incapaz de afastar os olhos de Korum, encarando com um olhar maravilhado no rosto. Mia sabia exatamente como a mãe se sentia.

Korum não pareceu nada ofendido e abriu um sorriso caloroso. — É, eu sei — disse ele em tom suave. — Eu compreendo que isso seja um grande choque para vocês. Sei o quanto amam a sua filha e o quanto se preocupam com ela. E eu gostaria de tranquilizá-los sobre o nosso relacionamento.

A mãe de Mia finalmente se lembrou dos modos de anfitriã. — Posso lhe oferecer alguma coisa para comer ou beber? — perguntou ela incerta, ainda encarando Korum como se não soubesse se queria fugir gritando ou estender a mão para tocá-lo.

— Claro — disse ele. — Seria ótimo. Um pouco de chá e uma fruta, especialmente se você me acompanhar.

Mia piscou surpresa. Ela não sabia que Korum bebia chá. E depois percebeu como as informações que ele tinha sobre a família dela eram extensas. Ele escolhera, sem erro, a única coisa que deixaria a mãe mais confortável, o ritual diário de fazer e tomar chá.

— É claro. — A mãe pareceu aliviada de ter algo para fazer. — Por favor, sente-se na sala de estar, trarei um chá. Temos umas laranjas locais excelentes... Você come laranjas, certo?

Korum sorriu para ela. — Claro que sim. Adoro laranjas, especialmente as da Flórida.

Ella Stalis sorriu para ele de leve. — Isso é ótimo. Colhemos algumas excelentes esta semana, doces e suculentas. Vou trazê-las. — E, corando ligeiramente, ela saiu apressada, parecendo incomumente afogueada.

Mia revirou os olhos mentalmente. Pelo jeito, nem mesmo as mulheres mais velhas eram imunes ao charme dele.

— A sala de estar fica por aqui — disse o pai, parecendo um pouco desconfortável ao ser deixado sozinho com Mia e o K.

Mia foi até Korum e pegou a mão dele, determinada a mostrar ao pai que não havia com o que se preocupar. Sorrindo, ela o conduziu na direção da mesa.

Os três se sentaram.

Naquele momento, Mocha apareceu abanando o rabo. Para enorme surpresa de Mia, ela foi diretamente até Korum e cheirou as pernas dele. Ele sorriu e abaixou-se para acariciar a cachorra, que pareceu adorar a atenção. Mia observou a cena incrédula, pois a chihuahua era normalmente muito reservada perto de estranhos.

Depois de um minuto, Korum endireitou o corpo e voltou a atenção novamente para os habitantes humanos da casa.

— Mia nos contou que está fazendo um estágio na sua colônia — disse Dan Stalis, olhando para Korum como se estivesse estudando uma espécie nova e exótica, o que era verdade. — Como exatamente isso funciona? Suponho que ela não consiga entender muito da ciência de vocês nem conhece a sua tecnologia...

— Pelo contrário — respondeu Korum. — Mia aprende muito depressa. Ela fez um tremendo progresso nas duas últimas semanas. Saret, o chefe dela no laboratório, me disse que ela já ajudou bastante.

Mia sorriu, corando ao ouvir o elogio. — Como eu disse a você, papai, Saret é um dos principais especialistas em mente. Ele é o que há de mais avançado em neurociência e psicologia dos krinars. E eu trabalho com ele. Consegue imaginar?

O pai esfregou as têmporas e Mia o viu se encolher ligeiramente. — Para ser honesto, não, não consigo. Essa coisa toda foi um pouco demais. Você precisa nos perdoar por não estarmos exatamente saltando de alegria neste momento...

— É claro — disse Korum gentilmente. — Eu também não estaria se fosse a minha filha.

— Você tem filhos? — perguntou Dan em tom direto.

— Não, não tenho.

— Por que não?

— Papai! — Mia ficou mortificada com a direção das perguntas.

Korum deu de ombros, parecendo não se importar. — Porque não tenho uma companheira e não gostaria de criar um filho sem ela.

O pai estreitou os olhos. — Quantos anos você tem?

— Em termos de anos da Terra, tenho cerca de dois mil anos.

O olhar no rosto do pai de Mia foi impagável. — D-dois mil anos?

Naquele momento, a mãe entrou carregando uma tigela de laranjas e uma bandeja com xícaras de chá.

Mia se levantou e aproximou-se dela. — Deixe-me ajudar você — disse ela, pegando a tigela.

— Obrigada, querida — disse a mãe e Mia soltou um

suspiro de alívio ao perceber que pelo menos um dos dois recuperara a compostura.

Distribuindo as xícaras cheias de chá quente em volta da mesa, Ella perguntou a Korum: — Quer creme ou açúcar? Temos creme de coco, de amêndoa, de soja...

— Não, obrigada — respondeu Korum educadamente, lançando-lhe um sorriso deslumbrante. — Prefiro chá puro.

— Nós também — admitiu a mãe, corando novamente. Mia quase não conseguiu reprimir uma risada ao perceber que, pelo jeito, a mãe estava encantada pelo amante dela.

— Ella — disse o pai de Mia lentamente —, pelo jeito, Korum é muito mais velho do que pensávamos...

— Ah, é? — perguntou a mãe, sentando-se e pegando uma laranja. Descascando metodicamente a fruta, ela lançou um olhar inquisitivo ao marido.

— Ele tem dois mil anos... — O pai parecia atônito com aquele fato.

— O quê? — A laranja caiu sobre a mesa com um barulho surdo.

— Mamãe, você sabia que os Ks vivem muito tempo — disse Mia, sentindo-se exasperada com a reação deles. — Você e eu assistimos juntas àquele programa há uns dois anos, lembra? Era um daqueles documentários sobre a invasão.

— Eu me lembro — respondeu a mãe, ainda parecendo ter sido atingida por um martelo. — Mas não me dei conta de que isso significava milhares de anos...

— E como exatamente algo assim funciona se você tem um relacionamento com uma humana? — O pai voltou a ser direto. — Porque Mia não vai viver esse tempo todo...

— Isso é entre eu e a sua filha, Dan — disse Korum gentilmente, mas havia um tom de aço na voz dele que advertiu o pai de Mia a não seguir aquela direção. — Nós resolveremos tudo no momento certo. — E, pegando uma laranja, ele calmamente a descascou, com os dedos movendo-se mais depressa e de forma mais eficiente que os da mãe dela.

— Por falar nisso — acrescentou ele, mordendo a laranja —, Mia mencionou que você tem dores de cabeça com frequência e não pude deixar de notar que estava esfregando as têmporas. Está com dor de cabeça agora?

Pego de surpresa, o pai dela assentiu.

Ao ver o gesto afirmativo, Korum colocou a mão no bolso da calça e tirou uma cápsula minúscula. Entregando-a ao pai de Mia, ele disse: — Esse remédio deve resolver o problema. Um de nossos maiores especialistas em biologia humana o desenvolveu especificamente para casos como o seu.

— O que é? Um analgésico? — O pai estudou a pequena cápsula com uma grande dose de desconfiança.

— Sim, funciona como analgésico de forma imediata. Mas também evitará que as dores ocorram novamente.

— Uma cura para enxaquecas? — perguntou a mãe, com uma expressão intensa de esperança nos olhos.

— Exatamente — confirmou Korum, o que fez com que os olhos de Ella Stalis se iluminassem.

O pai de Mia franziu a testa. — Há algum efeito colateral? Como sei que isso é seguro?

— Pai, a medicina deles é maravilhosa — comentou Mia em tom sincero. — De verdade, você não precisa ter medo.

— Mia tem razão. Não existem efeitos colaterais em nossos remédios. E, Dan, a última coisa que eu quero é ferir as pessoas que Mia mais ama. Eu sei que você tem pouquíssimos motivos para confiar em mim no momento e espero que isso mude no futuro. Se não quiser tomar o remédio, a decisão é sua. Eu só queria que o tivesse caso sinta dor.

— Tome o remédio, Dan. Agora — ordenou Ella, lançando um olhar determinado ao marido. — Não acho que o namorado de Mia lhe daria algo que fizesse mal. Se houver a mínima chance de que ele realmente possa curá-lo, então você precisa tentar. Deve isso a você mesmo e à sua família. Especialmente se Korum disse que não há efeito colateral.

O pai hesitou, estudando o rosto de Korum por alguns segundos. O que viu nele pareceu deixá-lo seguro. — Basta engolir?

— Derrame o conteúdo em um copo d'água e depois beba — disse Korum. — O efeito é mais rápido assim.

A mãe de Mia já estava de pé servindo um copo d'água para o marido. — Tome — disse ela, empurrando o copo na direção dele.

Dan Stalis pegou o copo lentamente, abriu a cápsula entre os dedos e espremeu duas gotas de líquido na água. — Assim? — perguntou ele, olhando para Korum.

O amante de Mia deu a ele um sorriso encorajador. — Sim.

Cheirando o copo desconfiado, o pai dela tomou um

gole. — Na verdade, tem um gosto bom. — Ele parecia surpreso.

— A maioria dos nossos remédios tem gosto bom.

Levando o copo até a boca, o pai bebeu o restante da água. Quase imediatamente, Mia viu os músculos tensos do maxilar dele relaxarem. Sorrindo para ele, ela disse: — Está fazendo efeito, certo? Você sente imediatamente.

O pai parecia agradavelmente surpreso e o rosto da mãe brilhava de alegria. — Sim. Parece ser instantâneo. — Virando-se para Korum, ele disse: — Obrigado. Foi muito gentil da sua parte.

— De nada — disse Korum com voz suave. — Eu faria qualquer coisa por Mia e pelas pessoas que ela ama.

CAPÍTULO DEZESSEIS

— Preciso falar também com a minha irmã — disse Mia ao entrar no carro e acenar para os pais em despedida. A mãe segurava Mocha, que os seguira de perto até o lado de fora, inexplicavelmente encantada com Korum. — Eu sei que mamãe telefonará para ela imediatamente, mas quero que ela ouça de mim também. Contei um pouco antes e quero ter a oportunidade de explicar para que ela não tenha uma ideia errada sobre o nosso relacionamento.

— O que você contou a ela? — perguntou Korum, acelerando suavemente. Ele dirigia como fazia tudo o mais, com habilidade e eficiência.

— Eu disse a ela que tinha um amante que era de Dubai — admitiu Mia, corando ligeiramente. — E disse que as coisas não dariam certo entre nós porque ele teria que partir em breve.

— Entendi — disse Korum, com um tom frio claro na voz. — E quando foi que você disse isso a ela?

Merda. Ela não deveria ter levantado o assunto, mas era tarde demais. — Quando achei que você iria embora para Krina — confessou ela. — Antes de, você sabe...

— Antes da sua traição?

Mia respirou fundo. — Você ainda está bravo comigo? Disse que superaria isso...

— Eu superei e não vou punir você por isso. Mas não consegui esquecer, minha querida. Ainda não.

Mia mordeu o lábio chateada. — Eu não entendo você às vezes — disse ela baixinho. — Em um minuto, você é muito simpático comigo e com a minha família. E, no próximo, fala sobre me punir por uma situação que não foi exatamente culpa minha, uma situação que você manipulou em vantagem própria. O que esperava que eu fizesse? Simplesmente aceitasse calmamente o fato de que eu talvez acabasse sendo uma escrava sexual?

— Você poderia ter conversado comigo em algum momento e perguntado se era verdade. — Ele manteve os olhos na estrada, mas Mia viu o músculo contraído do maxilar dele estremecer de leve.

— E se fosse? O que eu teria feito? Teria colocado em perigo John e todos os outros da Resistência e perdido a única chance de ajudar a eles e a mim mesma.

— Em que momento eu a tratei como escrava sexual? — perguntou Korum e o tom dele a fez estremecer. Ele ainda não olhara para ela. — Eu lhe dei tudo, Mia, e você continuou agindo como se eu fosse um vilão.

Mia engoliu em seco. — Você sabia que eu estava com medo no início e não me deu opção alguma — disse ela, sentindo o velho ressentimento voltar à tona. — E, além do mais, o que é uma *caerle* de verdade? Que direitos eu tenho na sua sociedade? Eu sei que você não me trata mal, mas poderia, certo? Se quisesse me manter presa dentro da sua casa, alguém o impediria?

Ele não respondeu e ela viu o maxilar se contrair ainda mais.

Eles saíram da Granada Boulevard e entraram na rodovia A1A. Ele dirigiu por mais alguns minutos antes de parar na entrada de uma bela mansão na beira da praia. Ao se aproximarem, os portões de ferro se abriram para deixá-los passar.

— Onde estamos? — perguntou Mia, quebrando o silêncio tenso. Ela se sentia enjoada. Odiava discutir com Korum e os últimos dias tinham sido tão bons, tão pacíficos. Por que ela tivera que relembrá-lo do que acontecera antes?

O carro parou e ele colocou a embreagem em ponto morto. Em seguida, virou-se para olhar para ela. — Venha cá — disse ele com voz rouca, enterrando a mão nos cabelos dela e inclinando-se para beijá-la de forma profunda e penetrante. Quando ele a soltou para que respirasse, Mia estava totalmente derretida nos braços dele, quase tremendo de desejo.

Ele a soltou, saiu do carro e deu a volta para abrir a porta do passageiro. Mia saiu com as pernas ligeiramente instáveis enquanto ele a observava com olhos famintos manchados de dourado.

Ela olhou para ele.

— Estamos na casa que aluguei para esta semana — disse ele. — Vamos entrar. — Pegando a mão dela, ele a conduziu pelos degraus até a porta do prédio branco imenso.

O interior da "casa alugada" poderia facilmente ter aparecido em uma revista especializada em arquitetura, com a mobília branca ousada e os espaços amplos com portas de madeira brilhante. Uma das paredes, que ficava virada para o oceano, era feita inteiramente de vidro, oferecendo uma vista de tirar o fôlego.

Virando Mia para que o encarasse, Korum se abaixou e beijou-a novamente de leve. — Por que não vai telefonar para a sua irmã agora? — sugeriu ele, com a voz ligeiramente rouca. — Quando voltar, tenho alguns planos para você.

TENTANDO ACALMAR O CORAÇÃO ACELERADO, Mia subiu a escada e foi para um aposento onde viu um telefone fixo antigo. Quando teve certeza de que estava controlada o suficiente e que conseguia pensar em outras coisas além dos planos de Korum, telefonou para a irmã, discando o número que sabia de memória.

Marisa atendeu no quinto toque. — Alô?

— Oi, Marisa, sou eu...

— Mia? Eu estava agora mesmo no telefone com a mamãe! Puta merda! Você está saindo com um K?!?

Mia suspirou. — Sim. Escute, lembra-se daquele negócio que contei a você?

— Sobre o seu suposto amante executivo rico? — O tom da irmã foi cáustico. — Sim, eu me lembro perfeitamente.

Mia se encolheu um pouco. — Bem, não fui totalmente honesta com você...

— Não diga!

— Desculpe — disse Mia com sinceridade. — Eu realmente achei que ele iria embora para Krina naquela época e que nunca mais o veria. Eu precisava conversar com alguém, mas não achei que podia contar a história inteira...

Por um segundo, houve silêncio. — Mia — disse Marisa, soando chateada —, você sempre pode me contar a história inteira, mesmo que mereça ser capa da *National Geographic*. Sou sua irmã e, se há alguém que pode entender, sou eu.

Mia fechou os olhos com força, sentindo-se envergonhada. — Eu sei. Eu sinto muito. É que havia muita coisa acontecendo e eu não estava pensando direito na época...

— O que *estava* acontecendo? E o que mudou? Como isso passou de "nunca vai dar certo" para conhecer os pais e passar o verão na Costa Rica?

— Nós resolvemos nossas diferenças — disse Mia, sem querer entrar em detalhes. — E ele ficará aqui na Terra.

Houve silêncio novamente. Em seguida, a irmã falou: — É sério isso, Mia? Um K? Você não podia ter escolhido alguém da mesma espécie?

Mia sorriu aliviada. O pior parecia ter passado. — Eu sei, é loucura...

— Loucura é pouco — disse Marisa séria. — Eu diria que isso é demais!

Mia riu atônita. — O quê?

— Minha irmãzinha está saindo com um alienígena

lindo, rico e gênio que acabou de curar as dores de cabeça do papai! Claro que é demais!

Mia não conseguia acreditar no que ouvia. — Você não pretende me passar um sermão, dizer como sou tola por me envolver com alguém tão perigoso, que não é humano e blá blá blá?

— Ora, vamos, tenho certeza de que o papai e a mamãe já fizeram isso. O que mais eu poderia dizer nesse sentido? Não, maninha, estou feliz por você! Você foi certinha por tempo demais. O que você precisa é de um pouco de perigo e tempero em sua vida. Além do mais, pelo que a mamãe falou, ele é incrivelmente lindo e existe desde o início dos tempos. Não tem como ficar melhor que isso... Mal posso esperar para conhecê-lo!

Mia abriu um sorriso largo. A irmã sempre dava um jeito de surpreendê-la. — Você é a melhor irmã que existe — disse ela a Marisa. — E quando vou ver você e Connor?

— Hoje às seis. Pelo jeito, seu amante extraterrestre convidou a família inteira para jantar.

— Convidou? Quando? — Mia não se lembrava de tê-lo visto fazendo nada daquilo.

— Não sei, eu não estava lá. Não era *você* quem devia saber? Achei que ele tinha feito isso porque você pediu...

— Ahm... ele adora tomar a iniciativa nesse tipo de coisa. — Gostava demais, considerando que Mia nem sabia sobre o convite. Ele provavelmente falara com os pais dela quando ela fora ao banheiro. — Então, vamos nos encontrar em algum restaurante?

— É meio loucura eu estar lhe dizendo isso, Mia. —

Marisa parecia estar rindo. — Nós vamos até a casa que vocês alugaram. Ele vai cozinhar. Ainda não se lembra?

— Isso parece ser algo que Korum faria. — Mia sorriu, apesar de Marisa não conseguir vê-la. — Vocês vão adorar, ele é um cozinheiro incrível.

— E lava roupa, certo? A não ser que você tenha inventado essa parte.

— Não — disse Mia, sorrindo. — Ele realmente lavou roupa quando estávamos em Nova Iorque. Ele tem essa atração estranha por utensílios humanos. Acho que tem a ver com esse *hobby* de cozinhar, o que é estranho por si só. Eles têm essas casas inteligentes que *cozinham* para eles, Marisa. Ele não precisa levantar um dedo para ter refeições sofisticadas. Mesmo assim, gosta de cozinhar...

— Ah, meu Deus! Onde consigo um K para mim? Nem conheci o cara ainda e já estou apaixonada!

Mia caiu na gargalhada. — Ei, esse já está comprometido! Além do mais, não acha que Connor teria algo a dizer sobre a esposa grávida ficar com um K?

— Nesse momento, Connor ficaria feliz em entregar a esposa grávida para um alienígena — disse Marisa. Mia detectou o tom sério na voz dela. — Ando tão rabugenta estes dias que ele se esgueira pela casa como se eu fosse mordê-lo. O que pode acontecer a qualquer momento. Minhas emoções estão completamente malucas. Não fique grávida, mana, não é nada divertido...

Mia ficou séria imediatamente. — Ah, Marisa, eu sou tão egoísta. Nem perguntei como você está!

— Bom, eu também não lhe dei chance alguma de perguntar, não é? Mas sim, ainda estou me sentindo péssima. Os enjoos simplesmente não acabam. Perdi quase um quilo na semana passada. O médico não sabe o que fazer. Estou descansando muito, tentei ioga e meditação. Nada parece dar certo.

— Ah, Marisa...

— Acha que o seu namorado podia me ajudar? — brincou a irmã.

— Não sei — respondeu Mia séria. — Talvez. Vou perguntar a ele. Ele não é médico, mas talvez tenha acesso a um dos remédios milagrosos deles.

— Ah, não! Você não precisa fazer isso... Eu estava só brincando...

— Bem, eu não. Vou perguntar para ele imediatamente.

— Mia, por favor, isso será constrangedor. Tenho certeza de que isso passará daqui a algumas semanas...

— Ahã — disse Mia. — Até lá, você será só pele e ossos, se é que já não está assim. Você não tem muita gordura para perder.

Ela ouviu Marisa suspirando com o que parecia ser exasperação. — Está bem, você pode perguntar, acho. Mas não quero que ele ache que estamos tentando tirar vantagem dele...

— Ora, vamos, Korum *ofereceu* a cura para enxaqueca ao papai. Eu nem sabia que isso existia, muito menos que ele a trouxera consigo. Pare de se preocupar, por favor. Isso não lhe faz bem.

— Está bem, está bem... — A irmã pareceu subitamente distraída. — Espere um pouco, querido, estou falando com Mia!

— Você precisa desligar? — adivinhou Mia.

— Ah, é só o Connor... Íamos até o mercado quando mamãe ligou e depois você...

— Ah, bom, então vá. Nós nos veremos hoje à noite. Mal posso esperar!

— Nem eu. Amo você, mana! Até mais tarde!

— Também amo você! — E, desligando o telefone, Mia foi procurar Korum.

ELA O ENCONTROU do lado de fora da casa, nadando na piscina olímpica que havia na propriedade. Ele deslizava na água como um tubarão, movendo-se com velocidade inacreditável.

— Ei — chamou Mia e, em seguida, lembrou-se dos misteriosos planos que ele tinha para ela. Seria algo sexual? A respiração dela se acelerou com a ideia. Dizendo a si mesma para se concentrar em Marisa, ela decidiu perguntar a Korum sobre o remédio imediatamente antes que ele tivesse a oportunidade de iniciar os tais planos.

Nadando até a beirada da piscina, Korum ergueu o corpo sem esforço usando apenas os braços. Os cabelos pretos estavam molhados e grudados na cabeça e gotas d'água brilhavam como minúsculos diamantes sobre a pele dourada. Ele estava incrivelmente sensual e Mia engoliu em seco, notando novamente como o amante era lindo. Andando em direção à piscina, ela se sentou em uma das cadeiras convenientemente posicionadas perto da beirada.

— Ei você também — disse ele, abrindo um sorriso caloroso e sentando-se na cadeira ao lado dela. Ele parecia ter se esquecido da discussão que tiveram mais cedo e Mia sorriu de volta aliviada.

Parecia um bom momento para falar sobre Marisa. — Você sabe de alguma coisa sobre mulheres grávidas? — perguntou ela e, por algum motivo, corou.

Korum ergueu as sobrancelhas com uma expressão divertida no rosto. — Imagino que esteja falando sobre a sua irmã.

Mia assentiu. — Ela está tendo uma gravidez difícil. Muitos enjoos e tudo o mais. Eu estava imaginando se você teria algum remédio contra enjoos ou algo parecido que pudesse fazê-la se sentir melhor...

Korum considerou o assunto, ficando pensativo por um segundo. — Não tenho nada aqui comigo, mas provavelmente posso pedir a alguém que traga até aqui. No entanto, seria apenas algo temporário... Se há alguma coisa errada que faz com que sua irmã se sinta assim, o remédio não faria nada além de mascarar os sintomas.

— Ah, entendi...

— Provavelmente, a melhor coisa para a sua irmã seria Ellet. Pedirei a ela que venha aqui durante a semana e examine Marisa...

— Ellet? — O nome soou estranhamente familiar, apesar de ela não conseguir se lembrar onde o tinha ouvido.

Korum sorriu. — Ela é nossa especialista em biologia humana em Lenkarda. O laboratório dela fabrica muitos dos remédios que dei a você no passado, bem como o que dei ao seu pai. Ela é excelente no que faz e sabe mais sobre a saúde humana do que todos os seus médicos juntos.

Alguma coisa perturbou Mia, uma lembrança vaga que ela não conseguiu trazer à mente. Depois de tentar se lembrar por um segundo, ela desistiu e voltou à questão. — Ah, entendi... Sim, se ela pudesse dar uma olhada em Marisa, será ótimo. Ela faria mesmo isso? Viria até aqui só para isso?

Ele deu de ombros. — Ela me deve alguns favores.

— Há alguém em Lenkarda que não lhe deve alguns favores? — Mia perguntou desconfiada, encarando-o. O amante sempre parecia ter uma carta na manga.

— Não muitas — admitiu Korum, sorrindo para ela. — Acredito em ter algumas vantagens, elas podem ser úteis em situações como esta. É claro, Ellet provavelmente viria aqui de qualquer jeito. Ela tem coração mole em se tratando de humanas grávidas.

Mia sorriu, sentindo vontade de abraçá-lo e beijá-lo com gratidão. Ela não queria brigar com ele, amava Korum demais. Cedendo à vontade, ela se levantou e sentou-se na cadeira dele, ignorando a bermuda molhada que encostou no vestido. Segurando a cabeça dele com as mãos, ela puxou o rosto dele e beijou-o carinhosamente nos lábios. — Obrigada, Korum — disse ela suavemente, olhando-o nos olhos. — Agradeço muito por tudo o que fez por mim e pela minha família.

Ele sorriu, com um brilho âmbar amoroso nos olhos. — De nada, minha querida...

— Eu amo você — disse Mia com sinceridade. — Amo você muito e lamento por tudo o que aconteceu antes. E tem razão, eu deveria ter confiado mais em você. Acha que conseguirá me perdoar algum dia?

Era a primeira vez que ela pedia desculpas por tê-lo espionado e notou que ele ficara agradavelmente surpreso. Erguendo a mão, ele acariciou de leve o rosto dela. — É claro — disse ele baixinho. — Racionalmente, sei por que você fez o que fez. Mas tenho dificuldades em ser racional em relação a você. Quando concordou em trabalhar para a Resistência, deixei que a raiva pela sua traição prejudicasse minha mente, em vez de lhe dar mais tempo para se ajustar ao nosso relacionamento. Peço desculpas por isso, e pela tensão e preocupação que causei como resultado. Mas estou feliz por estar aqui comigo agora...

— Também estou feliz — disse Mia e ela sabia que ele conseguia ver a profundidade dos sentimentos em seu rosto. — De verdade...

Com os olhos ficando mais claros, Korum se aproximou e beijou-a avidamente como se quisesse consumi-la. Ele passou as mãos em volta dos ombros dela e puxou-a mais para perto, arrastando-a para o colo. A ereção dele a pressionou sob o material molhado da bermuda.

Sentindo-se excitada com a paixão dele, Mia só conseguiu agarrá-lo enquanto ele devorava-lhe a boca. As mãos dele percorreram-lhe o corpo, arrancando as roupas que o impediam de tocar a pele nua. A boca quente dele desceu para o pescoço de Mia, beijando a pele de leve, e ela gemeu, jogando a cabeça para trás como se fosse pesada demais para o pescoço. Ela se sentia incrivelmente quente, como se estivesse queimando por dentro. Cada centímetro do corpo estava sensível e faminto pelo toque dele. Ele parecia sentir o mesmo, com a ereção latejando contra a perna dela e com as mãos movendo-se sobre o corpo de Mia quase de forma rude.

Ela curvou os dedos como se fossem garras e enterrou-os nos ombros dele. — Por favor, Korum... — Ela o queria dentro de si com um desespero que não fazia qualquer sentido. — Por favor...

Ele se levantou, ainda segurando-a nos braços, e virou-a, colocando-a de quatro sobre a cadeira. Em seguida, inclinou-se sobre ela, penetrando-a com uma investida brusca, enterrando o pênis enrijecido sem se conter.

Ela arquejou, chocada com a entrada súbita e com os músculos internos esforçando-se para se ajustar a ele, mas Korum não esperou. Segurando-a pelos quadris, ele a fodeu de forma implacável, investindo com tanta força que ela mal conseguia respirar, totalmente tomada pelas sensações. Ela ouviu a respiração pesada dele e os próprios gritos. Em seguida, o mundo inteiro não continha nada além das sensações físicas, do prazer e da dor, até que não havia como separá-los e um não podia existir sem o outro... até que ela não era nada além de um animal, dominada pela necessidade mais básica.

Aquilo pareceu durar para sempre, até que ele gozou com um gemido gutural, enterrando-se nela como se quisesse transformá-los em um único ser. As pulsações do pênis dentro dela fizeram com que ela gozasse e o orgasmo invadiu-lhe o corpo, deixando-a fraca e trêmula. Somente as mãos dele em seus quadris a impediram de desmoronar sobre a cadeira, pois os braços e as pernas tremiam demais para aguentar o peso do corpo.

Depois de cerca de um minuto, a respiração dele

desacelerou e ele se afastou, separando os dois corpos. Mia se sentia exausta demais para se mover e ficou contente quando ele a pegou nos braços e carregou-a para dentro da casa.

Colocando os braços em volta do pescoço dele, ela murmurou: — Era isso que você tinha em mente quando disse que tinha planos?

— Mais ou menos, sim — admitiu Korum, subindo para o segundo andar. — Eu imaginei algo um pouco mais civilizado, mas não tenho controle algum quando se trata de você. Eu não a machuquei, não é?

Ele a machucara um pouco, mas aquilo só servira para aumentar o prazer. E, além do mais, ela se sentia perfeitamente bem e todos os traços de dor tinham desaparecido. — Não — garantiu ela. — Eu adorei.

Ele entrou em um banheiro grande e luxuoso, colocando-a de pé ao lado de uma banheira imensa. — Que bom — disse ele, ligando a água e sorrindo para ela. — Mesmo assim, acho que você precisa de um bom banho. E eu também.

E, enquanto Mia o observava, o pênis começou a endurecer novamente.

CAPÍTULO DEZESSETE

Marisa e Connor chegaram primeiro, com o Toyota 2012 subindo o caminho cinco minutos antes das seis horas. Korum terminava de preparar a mesa e Mia saiu sozinha para recebê-los.

— Ah, meu Deus, Mia! Maninha, é tão bom ver você! Você está divina! O que ele lhe dá para comer? — Marisa gritou assim que saiu do carro. — E minha nossa, olhe só para esse lugar! Ele deve ser milionário!

Rindo, Mia abraçou a irmã com força, contendo-se um pouco quando notou a fragilidade incomum do corpo dela. — Marisa! Ah, é tão bom ver você! E Connor!

Sorrindo, o cunhado se abaixou para abraçá-la. — Eis a minha cunhada favorita. Como você está?

— Ah, eu estou ótima! Venham, vamos entrar! Korum está dando os últimos retoques no jantar. Que, por falar nisso, deve estar incrível.

— Alguma carne? — perguntou Connor com um olhar esperançoso no rosto quando seguiram Mia em direção à casa. O marido de Marisa fora jogador de futebol na universidade e ainda tinha dificuldades em se ajustar à dieta pós-Dia K.

— Não, lamento, eles são vegetarianos. Mas, mesmo assim, são coisas muito deliciosas.

— Ainda acho difícil acreditar que vampiros são vegetarianos... — resmungou Connor e Mia riu novamente.

— Eles não são vampiros de verdade, já superaram isso — explicou Mia. — E algumas das plantas de Krina são muito saborosas e cheias de calorias. Se nós as tivéssemos aqui, talvez também não precisássemos comer carne.

— Ahh, você experimentou plantas de Krina? — Marisa perguntou com um tom de inveja. A irmã normalmente adorava experimentar comidas novas e as duas frequentemente iam a restaurantes incomuns quando Marisa visitava Mia em Nova Iorque.

— Sim — confirmou Mia, sorrindo. — E elas são realmente gostosas. Mas só existem em Lenkarda. Hoje à noite, comeremos coisas mais locais.

— Ahm, espero que eu consiga comer alguma coisa. Fiquei enjoada de novo a caminho daqui — confessou Marisa. Ela parecia pálida e doente. — Tivemos que parar em uma área de descanso. Estou surpresa por termos chegado antes do papai e da mamãe...

— Ah, eu já ia comentar com você — disse Mia, parando por um segundo antes de entrar na casa. — Conversei com Korum e ele vai pedir a uma das médicas deles que examine você para determinar o que está causando o problema.

— Uma médica K? — Connor parecia surpreso.

— Na verdade, ela é mais uma médica de humanos, uma krinar especializada em biologia humana. Korum disse que ela é realmente boa.

— Uau, Mia, eu nem sei o que dizer... — Os olhos de Marisa ficaram subitamente cheios de lágrimas.

— Ah, não, não se preocupe! Não é nada demais...

— Hormônios — explicou Connor, puxando a esposa mais para perto para abraçá-la.

— Ah, entendi. — Mia deu a Marisa alguns segundos para controlar as emoções. Em seguida, sorrindo, ela perguntou: — Estão prontos para entrar?

Marisa assentiu, parecendo mais animada, e Mia os conduziu para dentro da casa.

Korum devia ter acabado o que estava fazendo, pois entrou na sala de estar ao mesmo tempo. Como sempre, ele estava incrivelmente belo, com o tom dourado da pele contrastando com o branco da camisa simples de botões que usava. E, apesar de terem passado a maior parte da tarde na cama, Mia não pôde evitar a onda de excitação que sentiu ao vê-lo.

Vendo a irmã dela, ele abriu um sorriso largo e andou até eles. — Você deve ser Marisa — disse ele. — Posso ver a semelhança...

Marisa assentiu, parecendo tímida e afogueada de forma nada característica. — Sim, olá... — E também parecia incapaz de dizer qualquer coisa mais profunda que aquilo.

Lembrando-se do primeiro encontro com Korum, Mia sabia exatamente como a irmã se sentia. Pelo jeito, nem mesmo o casamento e a gravidez eram capazes de proteger uma mulher contra o impacto da atração magnética do amante.

Virando-se para Connor, Korum disse: — E você é o marido de Marisa, certo? Connor?

O cunhado de Mia estendeu a mão de forma educada. — Sim, é um prazer conhecê-lo. Korum, certo? — Ele parecia muito menos afetado que a esposa.

Korum aceitou a mão dele e apertou-a brevemente. — Isso mesmo. O prazer é todo meu. Posso oferecer uma bebida enquanto esperamos que os pais de Mia cheguem?

— Eu adoraria uma cerveja — disse Connor em tom leve. Mia teve que parabenizá-lo mentalmente pela compostura. Ele não parecia nem um pouco intimidado.

Korum sorriu e desapareceu na cozinha. Naquele momento, Marisa atraiu o olhar de Mia. — Uau. — Ela formou a palavra com os lábios sem fazer qualquer som. — Simplesmente uau.

Mia sorriu. Ela sempre sentira inveja da irmã mais velha e popular, que tivera tudo: boas notas, excelentes amigos e montes de garotos bonitos atrás dela. E agora Marisa estava com inveja dela?

Korum reapareceu, carregando uma bandeja que continha uma cerveja, um copo de champanhe e uma xícara cheia de um líquido leitoso. Ele entregou o copo de champanhe para Mia, a cerveja para Connor e a xícara para Marisa. — Isso aqui deverá acalmar o seu estômago — disse ele em tom gentil. — Pelo menos, pelo resto da noite.

Marisa pegou a xícara com gratidão e bebeu o conteúdo, sem nem se preocupar em questionar a segurança do líquido. Claramente, a experiência do pai dera a ela confiança suficiente para aceitar os remédios dos Ks. — Obrigada — disse ela, arregalando os olhos. — Ah, uau, já estou sentindo-me muito melhor...

Naquele momento, a campainha soou. Os pais de Mia tinham acabado de chegar.

Depois de cumprimentá-los, Mia e Korum conduziram todos para a sala de jantar, onde ele preparara uma refeição que parecia um banquete. Mia se sentiu um pouco mal por não tê-lo ajudado, mas Korum a enxotara da cozinha quando ela oferecera ajuda, explicando que só atrapalharia. Nem um pouco ofendida, Mia se sentara perto da piscina para ver os últimos desenvolvimentos no laboratório de Saret, conversando com Adam em um dispositivo parecido com o Skype que projetava a imagem dele como um holograma tridimensional.

Enquanto isso, Korum preparara um banquete consistindo em cinco variedades de saladas, cozidos exóticos de legumes, vários tipos de pratos com massa e molhos com aroma delicioso e frutas frescas como sobremesa. Uma garrafa de Cristal gelava em um balde e a mesa estava decorada com um vaso grande cheio de flores lindas. Ele realmente se esmerara e o coração de Mia ficou apertado ao perceber que ele realmente tentava impressionar a família dela.

E eles ficaram impressionados.

A mãe de Mia pediu a Korum a receita de todos os pratos que comeram e até mesmo o pai parecia estar com humor muito melhor depois que a dor de cabeça desaparecera sem deixar rastros. O clima na mesa era surpreendentemente relaxado, com a família fazendo perguntas a Korum sobre a vida em Krina e o amante contando histórias divertidas sobre os pais e os trotes que Saret costumava pregar nele quando eram crianças. Observando-o, Mia percebeu que ele deliberadamente desviara a conversa para os tópicos que provavelmente deixariam a família dela mais tranquila... tópicos que, aos olhos deles, fariam com que ele parecesse mais humano. E, apesar de Mia saber que ele estava representando, não pôde evitar a sensação terna ao pensar em Korum como um garotinho brincando nas florestas de Krina e metendo-se em encrencas com os amigos.

O jantar durou até as dez horas. Finalmente, repletos e felizes, todos partiram. Ao saírem, a mãe de Mia beijou o rosto de Korum e o pai apertou a mão dele. Marisa corou e gaguejou um pouco, agradecendo a ele pelo remédio contra enjoo. Connor abriu um sorriso largo e disse que voltariam para jantar todas as noites, dada a refeição maravilhosa que comeram.

Assim que a família foi embora, Mia passou os braços em volta da cintura de Korum e abraçou-o com força. Ainda segurando-o, ela olhou para cima e viu que ele a olhava com um olhar terno no rosto belo. — Obrigada — disse ela com sinceridade. — Isso significou muito para mim.

Ele acariciou o rosto dela de leve. — Eu faria qualquer coisa para deixá-la feliz, querida — disse ele. — Você sabe disso, não sabe?

Mia assentiu e enterrou o rosto no peito dele, com a sensação de que não conseguiria conter todas as emoções que lhe enchiam o peito naquele momento. Ela o amava tanto que doía. E, naquele instante, teve quase certeza de que ele também a amava.

NA MANHÃ SEGUINTE, Mia acordou com o som de vozes conversando em krinar. Ela ouviu uma voz feminina, estranhamente familiar, misturada com os tons mais profundos de Korum. A médica, percebeu Mia. Devia ter chegado para examinar Marisa.

Saindo da cama, Mia rapidamente se vestiu, lavou o rosto e escovou os dentes. Ela olhou para o relógio, sabendo que a irmã deveria chegar em alguns minutos.

Entrando na sala de estar, Mia viu uma bela krinar parada, conversando com Korum sobre as praias locais. Alta e magra, ela parecia uma supermodelo brasileira, com a pele bronzeada, cabelos castanhos escuros com reflexos dourados e olhos castanhos brilhantes. Novamente, alguma coisa se agitou na mente de Mia, aquela lembrança que ela não conseguia captar.

Ela se aproximou e a K se levantou, estendendo a mão para Mia. — Olá — disse ela em tom caloroso. — Sou Ellet.

Sorrindo, Mia apertou a mão dela brevemente, surpresa com o cumprimento humano. Além da prima de Korum, Leeta, Mia não falara com outras Ks. Todos os assistentes no laboratório de Saret eram machos e Mia ainda não socializara com ninguém mais.

— Obrigada por vir até aqui — disse Mia. — Nem sei como dizer o quanto aprecio a sua ajuda.

— Ah, o prazer é meu — disse Ellet, abrindo um sorriso enorme, o que fez com que Mia gostasse dela imediatamente. — Essa é a primeira vez que venho à Flórida e estou adorando. É muito parecida com a Costa Rica, mas muito mais desenvolvida e com tantos humanos!

Mia ergueu a sobrancelha surpresa. Desenvolvido e cheio de humanos normalmente eram características negativas para a maioria dos krinars, mas Ellet parecia demonstrar exatamente o oposto.

— Ellet adora os humanos — disse Korum secamente. — Vocês são a especialidade dela. Não sei por que ela ainda continua em Lenkarda. Nova Iorque seria um lugar muito melhor.

— É um pouco frio e sujo demais para o meu gosto — disse Ellet, sorrindo. — Mas a Flórida parece muito mais promissora...

— É mesmo? — perguntou Mia, olhando para ela. — E você mudaria para cá e faria o quê? Abriria uma clínica?

Ellet sorriu. — Eu gostaria de fazer isso, mas provavelmente não conseguiria permissão. Isso vai contra o mandado.

— O mandado?

— O mandado de não interferência, uma das condições para que os Anciãos concordassem em nos deixar morar aqui na Terra — explicou Ellet, lançando a Korum um olhar rápido e indecifrável.

— Ah, entendi — disse Mia, mas, na verdade, não entendeu. Ela sabia que os Ks não tinham compartilhado a tecnologia e a ciência e presumira que fosse porque queriam ver como o experimento evolucionário deles se sairia. No entanto, ela não sabia que, na verdade, havia um mandado em vigor.

Antes que ela pudesse fazer mais alguma pergunta, a campainha soou. Marisa chegara.

Mia foi abrir a porta.

Novamente, a irmã parecia murcha e pálida. A cor escura dos cabelos só enfatizava o tom doentio do rosto. Obviamente, passara o efeito do remédio que Korum dera a ela na noite anterior.

— Ellet já está aqui — disse Mia. — Ela é muito simpática, você gostará dela.

Marisa assentiu, parecendo um pouco enjoada. — Mia — sussurrou ela —, e se eles descobrirem que realmente há algo de errado comigo ou com o bebê? Alguma coisa que os nossos médicos não conseguiram diagnosticar? E se for algo ruim, realmente ruim?

— O quê? Não! Tenho certeza de que você está perfeitamente bem. Provavelmente, é só um desequilíbrio hormonal estranho... Você não pode começar a se preocupar com suposições antes mesmo que a médica a examine! Vamos, venha cá... — Mia a puxou e abraçou-a, sentindo o corpo magro tremendo em seus braços.

Naquele momento, Ellet e Korum entraram no corredor, provavelmente tendo ouvido alguma coisa com a audição aguçada dos krinars.

— Você deve ser Marisa — disse Ellet, aproximando-se da irmã de Mia e estudando-a com um olhar inquisidor no rosto perfeito.

Marisa se afastou de Mia, parecendo um pouco atônita ao ver uma criatura tão linda.

A krinar abriu um sorriso largo. — Sou Ellet — disse ela gentilmente — e sou especialista em biologia humana. Por favor, não se preocupe, você não precisa ter medo de nada. Venha, vamos para a sala de estar e verei se há alguma coisa errada. E, mesmo se houver, tenho certeza de que podemos resolver. O corpo humano tem alguns mistérios para nós ainda.

Marisa assentiu, sentindo-se mais confortável, e eles foram para a sala de estar.

— Você pode ficar sentada quieta por um minuto? — pediu Ellet, estendendo a mão para um pequeno dispositivo branco que estava sobre a mesinha perto do sofá. Pegando-o, ela o direcionou para a irmã de Mia, percorrendo-lhe o corpo da cabeça aos pés, concentrando-se especialmente na área da barriga.

Em seguida, largando o dispositivo, ela perguntou: — O seu médico lhe disse que você tem hiperêmese gravídica?

Marisa piscou algumas vezes. — Ahm, ele mencionou alguma coisa nesse sentido, mas achei que fosse apenas um nome para náusea e vômitos constantes...

— E é. É uma condição que acontece quando você tem níveis excessivos do hormônio beta hCG. Pode ser perigosa se você ficar gravemente desidratada e não acho que os médicos humanos sabem como tratá-la além de prescrever fluidos IV nos casos mais extremos e de recomendar descanso. No entanto, posso resolver isso para você para que o restante da gravidez transcorra tranquilamente.

Marisa olhou para ela com um olhar esperançoso. — É mesmo? Pode fazer com que isso desapareça?

— Posso normalizar os seus níveis hormonais. Como ainda está no primeiro trimestre, talvez ainda tenha um pouco de náusea de vez em quando, mas posso lhe dar um remédio para tomar nesse caso. Mas você conseguirá comer e viver normalmente de novo. E começar a ganhar peso, como deveria.

— E o bebê? Está tudo bem com o bebê? — perguntou Marisa com a voz trêmula.

Ellet sorriu. — Sim. Ela será uma bela garota.

— Ah, meu Deus! Uma menina! — Lágrimas de alegria encheram os olhos de Marisa. Desde que Mia conseguia se lembrar, Marisa sempre falara em ter uma filha e agora parecia que o sonho dela se tornaria realidade. Mia sorriu e apertou a mão dela.

— Muito bem, está pronta? Precisaremos de privacidade para o próximo passo — disse Ellet.

— Vocês podem ir para um dos quartos no andar de cima — disse Korum. — Ficaremos esperando aqui.

Marisa parecia um pouco nervosa. — O que você vai fazer? — perguntou ela a Ellet. — É como uma operação?

— Não precisarei cortar você nem nada parecido — assegurou a K. — É só um pequeno dispositivo que precisa entrar em você. Levará cerca de cinco minutos e, depois, poderá ir para casa.

— Vá em frente — encorajou Mia. — Ficará tudo bem...

Marisa e Ellet foram para o segundo andar e Mia se sentou ao lado de Korum. — Obrigada novamente por trazer Ellet até aqui — disse ela. — Ela é maravilhosa.

— Sim, é uma das pessoas mais simpáticas que conheço — admitiu Korum. — Ela ainda é relativamente jovem, tem apenas uns quatrocentos anos, mas é muito apaixonada pelo que faz e contribuiu muito para a área dela. — Ele parecia sentir admiração por Ellet.

Uma ideia desagradável cruzou a mente de Mia. — Você e ela alguma vez...? — Ellet era uma das mulheres mais lindas que Mia já vira, mesmo em Lenkarda.

Korum deu de ombros. — Não foi nada sério, apenas algo casual há alguns anos. Não é nada com que você precise se preocupar.

Mia engoliu em seco, subitamente sentindo o ciúmes queimando-a por dentro. — Vocês foram amantes? — Uma onda de náusea a percorreu ao imaginá-los juntos na cama, os lábios da K sobre o corpo de Korum, as mãos esguias tocando-o em lugares íntimos.

— Apenas por um breve período. Você precisa entender uma coisa, querida. O sexo é uma atividade divertida e recreativa para nós. A não ser que ele aconteça no contexto de um relacionamento sério, não atribuímos qualquer significado a ele.

Mia o encarou, tentando digerir aquilo por um segundo e afastar as imagens desagradáveis e pornográficas que ainda passeavam pela mente. — E o que determina se você está ou não em um relacionamento sério?

— Se nós gostamos da outra pessoa e até que ponto.

— E você não gostava de Ellet?

Ele balançou a cabeça negativamente. — Não. Éramos similares demais em alguns aspectos. Rapidamente, ficou óbvio que não tínhamos muita coisa além da atração inicial, que desapareceu depois de algumas semanas.

— Mas ela é tão incrivelmente linda... Como você pode

não se sentir mais atraído por ela? E ela por você? — perguntou Mia baixinho, sentindo-se irracionalmente chateada. Por que Korum ficaria com uma humana comum que não chegava nem aos pés de uma das antigas amantes dele? E se a atração que ele sentira por Ellet desaparecera tão depressa, que chance Mia tinha de prender a atenção dele por mais tempo? Eles estavam juntos há pouco mais de seis semanas. Será que ele ficaria entediado em mais um mês?

Korum estendeu a mão e colocou a palma grande e quente no rosto dela. — Mia — disse ele em tom suave —, com o que você está se preocupando? Eu conheci milhares de belas mulheres, mas nunca quis nenhuma delas como quero você...

Mia olhou para ele, sentindo a tensão interna diminuir.

— E, fisicamente, você é muito mais atraente para mim do que ela — continuou ele, com os olhos assumindo um tom dourado mais claro. — Como você pode ter alguma dúvida disso a essas alturas? Não é suficiente o fato de que só me falta prendê-la com correntes à minha cama? Se eu a achasse um pouco mais atraente do que acho, ficaria enterrado dentro do seu corpo dia e noite... E o que seria de nós então?

O rosto de Mia ficou quente e vermelho, e ela sentiu o corpo reagindo fisicamente às palavras dele. Ao mesmo tempo, deu-se conta de que a irmã e Ellet desceriam a qualquer momento. — Korum, por favor — sussurrou ela. — E se elas nos ouvirem?

Ele deu um sorriso malicioso. — Elas descobririam algo chocante... o fato de que nós fazemos sexo...

Naquele instante, Mia ouviu passos na escada e Marisa entrou na sala, seguida de perto por Ellet.

Rapidamente afastando-se de Korum, Mia se levantou e correu até a irmã. — Marisa! Como foi?

Marisa balançou a cabeça, parecendo estar em um leve estado de choque. — Eu mal senti alguma coisa quando Ellet tocou em mim. Mas, agora, já estou começando a me sentir menos enjoada...

— Você se sentirá ainda melhor daqui a algumas horas quando os nanos começarem gradualmente a normalizar a sua produção hormonal — disse Ellet com uma expressão feliz. — Além disso, se ainda tiver algum traço residual de náusea, basta tomar aquele pó que lhe dei e ficará bem pelo restante da gravidez. E, como eu lhe disse, ficarei muito feliz em vir aqui quando chegar o momento do parto...

Marisa fungou, com os olhos cheios d'água, e deu um abraço em Ellet, obviamente surpreendendo a K. — Obrigada, Ellet, muito mesmo! Eu queria que todos soubessem como a sua raça é boa...

Ellet retribuiu o abraço de forma meio desajeitada. — Obrigada, Marisa, mas lembre-se do que eu lhe disse. Não pode sair por aí contando para as pessoas sobre isso, pois poderei ter problemas. Não podemos interferir muito com os humanos...

— Por que não? — perguntou Mia. — Qual é o problema se você ajudar uma mulher grávida?

Korum se aproximou de Mia e passou o braço pelos ombros dela, pressionando-a contra ele. — Eu explicarei a você mais tarde, querida — disse ele e havia um tom de advertência na voz dele. — Por enquanto, por que você e

Marisa não passam um tempo juntas? Preciso conversar com Ellet sobre algumas coisas de Lenkarda.

Ele queria ficar sozinho com a ex-amante? A sensação de ciúmes que ela achara ter controlado voltou com força total. Mesmo assim, assentiu e perguntou: — Marisa, quer dar um passeio na praia?

A irmã sorriu. — Claro, parece uma excelente ideia — disse ela e Mia percebeu que os sinais de tensão não tinham escapado do olhar aguçado de Marisa.

Korum se abaixou para beijá-la na testa e soltou-a. — Vão em frente — disse ele. — A sua vitamina matinal está na cozinha. Também fiz uma para Marisa. Vocês podem levá-las para a praia, se quiserem.

Mia agradeceu e as duas irmãs saíram, pegando os copos com vitamina no caminho.

CAPÍTULO DEZOITO

— Muito bem, maninha, desembuche. O que foi aquela sua reação lá atrás? — Marisa tomou um gole da vitamina e olhou para Mia em expectativa enquanto andavam pela praia, com as ondas batendo na areia a apenas alguns metros de distância.

Mia chutou uma pequena concha, enchendo o chinelo de areia. — Eu acabei de descobrir que ele teve alguma coisa com Ellet no passado — disse ela a Marisa em tom lúgubre. — E agora ele quer ficar sozinho com ela na casa. Como eu deveria reagir a isso?

— Ai.

— Pois é.

Marisa ficou em silêncio por alguns segundos, parecendo remoer o assunto. — Eu não acho que ele ainda tenha alguma coisa com ela... — disse ela pensativa. — Na verdade, tenho certeza disso. Ele só tem olhos para você. É quase assustador, na verdade, a forma intensa como ele a observa o tempo inteiro. Ainda assim, não foi uma coisa muito bacana de se fazer. Mas talvez ele tenha alguns negócios a discutir com ela.

— Provavelmente — concordou Mia, dando de ombros. — Ele disse que o que havia entre eles acabou há alguns anos e que, para começo de conversa, nunca foi nada sério. Ainda assim, não consigo deixar de imaginar os dois juntos, sabe?

Por cerca de um minuto, elas andaram em um silêncio confortável, bebendo lentamente a vitamina e observando a água.

Logo depois, Marisa falou novamente. — Você realmente o ama, não é? — perguntou ela, soando preocupada pela primeira vez.

Mia suspirou e sentou-se na areia. — Mais do que consigo expressar — admitiu ela. — Mais do que eu jamais teria imaginado.

— Ah, Mia...

— Eu sei, eu sei. Não preciso de um sermão sobre o assunto. Não tem como terminar bem, acredite, eu sei disso.

A irmã estendeu a mão e apertou a dela. — Bem, se é que adianta alguma coisa, ele parece louco por você. Totalmente louco. Eu nunca vi nada parecido. Ele olha para você como se quisesse devorá-la e, ao mesmo tempo, como se fizesse qualquer coisa por você. Ele parece obcecado por você, mana...

Mia riu, pois as palavras de Marisa acabaram com o humor sombrio. — Ora, vamos, tenho certeza de que você está exagerando. Temos uma excelente química, só isso...

— Não, Mia — Marisa balançou a cabeça

negativamente com a expressão séria. — O que vocês dois têm é muito mais do que isso. Nem sei como descrever. Ele observa cada um dos seus movimentos. É meio estranho, na verdade. E ele parece não conseguir passar mais de alguns minutos sem tocar em você...

Mia corou de leve, imaginando se a irmã ouvira a conversa deles. Se ouviu, então Ellet com certeza ouvira também. Os krinars tinham a audição mais aguçada que a maioria dos humanos.

— De qualquer forma, como você acabou se envolvendo com ele? — perguntou Marisa com curiosidade desvelada. — Você nunca me contou a história toda, só aquela bobagem sobre o amante de Dubai... Você sempre foi tão cuidadosa e certinha. Não consigo imaginá-la tendo um caso com um K.

Mia hesitou. Ela não queria mais mentir para a irmã, mas também não queria contar à família a história completa. — Não foi fácil para mim — admitiu ela. — Eu fiquei bastante assustada no começou e Korum consegue ser... intimidador, de vez em quando. Mas eu estava muito atraída por ele, obviamente, e ele foi muito persistente... E, bem, você sabe o resto da história.

Marisa a estudou intensamente. — Entendi. Tenho certeza de que há mais coisa, mas você poderá me contar quando estiver pronta.

— Obrigada, Marisa. Você é a melhor irmã que uma garota poderia ter — disse Mia com sinceridade.

— Eu sei, e muito modesta também. — Ela sorriu ao dizer aquilo e Mia sorriu de volta.

Elas andaram mais um pouco, cada uma ocupada com

os próprios pensamentos, até que Marisa falou novamente.

— Há alguma forma de as coisas darem certo para vocês dois? — perguntou ela com a expressão séria novamente. — Qualquer forma?

Mia balançou a cabeça negativamente. — Não, não vejo como. Somos literalmente de espécies diferentes, com tempos de vida muito diferentes. Em algum momento, ele me deixará... e não sei como eu sobreviverei quando isso acontecer.

— Ah, Mia... Querida, nem sei o que dizer... — Havia uma expressão de pena intensa no rosto bonito de Marisa.

— Você não precisa dizer nada — respondeu Mia calmamente. — A culpa é minha por ter me apaixonado por ele. Eu poderia ter encontrado um cara bacana e normal, alguém como Connor. Mas, não, tive que me envolver com um alienígena. Tenho certeza de que, no fim das contas, vou me recuperar... e talvez até mesmo encontrar um humano de quem passarei a gostar.

— Você já conversou com ele sobre isso?

— Não, não conversei — respondeu Mia honestamente. — Estou feliz demais no momento para tocar nesse assunto. Pela primeira vez, estou tentando viver o momento, aproveitar alguma coisa sem me preocupar com as consequências...

Marisa sorriu, mas havia uma sombra de preocupação no rosto dela. — É isso aí, maninha. Aproveite a vida mesmo.

~

O KRINAR OBSERVOU as duas garotas caminhando lentamente na praia. As duas eram bonitas, mas apenas uma o interessava.

Não adiantava nada observá-la naquele momento. Racionalmente, ele sabia disso. Deveria estar concentrado no inimigo, não em uma pequena humana que não poderia ser uma ameaça para os planos dele.

Mesmo assim, ele não conseguiu afastar o olhar.

Ela riu, virando o rosto na direção do sol, e ele aproximou a imagem, parando a gravação por um segundo. Os lábios dela estavam ligeiramente abertos, mostrando os dentes brancos regulares, e a pele pálida parecia luminosa, quase brilhante.

Ela parecia feliz e ele quase se arrependeu do que teria que fazer. Se tudo desse certo no dia seguinte, ela ficaria triste por algum tempo.

Pelo menos, até que ele tivesse a chance de acabar com a dor dela.

NAQUELA NOITE, Korum levou a família inteira para jantar fora, levando-os a um restaurante sofisticado que abrira recentemente em Hammock Beach, uma comunidade privada exclusiva perto de Ormond.

Para surpresa e alegria de Connor, havia frutos do mar no menu, bem como filé e caviar. Os preços dos produtos animais eram astronômicos, claro, e alguns dos pratos custavam quase o que um professor ganhava em uma semana inteira de trabalho. Os pais olharam para o menu atônitos até que Korum disse a eles firmemente que o jantar seria por conta dele e que não aceitaria qualquer protesto em relação a isso. Inicialmente hesitante, no final eles cederam. Connor pediu um filé e os pais dividiram um coquetel de camarão como aperitivo e lagosta como prato principal. Mia pediu massa feita com ovos de verdade e Marisa pediu *blinis* com caviar. Korum, como sempre, manteve-se na dieta principalmente à base de legumes, mas permitiu-se um pouco de manteiga. — Uma das invenções humanas mais gostosas — comentou ele.

A primeira parte do jantar foi tranquila, com Korum perguntando educadamente aos pais de Mia sobre o trabalho deles e como chegaram ao país quando criança. Ele pareceu particularmente interessado na experiência de migração e no processo de familiarização dos humanos. Os pais dela ficaram felizes com o rumo da conversa, que fluiu de forma suave e fácil.

Mas, alguns copos de vinho depois, o cunhado começou a entrar em território um pouco menos confortável. — Então, por que vocês vieram para a Terra? — perguntou Connor, olhando para Korum com curiosidade aberta.

Mia ficou imóvel, lembrando-se da opinião um tanto baixa que o amante tinha da raça humana e do tratamento que dava à Terra, o planeta que os Ks consideravam o futuro lar deles.

Mas ela não precisava ter se preocupado. A fachada de Korum para agradar os pais dela estava firmemente no lugar. — Nosso sistema solar é muito mais velho que o de vocês — explicou ele casualmente. — E nossa estrela começará a morrer muito antes do seu sol. Portanto, era lógico que começássemos a nos preparar para essa eventualidade. Além disso, é bom diversificar em termos de local. Se algum tipo de desastre cósmico recair sobre Krina ou nossa galáxia, pelo menos alguns dos krinars sobreviverão.

— Ah, uau, vocês realmente pensam à frente, hein?

Connor soou impressionado e Korum lhe lançou um sorriso breve antes de mudar a conversa para a infância de Mia e como ela era no jardim de infância.

O restante do jantar passou depressa, com a família competindo para ver quem contava a história mais divertida e constrangedora sobre Mia quando bebê, da estranha preferência por roupas roxas quando tinha três anos a Marisa subornando-a com doces para que fizesse o dever de casa de matemática no primeiro ano.

— Acho difícil acreditar que Mia precisou ser forçada a fazer o dever de casa — disse Korum, sorrindo ternamente para ela. — Não consigo fazê-la parar de trabalhar agora. A ética profissional dela é inacreditável. Até mesmo Saret está impressionado e ele teve muitos assistentes talentosos e dedicados no decorrer dos anos.

Os pais dela sorriram, orgulhosos e felizes, e Mia percebeu novamente como Korum era um manipulador habilidoso. Ele estava com a família dela na palma da mão, apesar do fato de que deviam estar preocupados por a filha mais nova estar em um relacionamento com um predador extraterrestre. Não que ela se importasse, claro. O amante estava fazendo exatamente o que Mia queria, deixando os pais dela tranquilos, e ela estava grata por isso.

Finalmente, o jantar terminou por volta de dez horas da

noite. Despedindo-se da família, Mia entrou na Ferrari de Korum e eles foram para casa. Ela se sentia feliz e repleta com a refeição deliciosa.

AAO ACORDAR NA MANHÃ SEGUINTE, Mia saltou da cama cheia de energia. Ela escovou os dentes rapidamente, colocou a roupa de banho que Korum deixara para ela e foi procurá-lo.

Ela o encontrou perto da piscina, tomando banho de sol como um enorme gato dourado. Diferentemente dos humanos, Korum não se bronzeava e a pele tinha sempre o mesmo tom levemente dourado. Pensando no assunto, Mia notou que conseguira evitar queimaduras de sol até o momento, apesar de não usar bloqueador solar. Por um momento, ficou imaginando se Korum lhe dera alguma coisa para proteger a pele sem que ela soubesse. Mas, depois, deixou o assunto de lado, empolgada para começar o dia.

Vendo-a entrar na área da piscina, Korum lançou-lhe um olhar lento e sensual que relembrou Mia das coisas que ele fizera com ela na noite anterior. As entranhas dela se contraíram ao lembrar do prazer que sentira. Ele não parecia se fartar dela, nem ela dele, até o ponto em que Mia começou a imaginar se estavam viciados um no outro. Claro, Korum a advertira sobre o vício em sangue, não o vício em sexo, mas ela não conseguia se imaginar desejando-o mais do que já acontecia.

Arbustos altos e uma cerca branca sólida rodeavam a

área da piscina, bloqueando-a das vistas das pessoas que passeavam na praia e dando privacidade aos moradores da mansão. Encorajada, Mia se aproximou de Korum e correu a mão pelo peito dele, adorando a sensação da pele macia e quente com o calor do sol.

Ele sorriu e pegou a mão dela, levando-a à boca para beijá-la. — Ah, minha dama acordou — brincou ele, com os lábios macios beijando de leve as costas da mão dela.

Um arrepio de prazer percorreu o corpo de Mia com o toque dele e, subitamente, ela se sentiu muito mais quente. Corando, ela perguntou: — Quer ir à praia hoje pela manhã?

Eles deveriam encontrar os pais dela para o almoço e depois ir até St. Augustine para visitar a fazenda de jacarés, uma das atrações favoritas de Mia na área. Mas eram apenas nove horas da manhã e tinham bastante tempo.

— E o café da manhã? — perguntou ele. — Não está com fome?

— Posso comer uma banana no caminho — disse Mia. Ela estava com vontade de nadar um pouco no mar. — Ainda estou meio cheia do jantar de ontem.

— Então vamos.

A PRAIA em frente à casa era linda e estava quase completamente deserta. Apesar de não ser uma praia particular, não havia hotéis por perto nem qualquer lugar fácil para estacionar para quem quisesse ir à praia. Como resultado, era provável que encontrassem apenas os moradores ricos das casas à beira da praia e algumas outras pessoas que davam longos passeios.

Saindo pelo portão da área da piscina, eles passaram sobre uma ponte estreita de madeira que levava até a areia, passando por cima das dunas.

Assim que saíram da ponte, Mia chutou os chinelos para longe e correu na direção da água, ansiosa para testar a temperatura. Naquela época do ano, o Atlântico não era tão quente quanto seria mais tarde, durante o verão, mas ela não se importava. Apesar de ser relativamente cedo, já estava quente do lado de fora e ela estava ansiosa pela água fresca do oceano.

Eles nadaram por uma hora até que Mia se sentiu agradavelmente cansada, com os músculos doloridos pelo esforço incomum. Ela ficou surpresa com a própria resistência. Além de nadar um pouco na Costa Rica à noite, ela não fizera muitos exercícios nos meses recentes. Talvez ainda estivesse em forma depois da corrida de cinco quilômetros para arrecadação de fundos para instituições de caridade em que Jessie as inscrevera um ano antes. Mia passara por exercícios intensos para se preparar para a corrida. Ou talvez as comidas nutritivas que Korum lhe dava fossem realmente benéficas para o corpo.

Quando finalmente saíram da água, Mia se deitou em uma toalha grande que levaram junto e Korum se deitou ao lado dela. Fechando os olhos, ela relaxou, com os raios quentes do sol batendo na pele. Ela perguntou a si mesma, vagamente, se deveria passar protetor solar, mas estava com preguiça demais para se mover. Só alguns minutos, prometeu ela, só o suficiente para produzir um pouco de vitamina D...

Uma sensação agradável de cócegas a acordou do cochilo algum tempo depois.

Abrindo os olhos, ela virou a cabeça para o lado, espremendo os olhos ligeiramente por causa da luz forte. Korum estava deitado ao lado dela, apoiado no cotovelo. Olhando para ela com um sorriso, ele acariciava gentilmente as costelas de Mia com um dedo longo. Os cabelos pretos brilhavam sob o sol e havia uma expressão amorosa nos olhos cor de âmbar.

— O que foi? — murmurou Mia, sentindo-se um pouco constrangida. O biquíni que usava deixava muito pouco para a imaginação e a forma como ele a observava naquele momento a deixou absurdamente tímida.

— Nada — disse ele em tom suave. — A sua pele fica tão bonita nessa luz. Não tinha percebido antes como uma pele tão pálida pode ser tão bonita.

— Ahm, obrigada...

— E ela fica linda quando você cora — brincou ele, passando os dedos de leve nas bochechas subitamente quentes de Mia.

Ela abriu um sorriso ligeiramente envergonhado. Estar em um relacionamento ainda era novidade para ela, ter alguém tocando-a e admirando seu corpo daquela forma. E o fato de aquele alguém ser a criatura maravilhosa deitada ao lado dela era algo muito além de qualquer coisa que Mia pudesse ter imaginado.

— Por quanto tempo fiquei apagada? — perguntou ela, lembrando-se do cochilo. — Eu não pretendia cochilar...

— Não foi muito tempo. Mais ou menos uns vinte minutos.

Mia bocejou delicadamente, cobrindo a boca com as costas da mão. — Desculpe-me... você deve ter ficado muito entediado...

— Nunca fico entediado perto de você — disse ele, ainda estudando-a. — Eu gosto de observá-la dormindo. Você sempre parece tão doce e calma... como um anjo de cabelos escuros. Acho muito relaxante vê-la assim.

Mia sorriu para ele. Korum era muito estranho às vezes. — Isso é bom, acho, considerando o quanto eu durmo.

Ele só sorriu em resposta, prendendo um cacho de cabelos atrás da orelha dela. — Está com fome agora? Ou ainda está cheia do jantar de ontem?

Mia considerou o assunto. — Eu poderia comer. Mas não vamos almoçar com os meus pais daqui a pouco?

— Daqui a duas horas. Você provavelmente ficará faminta até lá.

— Hmm, está bem. Mas, primeiro, quero nadar mais um pouco.

— Claro. Quer nadar agora?

— Na verdade, preciso ir ao banheiro primeiro — admitiu Mia. — Você pode me esperar? Voltarei em alguns minutos.

— É claro — respondeu Korum, sorrindo. — Eu espero.

Levantando-se, Mia correu de volta para a casa. Entrando pelo portão da área da piscina, ela usou um dos banheiros do primeiro andar. Em seguida, foi na direção da praia, ansiosa pelo frescor da água na pele quente.

Aproximando-se da cerca alta, Mia abriu o portão... e ficou imóvel.

Do lado de fora da cerca, com a paisagem bloqueando a visão de quem estivesse na praia, estava Leslie, uma das combatentes da Resistência com quem Mia trabalhara.

E nos braços magros e musculosos, estava uma arma apontada diretamente para o peito de Mia.

CAPÍTULO DEZENOVE

*P*or alguns segundos, um terror gelado manteve Mia completamente imóvel, incapaz de pensar nem de reagir. Como um veado olhando para uma luz forte, notou o cérebro dela com diversão mórbida. As pernas estavam fracas e pesadas, como se ela estivesse presa em areia movediça, e a visão ficara tão estreita que ela só conseguia enxergar a arma mortal apontada para o seu peito.

Em seguida, uma onda de adrenalina a invadiu, clareando a mente e fazendo com que os batimentos cardíacos se acelerassem de forma inacreditável. Se ela não fizesse alguma coisa, morreria, percebeu Mia com muita clareza. Korum estava longe demais para ajudá-la se gritasse. A bala chegaria nela muito antes que ele se aproximasse da casa.

— Levante as mãos, vadia — ordenou Leslie com voz rouca. As feições delicadas dela estavam tão distorcidas com ódio que mal eram reconhecíveis. — Sua traidora filha da puta, você vai ter exatamente o que merece...

— O que você está fazendo aqui, Leslie? — interrompeu Mia, tentando evitar que a voz tremesse e erguendo as mãos lentamente. *Não mostre o medo a um cachorro raivoso. Nunca mostre medo. Faça com que ela continue falando. Ganhe tempo.*

— Achou mesmo que conseguiria se safar? — cuspiu Leslie, com os braços tremendo e o dedo batendo nervosamente no gatilho. — Achou mesmo que conseguiria trair sua raça inteira e viver feliz para sempre, fodendo aquele monstro?

As roupas dela estavam rasgadas e sujas, notou Mia com uma parte semifuncional do cérebro. A garota devia estar fugindo havia algum tempo.

— Leslie, escute — disse Mia em tom desesperado, sabendo que provavelmente só tinha alguns segundos de vida. — Se você atirar em mim, Korum a matará. Você não conseguirá fugir depressa o suficiente. Ele ouvirá o tiro e estará sobre você...

Um sorriso louco e triunfante iluminou o rosto de Leslie. Por um segundo, ela pareceu positivamente feliz. — Ah, você acha que eu arriscaria a minha vida para matá-la? — disse ela com rancor. — Você acha que sou tão burra assim? Não, vadia. Eu adoraria acabar com a sua existência inútil, mas as minhas ordens são para deixá-la viva... Viva e fora do caminho enquanto ele lida com o seu amante...

Horrorizada, Mia a encarou, com um medo doentio correndo pelas veias. — O que quer dizer com isso? —

sussurrou ela, com o cérebro mal conseguindo processar as implicações. — Enquanto quem lida com ele?

Leslie riu, claramente gostando da reação de Mia. — Eu sabia. Eu sabia que você tinha se apaixonado por aquele monstro. Eu disse a John para não confiar em você, mas ele estava convencido de que estava do nosso lado. Mas eu sabia que não. Sabia que você era justamente o tipo de idiota que se apaixonaria por aquela fachada bonita. Ele a deixou viciada também? Você anda por aí agora, implorando aos Ks que a mordam de hora em hora, como meu irmão fez antes que eles o matassem?

Os pensamentos de Mia rodopiaram em pânico e o coração batia com tanta força que ela achou que o peito explodiria. Ao mesmo tempo, uma fúria começou a se acumular lentamente dentro dela. — Enquanto quem lida com ele? — repetiu ela por entre os dentes com a voz baixa e cheia de ódio.

Os lábios de Leslie se contorceram em uma paródia de sorriso. — Você acha que os Kapas estavam sozinhos? — perguntou ela em tom zombeteiro. — Você acha que eles foram pegos e que isso foi o fim?

Atônita, Mia só conseguia olhar para ela em choque.

— Ah, sim, há mais Ks envolvidos — confidenciou Leslie e havia um prazer cruel no rosto dela. — O seu amante está sendo transformado em partículas enquanto conversamos...

Mia prendeu a respiração, com os pulmões incapazes de receber ar suficiente. A visão escureceu por um segundo e uma fúria diferente de tudo o que já sentira a invadiu, sem deixar espaço para o medo.

E, subitamente, ela soube exatamente o que precisava fazer.

Por um breve momento, o olhar dela se desviou para um ponto logo acima do ombro de Leslie e ela deixou que uma expressão de alegria selvagem invadisse o rosto.

Assustada, Leslie se virou para olhar para trás por um segundo e Mia saltou sobre ela, com as mãos fechando-se na arma no momento em que a garota percebeu que fora enganada.

A força do salto de Mia jogou as duas no chão, com Mia em cima. O desespero deu a ela uma força que não sabia que tinha. No entanto, Leslie conseguiu segurar a arma, com o treinamento e o tamanho maior dando a ela uma vantagem imensa. Elas rolaram pelo chão, lutando pela posse da arma.

A garota mais pesada acabou por cima, com o peso prendendo Mia no chão. O joelho dela atingiu Mia no estômago e ela arquejou, temporariamente sem ar. Ao mesmo tempo, Leslie agarrou a arma com as duas mãos, quase tirando o braço de Mia do lugar. Ela mal registrou a dor, amortecida pela adrenalina que lhe percorria as veias e pela fúria assassina que lhe enchia a mente.

Pela primeira vez na vida, Mia soube como era sentir vontade de matar uma pessoa, rasgá-la em pedaços e observá-la sangrar até a morte. Com uma névoa vermelha obscurecendo a visão, ela lutou sem se preocupar com a própria segurança nem em lutar de forma justa. O rosto dela ficou perto do ombro de Leslie e ela mordeu, enterrando os dentes selvagemente na parte carnuda do antebraço da garota. A combatente gritou e Mia ficou feliz ao vê-la sentir dor, com o gosto metálico do sangue enchendo-lhe a boca. Ela levantou o joelho com força, batendo-o no osso púbico de Leslie com a maior força que conseguiu reunir. A garota gritou e afrouxou ligeiramente as mãos que seguravam a arma.

Aquela era a oportunidade de que Mia precisava.

Em vez de puxar a arma, ela a empurrou e girou. O dedo indicador de Leslie ficou preso no gatilho, girando com a arma, e a garota gritou quando o dedo estalou, dobrando-se de forma estranha para trás.

Aproveitando a distração, Mia puxou a arma, arrancando-a da mão de Leslie.

Em seguida, mal consciente das próprias ações, ela bateu a arma com força selvagem na parte de cima do crânio de Leslie.

O corpo da garota ficou mole, com o sangue escorrendo do local onde o objeto de metal duro batera. Arquejando e tremendo, Mia empurrou-a para longe. A mente dela só tinha um pensamento: chegar até Korum antes que fosse tarde demais.

Levantando-se com um salto, ela pegou a arma e correu, ignorando a garota inconsciente deitada no chão.

Mia correu mais depressa do que jamais o fizera, com os pulmões queimando e o piso áspero da ponte de madeira cortando-lhe os pés descalços. A arma parecia pesada e nada familiar na mão dela.

Na outra extremidade da ponte, Mia viu um krinar parado, com as costas voltadas para ela. O braço direito dele estava estendido e apontado para Korum, que estava completamente imóvel, com o olhar fixo no objeto na mão do outro K.

Leslie não mentira. Um minuto depois poderia ser tarde demais. Desacelerando ligeiramente, Mia ergueu a mão, mirou nas costas largas do K à frente dela e apertou o gatilho.

Nada aconteceu além de um clique suave. *Não estava carregada, a maldita arma não estava carregada.*

Jogando a arma para o lado, ela correu mais depressa de novo. Pontos pretos dançavam em frente aos olhos, interferindo com a visão enquanto o cérebro lutava para obter oxigênio suficiente. Tudo em volta dela ficou borrado e cinzento enquanto ela corria com todas as forças que ainda lhe restavam no corpo. Só o que ela conseguia enxergar, só no que conseguia se concentrar era a cena mortal à frente.

Em seguida, ela chegou lá, vendo o K à frente dela, com o corpo largo tremendo e o suor brilhando na nuca. Pelo barulho intenso das batidas do coração que soavam nos ouvidos, Mia ouviu vagamente o tom suave da voz de Korum enquanto ele tentava convencer o K a largar a arma, a ouvi-lo. E ela viu o horror no rosto do amante quando ele a viu correndo e percebeu a intenção dela.

Sem pensar duas vezes, Mia saltou sobre o K, sem se importar com a futilidade do ataque. Ela agarrou os cabelos dele com os dedos e puxou-os com força. Atônito e gritando com a dor súbita, o K a jogou longe com um golpe poderoso, lançando-a pelos ares até as dunas a vários metros de distância.

Com lado esquerdo do corpo batendo com força no chão, Mia ficou deitada por um momento, atordoada e completamente sem fôlego. Em seguida, os pulmões se expandiram e ela respirou fundo. Estonteada e desorientada, ela tentou se levantar, girando o corpo e esforçando-se para ficar de pé.

Quando ela se moveu, sentiu uma dor agonizante no braço esquerdo.

Gemendo, ela olhou para o lado e a mente ficou tonta com a visão do osso branco saindo de um machucado ensanguentado na pele. Um enjoo súbito subiu pela garganta e ela vomitou de forma incontrolável, jogando o conteúdo do estômago na grama seca da duna.

Caindo sobre o lado direito, ela tentou rastejar para longe, com as pernas e os braços fracos e trêmulos, quando braços fortes a ergueram, apertando-a contra um peito familiar.

Com o corpo inteiro tremendo, Korum se ajoelhou na areia, segurando-a nos braços e embalando-a para a frente e para trás. Ele estava com a respiração pesada e irregular e Mia ouviu o coração dele batendo como um tambor no peito.

— Mia... Ah, minha querida, achei que tinha perdido você... — O terror na voz dele era um reflexo do medo que ela sentira ao vê-lo em perigo. Ele parecia incapaz de dizer qualquer outra coisa e continuou segurando-a com força enquanto lutava para recuperar o controle. Mesmo no pânico que sentia, ele pareceu notar o braço ferido dela, tomando cuidado para não causar mais dor.

— O-o K... — ela conseguiu balbuciar. — E-ele conseguiu...

— Não se preocupe com isso — respondeu Korum. — Ele não é mais uma ameaça. Você está viva e isso é tudo o que importa.

Ainda segurando-a nos braços, ele se levantou. — Não olhe — disse ele com voz rouca, carregando-a na direção da ponte.

Mia fechou os olhos por um segundo, mas aquilo a deixou ainda mais enjoada, e ela os abriu imediatamente.

E viu por que Korum a advertira a não olhar.

Deitado na areia, a poucos metros deles, estava o que fora o atacante dele. O corpo mal podia ser reconhecido como tal, com o braço direito faltando e um buraco ensanguentado onde a cabeça e o pescoço ficavam. Havia sangue por toda parte, cobrindo o cadáver desfigurado e ensopando o chão arenoso.

Por um breve segundo, ela achou que aquilo não podia ser real, mas o odor metálico era inquestionável, bem como o fedor subjacente de algo muito pior, como esgoto. O cheiro da morte, percebeu ela com uma parte ainda racional do cérebro. Ela nunca o sentira antes, mas algo primitivo dentro dela o reconheceu e encolheu-se.

Um gemido horrorizado escapou-lhe da garganta antes que ela pudesse evitar.

Korum praguejou e apressou o passo até que estava quase correndo na direção da casa, ainda cuidando para não bater no braço ferido de Mia.

Fechando os olhos, Mia tentou respirar fundo, convencer a si mesma que acabara de ver a cena de um filme, que o que estava deitado e mutilado na areia de Ormond Beach não fora antes um ser inteligente. Mas as imagens diante de seus olhos eram vívidas demais e inegáveis. Ela sentiu o estômago revirar. Se não o tivesse esvaziado alguns minutos antes, teria vomitado novamente.

O K que a segurava nos braços literalmente despedaçara o oponente.

CAPÍTULO VINTE

Com o estômago queimando, ela instintivamente empurrou o peito de Korum com a mão direita, mas ele ignorou a tentativa débil dela de se soltar.

— Shhh, querida, vai ficar tudo bem — sussurrou ele, entrando na área da piscina e carregando-a em direção à casa.

Ao passarem pelo portão, Mia abriu os olhos novamente e viu que o corpo de Leslie ainda estava deitado no chão, do lado de fora da cerca. Com uma dissociação estranha, ela ficou imaginando se a combatente da Resistência também estava morta. Ela sabia que deveria se sentir horrorizada com a ideia, mas sentia-se dormente naquele momento — dormente e fria por dentro.

Korum subiu a escada e levou-a para o banheiro amplo do segundo andar. Colocando-a gentilmente de pé, ele ligou o chuveiro e ajustou a água. Mia ficou parada, cambaleando de leve e observando os movimentos dele.

Uma espécie de névoa misericordiosa desceu sobre a mente dela, parcialmente protegendo-a da realidade brutal da situação. Ela sabia o que via, mas aquilo não parecia afetá-la de forma alguma, como se estivesse acontecendo com outra pessoa.

O corpo inteiro de Korum estava coberto de sangue e areia, incluindo os cabelos. Ele parecia ter passado por uma batalha. O que, na verdade, acontecera. Se ela entendera aquela cena grotesca corretamente, ele matara o outro K com as próprias mãos.

Uma onda de bile quente subiu pela garganta dela novamente, e Mia a segurou com esforço. Apesar de saber que fora em autodefesa, ainda estava horrorizada por o amante ser capaz de tal nível de violência.

Mas o que a assustava mais ainda era o fato de que ela também era.

Porque, sob tudo o que sentia, estava ferozmente feliz pelo fato de o outro K estar morto. Que era o corpo dele, e não o de Korum, que estava na praia em pedaços. Se ele tivesse sido bem-sucedido no ataque... Se tivesse conseguido matar Korum, Mia teria ficado feliz em matá-lo ela mesma. Ou isso, ou morreria tentando.

Os olhos dela se desviaram para a esquerda e ela viu o próprio reflexo no espelho grande pendurado na parede. Havia manchas de sangue seco espalhadas pelo rosto, em volta da área da boca. Ela percebeu que as manchas eram devido ao fato de ter mordido Leslie. Terra, areia e folhas secas de grama cobriam o corpo quase nu e havia pequenos gravetos presos nos cabelos, aumentando ainda mais a impressão geral de louca assassina.

— Venha cá, deixe-me colocá-la ali dentro — disse Korum em tom suave, cuidadosamente pegando-a no colo e levando-a até o chuveiro, onde deixara a água na temperatura perfeita.

O jato quente foi uma sensação maravilhosa na pele e Mia percebeu que se sentia gelada por dentro, apesar do clima. Ela também estava tremendo. O corpo devia ter entrado em estado de choque, pensou ela com objetividade quase clínica. Ela não teve coragem de olhar novamente para o braço por medo de passar vergonha. Por enquanto, a dor estava tolerável, como se ela tivesse recebido algum tipo de anestésico. Diferentemente da maioria das pessoas, Mia nunca quebrara nada antes e ficou imaginando se era aquela a sensação que todas tinham. Se era, então não era realmente tão ruim assim.

— Fique aqui — disse Korum. — Voltarei em um segundo com alguma coisa para o seu braço.

Mia assentiu obedientemente e ele desapareceu por um minuto, voltando com uma pequena pílula na mão. Entrando sob o chuveiro, ele lhe entregou o remédio e disse a ela que o engolisse.

Ela o fez e a dor latejante diminuiu quase imediatamente.

— Feche os olhos e não olhe — disse ele. — Estou falando sério, Mia. Mantenha-os fechados.

Respirando fundo, ela fechou os olhos com força. Ela sentiu as mãos dele no braço machucado, manipulando-o gentilmente. Por algum motivo, ela não sentiu dor alguma quando ele o endireitou, colocando o osso no lugar.

— Está feito — disse ele com voz rouca. — Você pode abrir os olhos agora.

Mia olhou para ele e a casca congelada que a envolvia subitamente se quebrou.

Soluços altos brotaram na garganta e ela se sentou no chão, tremendo incontrolavelmente. Todo o terror e a violência que ela acabara de testemunhar voltaram à mente, deixando-a completamente descontrolada. Ela poderia tê-lo perdido, eles poderiam ter morrido, ele matara brutalmente outro krinar e ela talvez tivesse matado Leslie... Era demais e Mia puxou os joelhos na direção do peito, com o corpo estremecendo com a força dos soluços.

— Mia, shhh, querida, acabou. Acabou, eu prometo... — murmurou ele, ajoelhando-se e puxando-a para perto. Estendendo a mão para cima, ele direcionou o chuveiro para que a água caísse sobre eles e deixou-a chorar, sabendo que era exatamente disso que ela precisava no momento.

Depois de alguns momentos, os soluços diminuíram e ele a ergueu, colocando-a cuidadosamente de pé e retirando o biquíni. Em seguida, derramando o sabonete líquido na mão, ele lavou cada centímetro do corpo dela, incluindo os cabelos, removendo todos os rastros de sangue e sujeira. Depois, fez o mesmo consigo até que os dois estivessem totalmente limpos.

Desligando a água, ele saiu do chuveiro e voltou com uma toalha grande e felpuda, que enrolou em volta dela. Traumatizada demais para fazer qualquer outra coisa, Mia ficou parada, aceitando os cuidados dele.

— Ela está morta? — perguntou ela baixinho, pensando na garota que deixara sangrando e inconsciente perto do portão da piscina.

Korum balançou a cabeça negativamente enquanto se secava. — Acho que não, eu a vi respirando quando passamos. Chamei os guardiães que estavam na área vigiando a sua família. Eles estão quase chegando. Levarão a garota em custódia e limparão o resto...

— Quem era ele? Você o conhecia?

Por um segundo, a raiva brilhou nos olhos dele. Em seguida, Korum se controlou com esforço visível. — Sim, eu o conhecia — disse ele e ela ouviu a raiva mal contida na voz dele. — Eu não fazia ideia de que ele estava envolvido com os Kapas. Nem a menor ideia. Não acredito que ele enganou a todos nós desse jeito.

Mia continuou olhando para ele, que respirou fundo, tentando se acalmar.

— O nome dele era Saur — explicou ele em tom neutro. — Ele trabalhou no seu laboratório, no laboratório de Saret, desde que viemos para a Terra. Foi ele quem partiu a algumas semanas, abrindo a vaga que você preencheu. Saret sempre falou muito bem dele. Saur era o assistente mais jovem e mais brilhante dele. Pelo menos, até Adam chegar. Não sei o que o motivou a se envolver com os Kapas. Ele tinha tanto a oferecer à nossa sociedade... E também não faço ideia de por que ele veio até aqui para nos matar...

— Para matar *você* — corrigiu Mia, sentindo frio novamente ao pensar naquilo. — Leslie me disse que as ordens dela eram de me manter viva e fora do caminho enquanto ele lidava com você...

Ele ergueu as sobrancelhas. — Está bem — disse pensativo, conduzindo-a para fora do banheiro até o quarto.

Ele já preparara as roupas para ela vestir para almoçar com os pais, um vestido bonito cor de pêssego e uma tanga branca de seda. Ele a vestiu com cuidado, como se ela fosse uma criança, movendo as mãos de forma particularmente gentil perto do braço quebrado.

Mia percebeu que não sentia dor alguma no braço.

Ligeiramente curiosa, ela olhou para baixo e piscou algumas vezes, mal conseguindo acreditar no que viu. Onde houvera um ferimento enorme com o osso aparecendo alguns minutos antes, havia agora pele perfeitamente lisa sem qualquer traço do ferimento.

Surpresa, Mia mexeu o braço, que funcionou bastante bem. Ela o ergueu, flexionando o bíceps, e tudo pareceu estar normal. Como uma pequena pílula fizera aquilo?

De forma geral, ela se sentia muito melhor. O banho e o remédio que ele lhe dera operaram maravilhas no estado físico, apesar de a mente ainda estar tentando aceitar tudo o que acabara de acontecer.

— Deve estar bem agora — disse Korum, observando-a testar o braço.

Ele também já se vestira, colocando uma camiseta branca e calça *jeans*. Ele parecia tão bonito — e tão *vivo* — que Mia quase começou a chorar novamente ao pensar no que quase acontecera.

— Agora — disse ele em tom suave, aproximando-se e

erguendo o queixo dela com os dedos —, diga-me... O que diabos estava pensando ao arriscar a vida daquele jeito?

Mia piscou algumas vezes, atônita com a fúria silenciosa na voz dele. — Leslie disse que ele ia matar você. E-ela disse que você e-estava sendo t-transformado em p-partículas... — Com a voz tremendo de horror ao se lembrar, ela mal conseguiu conter as lágrimas que lhe encheram os olhos novamente.

— E você fez o quê? Saltou em um lutador experiente que tinha uma arma apontada para você? Atacou um krinar que poderia matá-la com um golpe? — Korum estava quase tremendo de raiva, com os olhos completamente tomados pelas manchas amarelas perigosas. — Será que não percebe como é frágil, como é delicada? Como é fácil que alguma coisa machuque você, que tire a sua vida?

Mia engoliu em seco — Eu não consegui aguentar a ideia de que alguma coisa pudesse acontecer com você...

— Comigo? Como acha que eu teria me sentido se alguma coisa acontecesse com *você*? — Ele estava quase fora de si, com os dentes cerrados e um músculo saltando no maxilar. Ela nunca o vira naquele estado e ficou imaginando vagamente se deveria sentir medo. Afinal de contas, ele acabara de matar brutalmente um ser inteligente. Ainda assim, por algum motivo, ela não conseguiu sentir medo algum. Por algum motivo, nas semanas anteriores, ela passara de achar que Korum a mataria por espioná-lo para se sentir completamente segura com ele. Mesmo furioso, ele não a machucaria. Ela sabia disso com uma certeza absoluta.

— Eu não sei — respondeu ela e viu os olhos dele

ficarem ainda mais claros. Antes mesmo que Mia conseguisse piscar, ele a pegou no colo e sentou-se na cama com ela no colo. Segurando-a com tanta força que ela mal conseguia respirar, ele enterrou o rosto nos cabelos dela. Mia sentiu os tremores leves que sacudiam o corpo grande e musculoso.

— Você não sabe? — sussurrou ele com raiva. — Você realmente não sabe que significa tudo para mim?

Mal ousando acreditar no que ouvira, Mia empurrou o peito dele para colocar uma pequena distância entre eles para que pudesse encará-lo. — É?

— É claro que sim. — O olhar dele queimava com uma intensidade que ela nunca vira. — Como pôde duvidar disso?

— Você... você está dizendo que me ama? — perguntou ela trêmula, com medo até mesmo de expressar tal possibilidade em voz alta. E se ele dissesse que não? E se ela tivesse entendido errado e, agora, ele riria da tolice dela? Mia sentiu o peito apertado de ansiedade.

— Mia, eu amo você mais do que à minha própria vida — disse ele, com a voz rouca de emoção. — Se alguma coisa acontecesse com você... Se você se fosse, eu não ia querer continuar a viver. Você me entendeu?

Mia assentiu, sufocada demais pelos próprios sentimentos para dizer alguma coisa. Ele a amava? Aquele homem lindo e incrível a amava?

Ele estreitou os olhos. — E se, alguma vez, você colocar a sua vida em perigo como...

Mia não o deixou terminar. Em vez disso, ela ergueu os

braços e enterrou as mãos nos cabelos de Korum, puxando a cabeça dele para perto. Em seguida, ela o beijou, expressando toda a profundidade do que sentia na forma com que sempre se comunicaram melhor.

Inicialmente, ele ficou parado, como se estivesse com medo de machucá-la. Mas, em seguida, gemeu e retribuiu o beijo, apertando-a nos braços novamente, com a boca faminta e desesperada contra a dela.

Mia se agarrou a ele com desespero igual, com o medo e a adrenalina anteriores transformando-se em um frenesi de excitação. Ele estava vivo — os dois estavam — e o corpo dela queria, precisava reafirmar aquele fato da forma mais primitiva e instintiva possível.

Ela acabou deitada de costas sobre a cama, presa sobre o corpo rígido e musculoso, com as mãos arrancando freneticamente a camiseta dele. Ela se sentia como se estivesse faminta, como se fosse morrer sem o toque dele, com o corpo desesperado para ser preenchido por ele. O beijo dele a consumiu, com a língua penetrando profundamente em sua boca, e Mia a sugou, precisando sentir o gosto de Korum, querendo-o por inteiro. Ela estava insuportavelmente quente, a pele esticada demais, sensível demais para conter o desejo que lhe queimava por dentro. Mia arqueou o corpo na direção dele, freneticamente tentando chegar mais perto.

Ele gemeu novamente, com a resposta frenética dela provocando uma reação igualmente apaixonada dele. Com a mão esquerda, ele agarrou-lhe os cabelos, prendendo-lhe a cabeça no lugar para devorá-la com a boca. A mão direita puxou a saia do vestido, expondo a parte de baixo do corpo de Mia. Agora havia apenas a minúscula tanga de Mia e os *jeans* de Korum entre eles, e ele rapidamente os eliminou. Em seguida, ele a penetrou com uma investida forte, o pênis entrando nela em um movimento fluido.

Arquejando com o choque da entrada súbita, Mia enterrou os dedos nos ombros de Korum, atônita e imensamente aliviada por tê-lo dentro de si. Ele estava incrivelmente quente e grosso, e a força pesada dele era exatamente do que ela precisava naquele momento. Os músculos estremeceram, estendendo-se em volta do pênis enorme, e o corpo inteiro se derreteu, liquefazendo-se ao senti-lo preenchendo o vazio que sentia de forma tão perfeita.

Ele começou a se mover, cada investida enterrando-a ainda mais no colchão. Logo, ela gritava, com a tensão interna acumulando-se até que o corpo inteiro pareceu explodir com a força do orgasmo, pulsando e apertando-se em volta do pênis.

Com a respiração acelerada, ele se apoiou nos cotovelos, encarando-a com olhos que eram puro ouro. Havia gotas de suor na testa dele e o rosto estava afogueado sob o tom bronzeado da pele. Ele parecia magnífico e selvagem, e Mia não conseguiu afastar o olhar da intensidade ardente dos olhos dele. Ele ainda não gozara e o pênis ainda estava duro dentro dela.

— Você é minha — disse ele com voz rouca. Mia não podia questionar a verdade daquilo, não com ele tão profundamente alojado dentro do corpo e dentro do coração dela. Ela se sentia incrivelmente vulnerável, mas agora sabia que Korum também estava vulnerável, que também tinha poder sobre ele.

— E você é meu — sussurrou ela de volta. As mãos dela apertaram-lhe os ombros ainda mais e ela sentiu o pênis estremecer dentro dela quando o corpo de Korum respondeu fisicamente às palavras.

Ele começou a investir com força novamente, com os quadris avançando e recuando, enterrando-se na carne dela com uma ferocidade quase igual à de Mia. Ela sentiu cada investida no fundo do ventre, sentiu a cabeça do pênis pressionando a cervical, sentindo um prazer tão grande que chegava à beira da dor. Logo depois, sentiu quando ele inchou ainda mais dentro dela e o próprio corpo se retesou quando outro orgasmo violento a invadiu. Ao mesmo tempo, ele a prendeu nos braços, chegando ao clímax com um grito rouco, liberando o sêmen dentro dela em jatos curtos e quentes.

Por cerca de um minuto, eles permaneceram naquela posição, com os corpos unidos enquanto a respiração voltava ao normal e o coração desacelerava. Mia nunca se sentira tão conectada a outra pessoa. Era como se tivessem cessado de ser indivíduos separados, como se o ato sexual os vinculara de uma forma muito além da conexão física. Mia sentiu o coração de Korum batendo no mesmo ritmo que o seu, o calor e o cheiro do corpo dele que a protegia, envolvendo-a em um abraço e com o peso agradavelmente sobre ela.

Depois de algum tempo, ele saiu de cima dela e puxou-a para perto, deixando-a deitar sobre o peito. Mia sabia que devia se levantar e limpar-se, que tinham que sair em breve para almoçar com os pais dela, que ainda havia muito que precisavam discutir. Mas, naquele momento particular, ela só queria ficar deitada lá e esquecer do restante do mundo.

Ela o amava e ele a amava, e era tudo o que importava naquele instante.

Os GUARDIÃES CHEGARAM alguns minutos depois, pousando a nave silenciosamente na praia perto da casa. Vestindo a calça ainda intacta e beijando-a rapidamente na testa, Korum saiu para recebê-los, deixando que Mia se arrumasse antes de saírem para o almoço.

Levantando-se, Mia notou que as pernas ainda tremiam um pouco e as partes íntimas latejavam ligeiramente depois do encontro apaixonado deles. Ela não tinha ideia de como seria o sexo com outro homem, com um humano, mas suspeitava que o que vivia toda noite e frequentemente durante o dia estava longe de ser normal. Talvez, no futuro, quando estivessem juntos por mais tempo, o desejo insaciável um pelo outro diminuísse um pouco. Mas, por enquanto, nada parecia suficiente. Era isso o que Korum quisera dizer quando falara da química incomum que existia entre eles? Ele soubera, desde o início, que seria assim?

Indo ao banheiro, ela jogou um pouco de água no rosto e tentou alisar os cachos para que ficassem mais apresentáveis. Sob a palidez da pele, o rosto brilhava com uma cor sutil, e os lábios estavam mais cheios, um pouco inchados por causa dos beijos. Ela parecia feliz e satisfeita, totalmente diferente da confusão traumatizada que fora mais cedo. Ela também parecia e cheirava como se tivesse acabado de fazer sexo. Claramente, precisava de outro banho rápido.

Dez minutos depois, ela estava limpa e com uma outra roupa. Estava quase na hora de saírem para St. Augustine e ela foi procurar Korum.

Ela o encontrou na área da piscina, conversando com três krinars que estavam usando o que pareciam ser uniformes de cinza clara. Ela se lembrou de ter visto uniformes similares nos Ks que prenderam os Kapas duas semanas antes.

Deviam ser os guardiães que Korum mencionara.

Um dos guardiães segurava Leslie, que estava consciente de novo e parecia sentir uma dor de cabeça terrível. Ou talvez tivesse uma concussão. Mia se sentiu muito aliviada. Afinal de contas, não matara a garota e, pelo jeito, também não tinha causado qualquer dano permanente. No entanto, Leslie parecia aterrorizada por ter sido capturada pelas criaturas que considerava como monstros da vida real. Mia quase sentiu pena dela, lembrando-se de como tivera medo de Korum no início. Quase... pois não conseguia se esquecer do fato de que a garota apontara uma arma para ela e conspirara para matar Korum.

Agora que conseguia pensar novamente, ficou imaginando por que Saur queria que Leslie a mantivesse viva e fora do caminho. Ele achava que, de alguma forma, Mia poderia ser útil para a Resistência? Ou queria alguma outra coisa dela? E por que Korum fora o alvo dele? Nada daquilo fazia sentido.

Subitamente, ela se lembrou de uma coisa: a perda de memória dos Kapas! Se Saur tinha acesso a algumas tecnologias do laboratório e conhecimento suficiente, poderia ter sido a pessoa que apagou a memória deles. Na verdade, Adam mencionara que Saur trabalhara com manipulação da mente.

Empolgada, Mia se aproximou de Korum e dos guardiães. Abrindo um sorriso largo, ela disse: — Acabei de me dar conta de uma coisa... Se Saur trabalhava no laboratório de Saret...

Korum acenou aprovadoramente com a cabeça. Obviamente, ele já se dera conta daquilo. — Exatamente. Isso explicaria algumas coisas, apesar de eu ainda não entender os motivos dele.

Leslie observou a conversa com uma expressão amarga no rosto contorcido pela dor. — Vadia xeno — murmurou ela, lançando um olhar cheio de ódio a Mia.

— Cale a boca — disse Korum friamente, encarando a garota com uma expressão rancorosa no olhar. — Você deveria agradecer à divindade ridícula para quem costuma orar o fato de que Mia não se feriu hoje. E que a arma não estava carregada. Se alguma acontecesse a ela, você e todos os seus amigos da Resistência aprenderiam o verdadeiro significado de sofrimento. Você me entendeu?

A combatente engoliu em seco, mas recusou-se a desviar o olhar. Mia relutantemente admirou a coragem dela. Se Korum tivesse dito isso a *ela*, Mia teria ficado completamente aterrorizada. Talvez Leslie também estivesse, mas não demonstrou isso na expressão.

Mia ficou imaginando o que aconteceria com a garota. Os Ks pretendiam soltá-la depois de colocar dispositivos de vigilância nela, como fizeram com os combatentes da Resistência que os atacaram? Ela decidiu perguntar a Korum mais tarde, quando estivessem sozinhos. Apesar de tudo, ela ainda torcia para que Leslie não tivesse uma punição severa demais. A combatente não parecia ser uma má pessoa, apenas muito enganada em seu ódio pelos Ks.

Dois outros guardiães passaram pelo portão. — Está pronto — disse um deles em krinar. — Todas as provas foram registradas e removidas.

— Ótimo — respondeu Korum. — Obrigado por ter vindo até aqui tão depressa.

O guardião que acabara de falar assentiu. — É claro. Se lembrar de mais alguma coisa relacionada a esse ataque, entre em contato conosco.

Korum prometeu que faria isso e os guardiães foram embora, levando Leslie com eles.

— O que eles farão com ela? — perguntou Mia, observando a expressão de pânico no rosto da garota quando um guardião a levou embora na direção da praia.

— Ela passará por uma reabilitação — respondeu Korum. — Ela já causou problemas demais e daremos a ela o mesmo tratamento que demos aos outros líderes da Resistência que capturamos.

— Uma reabilitação?

Agora que Mia passara algum tempo no laboratório de

Saret, sabia que influenciar a mente de alguém até aquele ponto era um processo muito complexo e delicado. Era fácil causar danos irreparáveis e cada cérebro era altamente exclusivo, o que funcionava para uma pessoa podia não funcionar para outra. Mexer com a mente era a ramificação mais avançada da neurociência dos krinars e até mesmo Saret admitira que ainda era algo muito imperfeito.

— Não é o mesmo tipo de reabilitação dos Kapas — disse Korum. — É uma versão muito mais suave. Não é preciso tanto esforço com humanos. Ela poderá simplesmente ser liberada com uma pequena perda de memória.

Mia pensara em outra coisa enquanto conversavam. — Korum — perguntou ela lentamente —, você não estará encrencando, não é? Por causa do que aconteceu na praia? — Por causa do krinar que ele despedaçara, mas não conseguiu se forçar a dizer aquilo.

Ele lhe lançou um olhar reconfortante. — Não. Foi um caso muito claro de autodefesa e tenho gravações para provar isso.

— Gravações?

Ele ergueu a mão, mostrando a palma. — Ter tecnologia embutida é muito útil. Além disso, se for preciso ir além, poderemos obter algumas imagens dos satélites que temos na órbita da Terra. O que acontece em uma praia pública como essa nunca é segredo. Pode haver uma investigação, só para seguir o protocolo, mas não haverá um julgamento.

Mia soltou um suspiro de alívio. — Ainda bem. — Dando um passo à frente, ela passou os braços em volta da cintura dele e abraçou-o com força, inalando o cheiro quente e familiar. Ele retribuiu o abraço, apertando-a com uma mão e acariciando os cabelos dela com a outra. Eles ficaram naquela posição por um minuto, simplesmente aproveitando a proximidade um do outro e deixando que o horror do dia se dissipasse no calor do abraço.

CAPÍTULO VINTE E UM

Os pais de Mia os encontraram para almoçar em St. Augustine em um pequeno restaurante chamado The Present Moment Cafe. Antes do Dia K, era um dos poucos restaurantes veganos da região, usando vários ingredientes exóticos e pratos crus incomuns. Agora, tais lugares eram muito mais comuns, pois restaurantes que serviam pratos com carne eram uma raridade, mas o café ainda tinha a reputação de ser um dos melhores locais de comida vegetariana.

Korum novamente insistiu em pagar a refeição e, depois de alguns protestos, os pais de Mia acabaram concordando. Durante o almoço, ele os divertiu com algumas histórias sobre a primeira visita que fizera à Terra setecentos anos antes e como a Europa era diferente naquela época. Mia viu que os pais estavam absolutamente fascinados — e, para ser honesta, ela também — e o tempo passou muito rapidamente.

Observando-o interagir tão facilmente com a família

dela, Mia ficou maravilhada com a compostura incrível de Korum. Ou talvez fosse simplesmente uma excelente capacidade de atuação. Ele riu e brincou com os pais dela como se nada tivesse acontecido, como se não tivesse acabado de matar outro K com as próprias mãos. Ela tentou não pensar no assunto, superar os eventos da manhã, mas não conseguiu evitar as imagens terríveis que continuavam a surgir na mente.

Apesar de Mia saber que a violência fora algo grande na história e na cultura dos krinars, não parecia ser mais assim. Pelo menos, Mia não vira nada daquilo durante as duas semanas que passara em Lenkarda. Ela sabia que o esporte favorito de Korum era lutar e sabia sobre os desafios na Arena. Mas aquilo era muito diferente de matar alguém na praia. Korum ficara de alguma forma abalado pelas ações que tomara ou não se importava? O homem que ela amava — e que, pelo jeito, também a amava — era um assassino sem remorso? E, se fosse, *ela* se importava com isso?

Depois de umas duas horas, eles se despediram dos pais dela e foram para a fazenda de jacarés, uma das atrações mais populares de St. Augustine. Korum parecia muito interessado em ver as criaturas de sangue frio, explicando que eram muito diferentes de qualquer coisa que tinham em Krina.

Enquanto passeavam pelos caminhos, estudando as várias espécies de jacarés e crocodilos, Mia decidiu tocar em um assunto que estivera remoendo desde aquela manhã.

— Você já matou antes? — perguntou ela, tentando soar casual sobre o fato.

Korum parou e olhou para ela. — Eu estava me perguntando quando você tocaria nesse assunto — disse ele suavemente, com uma expressão indecifrável no rosto. — O que gostaria que eu lhe dissesse, minha querida? Que nunca estive em uma situação em que precisei defender a mim mesmo e a outros? Que consegui viver por dois mil anos sem nunca tirar uma vida?

Mia engoliu em seco, encarando-o. — Eu entendo.

— Entende? — Ele torceu a boca ligeiramente. — Entende mesmo? Eu sei que teve uma vida muito protegida, minha querida, e fico feliz por você. Se houvesse uma forma de evitar que visse o que viu esta manhã, acredite, eu teria evitado.

— Quantos? — Mia sabia que deveria parar, mas não pôde se conter. — Quantas pessoas, krinars ou humanos, você já matou?

Ele suspirou. — Não tantas quantas você provavelmente acha no momento. Quando eu era jovem, era muito esquentado e entrei em brigas por motivos que agora parecem muito triviais. Vários dos meus oponentes me desafiaram para a Arena e eu aceitei os desafios. E, quanto estávamos na Arena... Bem, talvez você não entenda isso, mas é muito difícil para nós parar depois que a primeira gota de sangue é derramada. No calor da batalha, agimos puramente por instinto. E nosso instinto é destruir o inimigo, custe o que custar. É por isso que as lutas na Arena são tão perigosas e, hoje em dia, tão raras. Porque o resultado é frequentemente mortal...

— Então por que o seu governo não as tornou ilegais? — interrompeu Mia, tentando entender aquele aspecto peculiar da cultura krinar. — Por que não se livrar de um costume tão bárbaro? A sua sociedade é tão avançada em certos aspectos...

— Porque a violência é mais contida assim. Controlada de forma melhor, se preferir — explicou ele calmamente, observando-a com os olhos cor de âmbar. — Se alguém tem um problema comigo, pode simplesmente me desafiar na Arena, em vez de ir atrás da minha família. Ainda acontecem brigas de vez em quando, mas elas são muito mais raras do que no passado. E, como resultado, a nossa sociedade é muito mais pacífica. Tecnicamente, é ilegal matar alguém na Arena, mas ninguém nunca foi processado por exagerar em uma luta justa.

— Foi isso que aconteceu hoje? Você exagerou durante a luta?

Ele assentiu, apertando os lábios. — Exagerei... mas o meu único arrependimento é de não ter tido a chance de interrogá-lo, de descobrir por que ele fez o que fez. Ele feriu você, poderia facilmente tê-la matado, e mereceu exatamente o que recebeu.

Mia afastou o olhar, sem saber o que dizer. Korum matara para protegê-la e ela provavelmente teria feito o mesmo por ele. Mas ainda achava a ideia assustadora, saber que ele era capaz de tirar a vida de alguém com tanta facilidade.

— E humanos? — perguntou ela enquanto caminhavam, pensando em todos os rumores que ouvira sobre a brutalidade dos Ks durante os meses do Grande Pânico. — Você matou muitos humanos?

Ele demorou alguns momentos para responder. — Por que você está fazendo isso, Mia? — perguntou ele baixinho quando pararam em frente a um cercado grande. — Por que faz perguntas para as quais não quer saber a resposta?

— Eu não sei — respondeu Mia com sinceridade. — Em alguns aspectos, você ainda é um mistério muito grande para mim. Eu amo você, mas ainda assim quase não o conheço...

Ele olhou para a água com uma certa fascinação, observando os jacarés deslizando suavemente pela água. Os turistas se afastaram do local onde os dois estavam parados. Como a maioria dos humanos, tinham deduzido corretamente que o K entre eles era, de longe, a criatura mais perigosa nos arredores. Mia já estava tão acostumada com aquilo que mal prestou atenção. Sempre que estavam em um local público, a presença de Korum inevitavelmente atraía olhares assustados e sussurros entre a população humana.

Depois de algum tempo, ele se virou para olhar para ela. — Sim, Mia — disse ele em tom grave. — Já matei humanos. Alguns em autodefesa, outros por motivos diferentes. Tive muitas interações com a sua raça no decorrer dos séculos e nem todas foram boas. Há mais alguma coisa de que gostaria de saber?

Mia umedeceu os lábios, encarando-o. — Você teria matado Peter naquela noite? Na boate? Se eu não o tivesse impedido?

— Você não me impediu, Mia — disse Korum

friamente. — Eu já decidira deixá-lo ir embora com uma advertência. A ofensa dele não foi grave o suficiente para merecer mais do que isso.

Ela soltou aliviada a respiração que não percebera ter prendido. — Entendo.

— É claro — disse ele com os olhos brilhando — que, se ele tivesse tocado em você mais do que tocou, se tivesse dormido com você, o resultado teria sido diferente.

O coração de Mia saltou dentro do peito. — Você o teria matado por causa disso? — sussurrou ela, sentindo um arrepio descendo pela espinha.

Korum não respondeu, apenas a encarou com olhar firme... e ela soube que o que sempre sentira sobre ele era verdade.

Ele *era* perigoso. Não para ela, mas para todas as outras pessoas. Apesar de parecer civilizado por fora, apesar de a ciência e a tecnologia dos Ks serem avançadas, bem no fundo ele era um predador. Um predador com uma natureza violenta e um instinto territorial profundamente arraigado.

E, pelo jeito, um predador que a amava tanto quanto ela o amava.

Naquela noite, Marisa e Connor foram novamente jantar na casa alugada e Korum preparou uma versão menor do banquete que preparara no dia anterior. A irmã de Mia tinha uma aura agradável, a pele estava com uma cor saudável e os olhos brilhavam. O apetite dela voltara ao normal e ela comia de novo todas as comidas favoritas. O procedimento que Ellet executara nela parecia ter o efeito prometido.

Connor estava muito além de agradecido. — Finalmente tenho minha esposa de volta — confidenciou ele quando Marisa foi ao banheiro. — As últimas semanas foram um inferno. Eu estava com muito medo de que ela precisasse ser hospitalizada pelo restante da gravidez. As histórias de horror que ouvimos sobre as mulheres com a mesma condição que ela...

Korum sorriu para ele. — Estou feliz que tudo tenha dado certo. Ellet é muito qualificada...

Mia sentiu uma pontada de ciúmes com o elogio à mulher que fora amante dele, mas fez o possível para ignorá-la.

—... e ficou muito feliz em ajudar nessa situação.

Depois que o jantar terminou, os quatro decidiram ir ao cinema para assistir o último filme de James Bond que tinha um vilão K. Korum achou a ideia muito divertida, particularmente as partes em que o agente humano conseguiu superar o K maligno e usar a própria tecnologia do krinar para acabar com os planos de exterminar os humanos. O papel do vilão foi realizado por um ator humano que fez um trabalho decente de imitar um K com a ajuda de computação gráfica, mas Mia ainda achou o desempenho dele inadequado. Mas Marisa e Connor realmente gostaram do filme e bombardearam Korum com perguntas ao voltarem para a casa.

Enquanto Mia observava as interações deles, percebeu que a família dela tinha ficado totalmente encantada com ele. Eles nunca viram o lado realmente intimidador dele e não tiveram motivo para temê-lo, da forma como acontecera com Mia no início. Em vez disso, para eles, Korum era um estrangeiro fascinante que podia entretê-los com uma quantidade infinita de histórias e fatos interessantes, um benfeitor generoso que já dera a eles o presente impagável de saúde melhor e um namorado gentil que tratava Mia como uma princesa.

E Mia adorava a situação. Nunca, nem mesmo nos sonhos mais ousados, ela teria esperado que a família se desse tão bem com o amante alienígena. Achara que ficariam com medo e preocupados com ela, o que provavelmente teria acontecido se Korum não tivesse se esforçado para conquistá-los. Aquilo, mais do que qualquer outra coisa, mostrava como ele se importava com ela. Ele sabia que a família era importante para Mia e fizera o possível para garantir que todos se sentissem confortáveis com o relacionamento deles. Pelo menos, o mais confortável que podiam ficar, sabendo que o namorado de Mia não era humano.

Os pensamentos dela se voltaram para o futuro novamente e ela sentiu uma dor familiar no peito, a mesma sensação que sempre tinha quando pensava sobre o fim inevitável do relacionamento deles. Ele a amava, mas com certeza aquilo não duraria para sempre. Quanto tempo ela permaneceria jovem e bonita? Dez anos, vinte se tivesse sorte? Era certo que algumas das atrizes pareciam incríveis, mesmo com cinquenta ou sessenta anos. Talvez isso acontecesse com Mia também, especialmente se a eficiência médica dos krinars se estendesse a procedimentos cosméticos. Ela imaginou Ellet fazendo uma cirurgia plástica nela e quase estremeceu ao pensar na bela K vendo-a quando estivesse velha e enrugada.

Finalmente, chegaram na casa e despediram-se de Marisa e Connor, que pegaram o carro deles e foram embora.

Sorrindo, Mia acenou para eles e entrou na casa. Korum já estava sentado no sofá, estudando alguma coisa na palma da mão.

Ouvindo Mia entrar, ele ergueu o olhar e sorriu para ela. — Você estava muito quieta no caminho de volta — disse ele, estudando-a com olhar interrogador. — Não gostou do filme?

Ela se aproximou e sentou-se ao lado dele. — Foi divertido — respondeu, dando de ombros.

— Então, qual é o problema? Ainda está chateada por causa do que aconteceu mais cedo? — Ele estendeu a mão e pegou a dela, massageando-a de leve de uma forma que a fez derreter um pouco por dentro.

— Não. — Mia olhou para a mão grande que segurava a dela com tanto carinho. Os dedos dela pareciam pequenos e delicados perto dos dele e a cor pálida da própria pele contrastava de forma erótica com o tom mais escuro da pele dourada. — Bem, talvez. Eu não sei. Estou tentando não pensar muito no assunto. O filme foi, na verdade, uma boa distração...

— Então o que foi? — Ele claramente não tinha a menor intenção de deixar o assunto de lado.

Mia ergueu o olhar para encontrar o dele. — Eu estava pensando sobre o futuro, só isso. Eu sei que preciso me concentrar no presente e aproveitar o que temos agora, mas não consigo evitar às vezes...

Ele se inclinou para a frente e beijou-a de leve, impedindo as próximas palavras dela com os lábios. — Conversaremos sobre isso quando voltarmos para Lenkarda — murmurou ele, recuando e olhando para ela com uma expressão enigmática no rosto. — Não se preocupe sobre isso agora. Tudo se resolverá, eu prometo.

Surpresa, Mia piscou algumas vezes. Em seguida, lembrou-se de que ele mencionara algo similar algumas semanas antes, quando ainda estavam em Nova Iorque. Insuportavelmente curiosa, ela abriu a boca para fazer outra pergunta, mas Korum a beijou de novo e todos os pensamentos racionais desapareceram.

Pegando-a no colo, ele a carregou para a cama no segundo andar e Mia não teve oportunidade para pensar pelo resto da noite.

CAPÍTULO VINTE E DOIS

Na manhã seguinte, Mia acordou nos braços de Korum. Era uma coisa tão incomum que ela abriu os olhos assim que percebeu o que estava acontecendo.

Ela estava de lado, encostada no corpo dele. Os dois estavam nus e ela sentiu a ereção parcial pressionando-lhe a curva das nádegas. Espantada, Mia se virou para olhar para o rosto dele e viu que Korum estava totalmente acordado.

Com os movimentos súbitos dela, ele sorriu e beijou-lhe a testa de leve. — Olhe só, você acordou.

Ela assentiu, piscando sonolenta. — O que você está fazendo aqui? Sempre acorda muito mais cedo...

— Eu não quis deixá-la sozinha — explicou ele em tom suave, acariciando o rosto dela. — Seu sono estava inquieto e de vez em quando você gritava. Preferi ficar aqui para garantir que estivesse bem.

Emocionada, Mia se aproximou dele, abraçando-o com

força. — Obrigada — murmurou ela contra o ombro dele. — Acho que, depois do que aconteceu ontem, tive alguns pesadelos. — Ela se lembrava vagamente de alguns sonhos envolvendo armas e sangue, e ficou surpresa por ter conseguido dormir a noite inteira. Sem dúvida, a presença de Korum ajudara muito.

Ele acariciou lentamente os cabelos dela. — É claro, minha querida. É totalmente compreensível.

— Você tem pesadelos? — perguntou ela, recuando. A aluna de psicologia dentro dela subitamente ficou curiosa.

— Normalmente não — admitiu Korum, com a mão brincando com os longos cachos. — Normalmente durmo de forma muito profunda por algumas horas e acordo. Não consigo me lembrar da última vez em que tive algum sonho. Pode acontecer conosco, mas é mais raro do que para os humanos. Nosso ciclo de sono é um tanto diferente.

— Ah, entendi.

— O que você quer fazer hoje? — perguntou ele. — Não temos nenhum plano no momento.

— Eu estava pensando em jantarmos com os meus pais novamente, mas não sei sobre o dia... Mas não quero ir à praia, acho que ainda não estou pronta para voltar lá.

— É claro. — O corpo dele ficou tenso por um momento. — Por que não fazemos algo totalmente diferente? Que tal uma viagem até Orlando? Podemos visitar um daqueles parques temáticos, com montanhas-russas e tudo o mais...

— O que, como Disney World? — Mia olhou para ele com expressão incrédula.

— Claro — disse ele em tom sério. — Ou talvez o parque da Universal. Esse e um pouco mais adulto, certo?

Incapaz de se conter, Mia caiu na gargalhada. — É sério? Você quer ir ao parque da Universal Studios? — Ela imaginou os dois parados na fila para a atração do Incrível Hulk e todos os turistas histéricos ao verem um K perto dos filhos.

— Sim, por que não?

Realmente, por que não? Ainda rindo, Mia disse: — Está bem, então vamos. Podemos ir às Ilhas da Aventura, é a parte do parque da Universal que tem mais montanhas-russas. Como iremos até Orlando? De carro?

— Pode ser. Não me importo de dirigir, isso me dá a oportunidade de ver mais da área. — Ele sorriu para ela, parecendo tão charmoso e despreocupado que ela não pôde evitar de beijar a covinha na bochecha esquerda dele.

Mas, quando os lábios de Mia tocaram o rosto dele, ela sentiu o humor de Korum mudando. Ela estava tão sintonizada com ele que percebeu imediatamente o que Korum queria. E, claro, quando ela recuou, ele a encarava com os olhos dourados e pesados. — É por isso que normalmente não fico na cama com você — murmurou ele antes de colocar os lábios sobre os dela e descer a mão em direção às coxas de Mia.

E, pela hora seguinte, eles se esqueceram de Orlando, presos na própria aventura selvagem.

~

Duas horas depois, eles percorriam a estrada a mais de

cento e sessenta quilômetros por hora. Com qualquer outra pessoa ao volante, Mia teria ficado com muito medo, mas os reflexos de Korum eram melhores do que qualquer piloto de corrida e ela se sentia totalmente segura. Durante os primeiros vinte minutos, ele deixara a capota aberta, mas os cabelos de Mia ficavam voando no rosto dela. Portanto, tiveram que parar e fechar a capota.

— Eu devia cortar essa bagunça — resmungou Mia ao voltarem à estrada, tentando abaixar a explosão de cachos em volta da cabeça. Foi inútil. Os cabelos não combinavam com vento.

— Nem pense nisso — disse Korum em tom sério. — Adoro os seus cabelos compridos.

Mia suspirou. — Está bem. Então, talvez eu o alise...

— Por quê? Seus cachos são lindos. Deixe-os como estão.

— Você é esquisito — disse Mia. — A maioria dos homens gosta de cabelos lisos e sedosos, não o ninho de ratos que tenho na cabeça...

— Não me importo com o que a maioria dos homens gosta. Deixe seus cabelos como estão. — O tom dele era firme.

Mia sorriu para si mesma, balançando a cabeça mentalmente. Mesmo naquela pequena questão, ele tinha que estar em controle. Era estranho que ela não se importasse mais tanto quanto antes, apesar de nada ter mudado muito. Mia ainda era *caerle* dele e ele ainda tinha controle demais sobre a vida dela. A diferença era que, agora, ela sabia que ele a amava, que não era apenas um brinquedo humano.

Uma parte do encontro com Leslie surgiu no fundo da mente de Mia. — Korum — perguntou ela com cuidado —, o que exatamente é esse vício em sangue sobre o qual você me advertiu antes? Leslie falou alguma coisa sobre isso ontem...

Mantendo os olhos na estrada, ele perguntou: — O que ela disse?

Mia se esforçou para se lembrar das palavras exatas da garota. — Foi alguma coisa sobre como o irmão dela era viciado e ficava perambulando, implorando que os Ks o mordessem a cada hora, até que foi morto...

Por alguns segundos, Korum ficou em silêncio. — Esse parece um caso particularmente infeliz — disse ele depois de algum tempo. — Deve ter acontecido logo depois que chegamos aqui na primeira vez.

— O que quer dizer?

— Lembra-se que eu lhe disse que não precisamos mais de sangue para sobreviver? Que, agora, é basicamente uma droga prazerosa para nós?

— Sim, lembro, claro.

— Bem, acontece que há um efeito colateral ao consumir demais dessa droga. O prazer é tão intenso que é viciante para nós, e para os humanos de quem bebemos. No entanto, para que um krinar fique fisicamente viciado, precisa beber do mesmo humano com frequência maior do que duas ou três vezes por semana. Essencialmente, o krinar fica viciado na assinatura de DNA específica do sangue daquele humano. É um efeito colateral peculiar da correção genética que nos permite sobreviver sem sangue. Alguns dos nossos melhores cientistas estão estudando esse fenômeno, tentando descobrir por que ele acontece e como pode ser impedido.

Mia o encarou fascinada. — E o que acontece quando você fica viciado? Há dor física?

— Quando o krinar é separado do humano por algum motivo, sim. Eles não conseguem ficar mais de algumas horas sem a droga, o que pode ser um problema para o humano e para o krinar.

— Então foi isso o que aconteceu com o irmão de Leslie? Não sei se eu entendi direito...

— Não, funciona de forma diferente para os humanos. A sua espécie fica viciada na substância que temos na saliva, mas a saliva de qualquer krinar serviria. Não sei exatamente o que aconteceu com o irmão de Leslie, mas posso supor. Pelo jeito, parece que ele se envolveu com algumas das boates x iniciais...

— Boates x?

— Boates x, boates xeno, é a gíria de vocês para boates em que os humanos vão para interagir com a nossa espécie.

Mia piscou algumas vezes. — Nunca ouvi falar disso. É como os *sites* em que os humanos anunciam para fazer sexo com os Ks?

Ele pareceu ligeiramente divertido. — É parecido, sim. Os *sites*, na verdade, são para aqueles que são apenas curiosos. Pouquíssimas pessoas que publicam neles considerariam realmente tornar a fantasia realidade. Os que são sérios de verdade vão aos clubes x.

— É mesmo? — Mia estava espantada por nunca ter ouvido falar naquilo antes. — Onde ficam essas boates? Há alguma na cidade de Nova Iorque?

— Não, na realidade, elas ficam perto de nossos Centros. Normalmente, não gostamos de ir às grandes cidades. Provavelmente é por isso que nunca ouviu falar delas. Há algumas na Costa Rica, algumas no Novo México e no Arizona, outras na Tailândia e nas Filipinas...

— E os Ks vão a esses lugares?

Korum assentiu. — Alguns vão, especialmente aqueles que não gostam de sair dos Centros. Eu nunca fui a um deles, pois não tenho problemas com passar algum tempo nas cidades dos humanos. Mas muitos krinars vão. Eles não suportam as multidões nem a poluição e as boates são uma forma conveniente para terem relações sexuais com os humanos.

— Então, você acha que o irmão de Leslie foi a um clube x?

— É uma possibilidade. Nos últimos anos, esses lugares passaram a ser regulados de forma mais rigorosa. Agora, um humano particular só pode entrar duas vezes por semana e os krinars que vão são advertidos contra compartilhar aquele humano durante a noite. No entanto, no começo, tudo era muito mais desorganizado e alguns humanos exageraram. Eles ficavam com um ou mais krinars por noite e o sangue deles era bebido com frequência demais.

Mia torceu o nariz, incomodada com a ideia. Quando Korum bebia o sangue dela, era uma experiência tão transcendente que ela não conseguia se imaginar compartilhando-a com outra pessoa. É claro, ela também não conseguia se imaginar fazendo sexo com outra pessoa e, provavelmente, não era uma comparação justa. — Entendi.

— Eu diria que o irmão de Leslie ficou muito viciado. Não faço a menor ideia do motivo da morte dele. Talvez tenha se tornado violento e tentou forçar uma das krinars. Já ouvimos falar de algo assim acontecendo e poderia ser um dos motivos pelos quais ele foi morto...

— Um homem forçando uma krinar?

— Eu não disse que ele teria conseguido. Nossas mulheres são muito mais fracas que os krinars machos, mas ainda são mais fortes que os humanos. No entanto, uma tentativa seria suficiente para dar a ele uma sentença de morte. Nenhum humano são tentaria tal coisa, é claro, mas alguns desses viciados não são racionais, particularmente quando estão há algum tempo sem a droga.

Mia estremeceu. A coisa toda parecia horrível. — Há alguma cura? — perguntou ela, tentando imaginar como aquelas pobres pessoas deviam ficar desesperadas.

— Ainda não. Até onde sei, ainda está em estágios experimentais.

— Quando você descobriu sobre isso? Quero dizer, o vício. Foi antes ou depois de vir para cá?

— Nós o conhecemos há alguns milhares de anos, mas não era considerado um problema de verdade até chegarmos aqui. Na maioria das vezes, acontecia entre *caerles* e *cherens* e era considerado como parte da ligação entre o casal. E, como esses relacionamentos eram extremamente raros, ninguém realmente deu muita importância. É claro, agora que estamos vivendo entre os humanos, é muito diferente.

— Entendi... — Mia olhou pela janela, tentando entender as implicações. Alguma coisa não fazia muito sentido, mas ela não sabia exatamente o quê.

Mas logo depois ela se deu conta do que era.

Virando-se para olhar para ele, ela franziu a testa. — Korum, o que aconteceria quando a *caerle* morresse? Quero dizer, para o krinar. Se ele fosse viciado naquela humana específica, o que aconteceria depois disso?

Por um segundo, Korum não respondeu. Em seguida, ele disse em tom suave: — A *caerle* não morreria, Mia.

Atônita, Mia o encarou. — O que quer dizer? — sussurrou ela, achando que não ouvira direito.

Ele ficou em silêncio novamente e ela viu os músculos do maxilar dele se contraírem. Subitamente, ele desviou para a pista da direita e foi para a saída, sem se importar com o som dos carros freando atrás dele e das buzinas furiosas. Assustada, Mia agarrou a maçaneta da porta com a mão direita, tentando se segurar. Um minuto depois, ele entrou no estacionamento de um hotel e parou o carro.

Virando-se para ela, ele disse baixinho: — Nós não deixamos os humanos que amamos morrer, minha querida. Você, Maria, Delia... estão o mais perto possível de serem imortais que um ser biológico pode chegar. Você não envelhecerá, não ficará doente e qualquer ferimento que tiver, desde que não seja irreparável, curará rapidamente, como acontece comigo.

CAPÍTULO VINTE E TRÊS

Por alguns segundos, Mia só conseguiu olhar para ele em estado de choque. Aquilo era alguma brincadeira? — M-mas c-como? — gaguejou ela. — Eu não sou krinar...

— Não, você com certeza não é krinar — concordou Korum. — Você é humana, como sempre foi.

— Então como? — Mia mal conseguia processar o que ele dizia. — Como isso é possível?

— Você notou que cura mais depressa? Talvez que se sinta melhor, mais cheia de energia?

Mia assentiu, com o coração batendo forte dentro do peito.

— E nunca perguntou a si mesma como isso era possível? Como seu braço curou tão depressa ontem?

— Eu achei que você tinha me dado alguma coisa — sussurrou Mia. — Aquela pílula ontem...

— Era um analgésico. Não tinha a capacidade de curar você daquele jeito. Para isso, eu precisaria de equipamentos especializados, parecidos com os dispositivos que usei em você antes. Não, minha querida, você ficou curada tão bem porque agora há milhões de nanócitos altamente avançados e complexos em seu corpo e a única função deles é mantê-la saudável consertando qualquer dano, seja em nível celular ou de DNA.

— O quê? — Pontos pretos flutuavam em frente aos olhos de Mia e ela respirou fundo, percebendo que parara de respirar por um momento. — O que quer dizer? Como eles entraram no meu corpo?

— Pedi a Ellet que os implantasse na primeira noite depois que você chegou em Lenkarda — explicou ele, estudando-a com um olhar cor de âmbar atento. — Eu a levei ao laboratório dela e ela fez o procedimento.

A cabeça de Mia girava e o cérebro não conseguia absorver o que ele acabara de dizer. — V-você me levou ao laboratório de Ellet? Enquanto eu dormia? Você fez isso comigo d-duas semanas atrás?

— Sim — disse ele, com os olhos lentamente ficando mais dourados. — Eu não queria demorar ainda mais e correr o risco de que alguma coisa acontecesse com você.

Ela o encarou, totalmente atônita. — Por que não me contou? Por que não me perguntou antes de fazer isso?

— Eu não podia correr o risco de você se recusar — disse ele com simplicidade. — Você ainda estava muito brava e ressentida quando eu a levei para lá. E, sinceramente, minha querida, eu ainda estava muito furioso com você, furioso e magoado para oferecer isso naquele momento e ter que passar por uma discussão longa sobre o assunto. A sua traição me magoou, Mia.

Logicamente, eu entendo por que você fez aquilo, mas ainda assim me magoou mais do que qualquer outra coisa que alguém tenha feito...

Mia engoliu em seco, com os olhos enchendo-se d'água. — Eu lamento... lamento de verdade o que fiz...

— E mais tarde — continuou Korum, com o olhar mantendo o dela —, depois que o procedimento foi feito, eu não quis contar a você porque queria ver como nosso relacionamento se desenvolveria. Se os seus sentimentos por mim seriam tão fortes quanto os meus por você...

— Você estava me testando?

Ele assentiu. — De certa forma. Eu sei o quanto a imortalidade significaria para a maioria dos humanos. Eu queria que você amasse a *mim*, não apenas à longa vida que eu poderia lhe dar. Eu pretendia contar quando voltássemos para Lenkarda, mas o assunto continuou vindo à tona e eu não queria mentir para você.

Com os pensamentos acelerados, Mia estendeu a mão procurando a maçaneta da porta do veículo que não conhecia bem.

— O que você vai fazer? — perguntou ele em tom ríspido, estreitando os olhos.

— Eu... eu preciso de um minuto — disse ela com voz incerta e o braço tremendo ao abrir a porta. Mia se sentia violada e invadida e a percepção de que o homem que amava fizera isso com ela a deixara enjoada. — Só preciso de um minuto...

Antes que ela conseguisse sair do carro, ele já estava do lado de fora, no lado do passageiro. — Pare com isso, Mia. Você não vai a lugar algum.

Sentindo-se como se estivesse hiperventilando, Mia tropeçou para fora do carro, ignorando a ordem dele. Ela precisava colocar alguma distância entre eles naquele momento. Precisava achar uma forma de aceitar o que acabara de descobrir.

Ele agarrou o braço de Mia quando ela tentou passar. — Pare de agir assim. Você disse que me amava, até mesmo arriscou a vida ontem para me salvar, e agora está chateada com o fato de que podemos ficar juntos em longo prazo?

Mia balançou a cabeça freneticamente, tentando soltar o braço. Uma tentativa inútil, claro. — Não, é claro que não! — Ela ouviu a ponta de histeria na própria voz. — Mas você nem mesmo me perguntou! Como pôde fazer algo tão grande sem nem mesmo me perguntar?

— Fazer o quê? — O tom dele era gelado e a expressão, dura. — Dar a você uma saúde perfeita? Uma vida longa?

A cabeça de Mia parecia prestes a explodir. — Implantar alguma coisa no meu corpo! Realizar um procedimento médico em mim sem meu conhecimento ou consentimento!

— Eu lhe dei um presente, Mia. — Os olhos dele estavam quase puramente amarelos naquele momento. — Não é como se eu tivesse lhe roubado o rim...

— Você roubou a minha liberdade de escolha! — Mia estava vagamento ciente de que gritava, mas não se importava. A visão estava nublada de fúria e ela sentia o corpo tremendo com a força das emoções. Toda a frustração das semanas anteriores emergiu. — Você roubou a minha capacidade de tomar decisões sobre a minha vida! Sim, eu amo você, mas isso não lhe dá o direito de me tratar como uma posse. Você não entende, Korum? Você não percebe como isso me faz sentir, saber que você pode fazer uma coisa dessas comigo?

Ele a encarou e ela viu o músculo pulsando no maxilar cerrado. — Eu fiz o que era melhor para você. Eu lhe dei a imortalidade, Mia. Não era com isso que estava preocupada? Com nosso futuro juntos?

— O futuro em que serei tratada como escrava por séculos? O futuro em que não tenho qualquer voz ativa sobre o meu corpo, sobre a minha própria vida? Esse tipo de futuro? — perguntou Mia amargamente, furiosa demais para pensar no que estava dizendo.

Ela o ouviu respirar fundo. — Entre no carro, Mia — comandou ele com a voz baixa e fria. — Você está sendo irracional.

— Ou o quê? — perguntou ela em tom desafiador. — Vai me forçar a entrar? Vai me jogar dentro do carro?

— Se for preciso, sim. Agora, entre.

Tremendo com uma fúria impotente, Mia entrou, observando quando ele fechou a porta do passageiro e deu a volta no carro até a porta do motorista.

— Vamos voltar para casa — disse ele, cantando pneu ao sair do estacionamento. — Não acho que seja uma boa ideia ir para um parque agora.

O PERCURSO até a casa foi em um silêncio tenso, com Mia olhando para fora da janela e Korum concentrado na direção. Eles levaram menos de trinta minutos para voltar e o velocímetro chegou a quase duzentos quilômetros por hora. Por sorte, não foram parados pela polícia. Mia tinha uma forte suspeita de que qualquer policial que tivesse a infelicidade de confrontar Korum com aquele humor não teria um final muito feliz.

Por mais que quisesse ter algum tempo para si, o percurso silencioso teve praticamente o mesmo efeito, dando a ela tempo para pensar. Com o temperamento lentamente esfriando, ela começou a perceber as implicações do que ele acabara de lhe contar. Ele a tornara imortal. Ou, pelo menos, o mais perto de imortal que um ser biológico podia estar, corrigiu-se ela mentalmente. Ainda poderia morrer se o corpo sofresse danos além do que fosse possível corrigir, da mesma forma como poderia acontecer com Korum. Mas não morreria por causa da idade ou de doenças, como o restante da humanidade.

Aquilo significava que, agora, ela viveria por milhares de anos? Ela não conseguia nem começar a compreender aquele tempo. Tinha apenas vinte e um anos e até mesmo a idade de trinta anos parecia muito longe. Mil anos? Era como algo saído de um conto de fadas. Nunca envelhecer, nunca ficar doente... Ele tinha razão: era o sonho de cada ser humano tornado realidade. Era o sonho *dela* tornado realidade.

Mas a forma como ele fizera isso... Mia olhou para a palma das mãos, onde ainda tinha dispositivos de rastreamento implantados quando ele a brilhara. Por que ficara tão surpresa por ele ter feito mais alguma coisa? Ele obviamente a considerava "dele", a *caerle* dele, para fazer com ela o que quisesse. Sim, ele lhe dera um presente impossível e que não tinha preço. Mas também tirara dela qualquer ilusão sobre a natureza futura do relacionamento deles. Ele não era namorado nem amante dela, era seu mestre. Ela não tinha voz ativa alguma em se tratando do próprio corpo, da própria vida. E ele claramente não via nada de errado com fazer o que quisesse com ela.

Nas duas semanas anteriores, ela vivera em um mundo de sonhos, adorando estar com Korum, adorando a oportunidade fenomenal que ele lhe dera, a forma como interagira tão bem com a família dela... E, todo esse tempo, ela não soubera que ele a mudara de forma fundamental, que não era mais a mesma Mia que sempre fora.

Imortalidade. Parecia algo tão louco, tão impossível... Por milênios, as pessoas tinham procurado a fonte ilusória da juventude e os Ks a tinham o tempo inteiro. Um arrepio percorreu-lhe a espinha ao entender totalmente o que aquilo significava: os krinars tinham o poder de estender indefinidamente a vida dos humanos e escolheram não fazer isso.

O mandado da não interferência.

Aquela era a única explicação. Os krinars criaram a espécie dela e continuavam a brincar de deuses. Os humanos não eram nada além de um experimento e Mia percebeu como fora tola em esperar que Korum um dia a visse como igual. Ele podia amá-la de uma forma particular, mas não a via como uma pessoa, como alguém que tinha os mesmos direitos básicos que ele. Como poderia, quando a espécie dele considerava os humanos como nada mais do que criação deles, o resultado de um imenso projeto evolucionário?

O carro chegou à entrada da casa e Mia saiu assim que ele parou, correndo para dentro da casa. Ela não conseguiria olhar para Korum naquele momento, não conseguiria conversar sobre aquilo racionalmente. Ainda não. Não até que tivesse tempo para digerir o assunto um pouco mais.

Para seu alívio, ele não a seguiu, dando-lhe um pouco de espaço.

Ela correu para o segundo andar e trancou-se em um dos quartos de hóspede. A fechadura era frágil, claro. Provavelmente não deteria um humano, quanto mais um krinar. Mas ainda assim o fato de ter uma barreira entre eles fez com que se sentisse melhor.

Sentando-se na cama, Mia olhou para as mãos fechadas com força sobre o colo. No polegar direito, sempre houvera uma minúscula cicatriz. Ela se cortara com uma faca de cozinha quando tinha sete anos de idade, tentando descascar uma maçã. A cicatriz desaparecera. Por que ela não notara isso antes?

Levantando-se, ela andou até o espelho grande pendurado na parede perto da porta. A imagem refletida parecia incrivelmente normal. O mesmo rosto pálido, os mesmos cachos escuros rebeldes. Mesmo assim, ao inspecionar mais de perto, ela conseguiu ver as diferenças sutis. A pele, normalmente com sardas leves, estava completamente lisa e branca, sem traço algum de manchas. Os pequenos danos causados pelo sol e acumulados nos vinte e um anos tinham desaparecido. Os cabelos também pareciam mais saudáveis, sem pontas duplas, apesar de ela não ter ido a um salão de beleza em mais de seis meses.

Erguendo o braço, ela o flexionou de leve, observando o pequeno músculo movendo-se sob a pele. Até mesmo o corpo tinha mudado ligeiramente. Ela sempre fora magra, mas, agora, parecia um pouco mais tonificada, como se fizesse exercícios regularmente. Ela se lembrou de como conseguira nadar por uma hora, como lutara com Leslie e vencera... Parecia que uma forma melhor era um dos benefícios do procedimento.

Não era de surpreender que Ellet parecesse tão familiar. Mia se lembrou do sonho que tivera quando chegara em Lenkarda, um sonho em que uma bela mulher tocava nela com dedos elegantes. Ellet. Fora Ellet. Korum levara Mia ao laboratório para o procedimento e ela devia estar meio acordada por pelo menos parte dele.

Andando de volta até a cama, Mia se deitou e enrolou o corpo em uma pequena bola, puxando os joelhos para o peito. Ela se sentia enjoada e sabia que era só dentro da própria mente. Não poderia ficar doente mais, era uma impossibilidade física. Mas a sensação desagradável no estômago permaneceu e as entranhas se contorceram quando ela imaginou Korum drogando-a e levando-a até a ex-amante. Ela imaginou Ellet realizando o procedimento no corpo inconsciente e estremeceu.

Como ele podia ter feito aquilo com ela? Como podia ter dado a ela algo tão precioso, algo que ela nunca teria ousado esperar, e, ao mesmo tempo, destruir a confiança dela? E como ela podia ficar com alguém capaz de fazer algo como aquilo, que desconsiderava completamente a vontade dela?

E, mesmo assim, como não poderia?

Mia tentou imaginar o futuro sem Korum e os anos se estenderam à frente dela, cinzentos e vazios. Se ela não o tivesse conhecido, se não tivesse sentido a paixão e o amor dele, seria feliz, mas agora... Agora ele era tão necessário quanto o ar. Apesar de estarem separados havia apenas alguns minutos, ela sentia a ausência dele de forma tão forte que era como se uma parte dela estivesse faltando. Se ele a deixasse, ela não ficaria simplesmente arrasada. Ela deixaria de existir, de funcionar como pessoa. Não seria nada além de uma concha partida, uma mera sombra de si mesma.

Era assim que ele se sentia em relação a ela?

Lágrimas queimaram-lhe os olhos ao pensar nisso. Era por isso que ele fizera aquilo, porque não podia esperar, não podia suportar a possibilidade de que alguma coisa acontecesse com ela se esperasse uma ou duas semanas para realizar o procedimento? Ele tirara a liberdade de escolha dela por causa da intensidade dos sentimentos que tinha por ela?

Ela tentou imaginar como se sentiria se alguém que amasse fosse fraco e frágil, suscetível a doenças e ferimentos. Korum sempre fora tão forte, tão invulnerável. Exceto naquele momento na praia — e antes, quando ela trabalhara com a Resistência —, Mia nunca tivera que se preocupar com a saúde e o bem-estar dele.

Mas ele se preocupava com ela constantemente. Mia sabia disso.

Ele fazia todo o possível para cuidar dela, para garantir que estivesse aquecida e alimentada, para curar todos os ferimentos, não importava o tamanho deles. Sabendo como a escola e a carreira eram importantes para ela, ele não tentara limitá-la em relação a isso. Em vez disso, conseguira para ela uma oportunidade incrível, dando-lhe a chance de ser feliz e completa naquela parte da vida. Ele até mesmo garantira que a família se sentisse confortável com o relacionamento deles. Ele lhe dera tudo, exceto a capacidade de tomar as próprias decisões.

Não, ela não conseguia imaginar a vida sem ele. E agora não precisava. Para o melhor ou para o pior, eles poderiam ficar juntos para sempre e o coração tolo de Mia se encheu de alegria ao pensar nisso. Ela não sabia se conseguiria perdoá-lo por realizar o procedimento sem o consentimento dela — pelo menos, não por enquanto — mas poderia tentar. Teria que tentar. Ela o amava demais para não fazer isso.

Afinal de contas, agora tinham séculos para resolver tudo.

CAPÍTULO VINTE E QUATRO

ez minutos depois, Mia desceu para o primeiro andar, pronta para conversar. Ela tinha um milhão de perguntas para Korum e não podia esperar para obter as respostas.

Para sua surpresa, ela o encontrou parado na sala de estar, olhando pela janela para o oceano. Ouvindo os passos dela, ele se virou para encará-la e Mia congelou no meio da escada, chocada com o olhar remoto no olhar dele.

Os olhos dele pareciam vazios, como se estivesse olhando através dela, e a expressão no rosto era dura e fechada, sem demonstrar nada.

— Korum? — Mia notou que a voz tremeu ligeiramente, mas não conseguiu evitar. Ela o vira frio e zombeteiro, vira-o furioso e apaixonado. Mas nunca o vira daquele jeito. Era como se um estranho olhasse para ela naquele momento, um estranho com as feições familiares do homem que amava.

— As chaves do carro estão ali — disse ele, gesticulando

na direção da mesinha de centro. A voz não tinha emoção alguma. — Vou pedir a Roger que envie todas as suas coisas para a casa dos seus pais. Por enquanto, transferi dinheiro para sua conta bancária para que possa comprar algumas coisas básicas até que suas coisas cheguem.

— O quê? — sussurrou Mia, sentindo como se todo o ar tivesse sido sugado da sala. O peito parecia estar sendo comprimido em um torno gigante e ela não conseguia fazer com que os pulmões funcionassem.

— Os guardiães continuarão a vigiar você e a sua família por enquanto, até termos certeza de que Saur agia sozinho. Você provavelmente estará segura, agora que ele e Leslie foram pegos.

O cérebro dela não parecia capaz de processar o que ele dizia. — K-korum? Do que você está falando?

Ele se virou de costas, olhando novamente pela janela. — É isso, Mia. Você pode ir.

Mal ciente das próprias ações, Mia desceu o restante dos degraus, com uma sensação gelada espalhando-se pelo corpo. — Ir para onde? — perguntou ela, incapaz de entender. Parando a alguns metros dele, ela ficou parada, tremendo, precisando desesperadamente que ele se virasse, que olhasse para ela com aquele sorriso amoroso.

Mas ele não fez isso. Era como uma estátua, completamente imóvel. — Imagino que para a casa dos seus pais — disse ele finalmente. — Não é onde você normalmente passa o verão?

— Você q-quer que eu vá embora? — Mia mal conseguiu pronunciar as palavras pela garganta apertada. Um poço negro de desespero parecia girar sob ela, pronto para engoli-la a qualquer momento. Claro que ele não estava falando sério, claro que não queria que ela fosse embora...

— Leve o carro — disse ele, ainda olhando pela janela. — Você sabe dirigir, certo?

— Não estou com a minha carteira de habilitação — disse ela amortecida, olhando para as costas dele.

— Se algum policial a parar, eu pagarei a multa. A sua carteira de habilitação e o restante das suas coisas serão entregues até o fim da semana.

Com a garganta fechando-se ainda mais, Mia envolveu o corpo com os braços, tentando conter a agonia que sentia. — Por quê? — sussurrou ela. — Por que você quer que eu vá embora?

— Não era o que você queria? — perguntou ele em tom frio, virando-se para olhar para ela. O rosto dele estava completamente sem emoções. Somente as leves manchas amarelas nos olhos exprimiam alguma coisa. — Não passou lutando por isso todas essas semanas? Sua liberdade? Bem, agora você a tem. — Ele se virou novamente, dispensando-a totalmente.

Sentindo-se como se estivesse sufocando, Mia respirou fundo desesperadamente. — Korum, por favor, eu não estou entendendo...

— O meu inglês não foi claro o suficiente? — As palavras a atingiram como um chicote. — Você está livre para ir. Vá embora, saia daqui.

Quase engasgando com o soluço que subiu pela garganta, Mia recuou. A dor da rejeição dele era quase insuportável. A parte de trás dos joelhos encostou na mesinha de centro e a mão dela se fechou automaticamente sobre as chaves do carro. Agarrando-as, Mia se virou e saiu correndo da casa, com a visão embaçada pelas lágrimas que escorriam-lhe pelo rosto.

ELA CONSEGUIU CHEGAR até o carro antes de cair no chão. O corpo inteiro tremia e ela mal conseguia sugar ar suficiente por causa do aperto no peito. Por algum motivo, Korum não a queria mais. Ele queria que ela fosse embora. Depois de tudo, ele a deixara ir embora.

Aquilo não fazia sentido. Nada fazia sentido. Encostando-se no carro, Mia sentou no chão duro, abraçando os joelhos e balançando o corpo para a frente e para trás. Depois de alguns minutos, quando o choque de agonia inicial passou, ela tentou recompor as ideias, entender o que acabara de acontecer. Claro que devia haver uma explicação lógica para tudo aquilo. Por que ele se incomodaria em torná-la imortal se, o tempo todo, planejara se afastar? Por que ele teria ido tão longe a ponto de fazer com que a família de Mia gostasse dele se não se importava com ela? Por que teria dito que a amava? Fora tudo uma mentira? Ele brincara com ela o tempo inteiro? A ideia era tão insuportável que Mia teve que afastá-la para manter a sanidade.

Ou fora tudo culpa dela? A reação que tivera com a revelação dele fizera com que ele mudasse de ideia sobre o relacionamento? Talvez já estivesse começando a se cansar dela e aquela fora a última gota. Mia ergueu a mão até a boca, mordendo-a com força para conter um gemido de dor. Ela não conseguia imaginar a vida sem Korum e ele não a queria mais. Ela o perdera. Por algum motivo, ela o perdera...

Ela devia entrar no carro e partir, tentar salvar um pouco do orgulho, em vez de ficar chorando em frente à casa dele. Mas não conseguia se mover. Se fosse embora naquele momento, talvez nunca mais o visse. Ele não tinha mais motivo algum para ficar em Nova Iorque e não havia garantia de que ela teria permissão para voltar a Lenkarda. Se fosse embora, a pessoa que amava mais do que tudo estaria fora da vida dela.

Ela não podia deixar que aquilo acontecesse.

Com o rosto molhado de lágrimas, Mia se levantou resolutamente, limpando a terra e a sujeira do vestido. Se Korum realmente não a queria, ela precisava ouvi-lo dizer com todas as letras. Ele teria que se explicar, pois ela não partiria sem lutar. Ele forçara a entrada na vida dela, no coração dela, e agora achava que poderia ir embora sem uma explicação? Talvez ela tivesse medo demais para questioná-lo no começo, mas não mais. Se ele quisesse se livrar dela, teria que removê-la fisicamente da casa dele. Ela não partiria até que conversassem.

E, limpando o rosto com as costas da mão, Mia voltou para dentro da casa para confrontar o único homem que amara.

~

KORUM ESTAVA PARADO no mesmo lugar, ainda olhando pela janela. Ouvindo a aproximação dela, ele se virou. Por um segundo, alguma coisa apareceu no rosto dele, antes que se transformasse na máscara sem expressão novamente.

— Você não foi embora — disse ele baixinho, estudando-a sem emoção alguma. Ela sabia que o olhar aguçado dele notara os traços de lágrimas no rosto e a sujeira nas pernas.

— Não — disse ela com voz mais rouca do que o normal. — Eu não fui embora.

— Por que não? — perguntou ele, parecendo ligeiramente curioso, como se estivessem conversando sobre algo tão banal quanto um filme do qual ela não gostara.

Mia estreitou os olhos. — Por que você quer que eu vá embora? — retrucou ela, erguendo o queixo. — Ontem, você disse que me amava. E, agora, não quer ficar comigo?

A expressão dele ficou sombria e os olhos assumiram aquele tom dourado perigoso novamente. — Mia, se você não for embora nesse minuto, nunca mais poderá ir. Nunca. Você me entendeu?

Com o coração batendo com força no peito, Mia o encarou desafiadoramente. — Não, não entendo. Eu não entendo você nem um pouco. — E, em vez de se afastar, ela deu um passo na direção dele.

Em um piscar de olhos, ele estava do lado dela, movendo-se tão depressa que ela saltou surpresa. As mãos dele se aproximaram e fecharam-se na parte da frente do vestido, segurando-a no lugar. — O que você não entende? — perguntou ele em tom suave, e ela ouviu a raiva mal controlada na suavidade da voz. — Quer que eu implore a você que fique? Que eu lhe diga novamente o quanto a amo?

Com o peito subindo e descendo rapidamente com cada respiração, Mia engoliu em seco para se livrar da obstrução na garganta. Ela nunca o vira com aquele tipo de humor antes e estava quase assustada. Quase, pois agora sabia que ele nunca a machucaria. Pelo menos, não fisicamente.

— Por que você não foi embora quando lhe dei uma chance, Mia? — sussurrou ele furioso, puxando-a na direção dele até que ela estivesse apertada contra ele. Ela sentiu o calor que irradiava do corpo dele e o volume duro crescendo dentro da calça *jeans*. — Você não sabe o quanto me custou deixar que fosse embora?

Ele não estava tentando se livrar dela. Estava dando a ela a liberdade porque achou que era o que Mia queria.

Mia finalmente entendeu a verdade e quase começou a chorar novamente. Korum a amava. Ele a amava o suficiente para deixá-la ir embora, para superar a própria necessidade de mantê-la ao lado dele.

Pela primeira vez, ele lhe dava a liberdade de escolha.

Com o coração enchendo-se de alegria, Mia olhou para ele, vendo os sinais de esforço no rosto belo. Ele a amava e estava deixando que ela fosse embora. A magnitude do gesto dele não lhe escapou. Nunca na vida daquele homem poderoso e maravilhoso algo que ele realmente queria lhe fora negado. E ela sabia, agora, sem sombra de dúvida, que ele a queria. O intelecto e a ambição de Korum o tinham levado ao topo da sociedade dos krinars e ele estava acostumado a ter uma quantidade extraordinária de influência e controle. Aqui na Terra, o poder dele era ainda maior. Como membro da raça que conquistara o planeta dela, ele podia fazer praticamente qualquer coisa sem consequência alguma. Entre os humanos, ele era como um deus.

Como seria, ter aquele tipo de poder? Será que ela teria conseguido se conter se soubesse que podia tomar qualquer coisa que quisesse? Ter qualquer pessoa que quisesse? Mia nunca fizera aquela pergunta a si mesma e não sabia se gostaria da própria resposta.

O fato de que ele lhe dera uma escolha agora... Ela sabia como era difícil para ele, como aquilo ia contra a natureza dele. Ele a considerava dele e, pelas leis dos krinars, ela lhe pertencia. Para que Korum abrisse mão daquele poder, que permitisse que ela o deixasse — aquilo, mais do que qualquer outra coisa, mostrou a ela o quanto significava para ele.

Portanto, em vez de se encolher de medo com a atitude dele, ela deslizou as mãos pelo peito de Korum, segurando-lhe o rosto entre as palmas. Prendendo o olhar dele com o seu, ela sussurrou: — Eu não quero ir embora. Eu não quero ir embora nunca...

Os olhos de Korum brilharam e ela viu as pupilas expandindo-se no momento em que a boca dele desceu sobre a sua, com os lábios duros e quase agressivos. A boca de Korum invadiu-lhe a boca em um beijo que a consumiu. Ela retribuiu, sentindo-se feliz com o desejo frenético que sentiu no beijo dele. As mãos dele desceram-lhe pelas costas, apertando-a até que ela mal conseguia respirar, e Mia sentiu o corpo grande tremendo com a intensidade das emoções.

Afastando-se por um segundo, ele praticamente rosnou:

— Você vai ficar. — Mia assentiu, apesar de saber que não era uma pergunta. Ficando na ponta dos pés, ela o beijou novamente e sentiu a sala girar quando ele a pegou nos braços e carregou-a até o sofá.

O controle que ele exercera sobre si mesmo mais cedo desaparecera completamente e ela sentiu a necessidade primitiva que o tomara. Ele não foi gentil e ela não queria que fosse, não naquele momento, não quando precisava tão desesperadamente da paixão dele. As mãos dele rasgaram o vestido e as roupas íntimas. Em seguida, ele a penetrou de forma selvagem, com a urgência de entrar nela, de reclamá-la da forma mais básica possível.

Com a força da entrada dele, Mia gritou e arqueou o corpo em direção a ele. Os dedos dela se curvaram em garras e enterraram-se na nuca dele. Ele estava impossivelmente duro e grosso, esticando-a, enchendo-a até que ela se esqueceu completamente da agonia de quase tê-lo perdido.

A mão direita dele agarrou-lhe os cabelos, puxou a cabeça dela para o lado, expondo o pescoço, e ele a mordeu, com as bordas afiadas dos dentes cortando a pele. Mia gemeu com a dor súbita, mas a boca de Korum desceu sobre a ferida e o mundo em volta dela se dissolveu quando o êxtase invadiu-lhe as veias.

Pelas horas seguintes, só o que ela viveu foi o arrebatamento sombrio do abraço dele.

CAPÍTULO VINTE E CINCO

— ntão, fale mais sobre essa coisa de imortalidade — disse Mia preguiçosamente, observando quando Korum ergueu um cacho longo e traçou um círculo com ele no próprio ombro.

Eles estavam deitados lado a lado na cama, depois de se saciarem novamente naquela manhã.

Mia mal se lembrava do restante do dia anterior. Depois que ele a mordera, ela não recuperara os sentidos até tarde da noite, quando Korum a acordara de um sonho exausto para alimentá-la. Depois, ele a levou de volta para a cama e ela desmaiou novamente, abrindo os olhos somente quando já era de manhã e vendo-o observá-la com um olhar faminto no rosto. — Finalmente — sussurrou ele. Em seguida, jogou o cobertor longe e percorreu-lhe o corpo inteiro, com a boca habilidosa levando-o a um orgasmo antes mesmo de estar totalmente desperta. Depois, ele a tomara novamente, como se não suportasse ficar separado fisicamente dela nem mesmo por algumas horas.

Ele virou a cabeça para olhar para ela com um brilho amoroso nos olhos. — O que quer saber? — perguntou ele, sorrindo.

— Tudo — respondeu Mia. — Vocês sempre souberam como fazer isso? Deixar os humanos imortais? E como exatamente isso funciona? Ainda sou humana ou algum tipo estranho de híbrida? Também tenho velocidade e força maiores? E algum dia vou mudar fisicamente ou é assim que vou ser para o resto da vida?

Ele riu, apoiando-se no cotovelo. — É um monte de perguntas. Deixe-me começar com as mais fáceis. Sim, você ainda é humana. Não, você não é muito mais forte nem mais rápida do que era antes, mas está em uma forma um tanto melhor. No entanto, você cura muito depressa. Se quisesse ficar mais forte, seria fácil. Basta começar a levantar pesos e a fazer exercícios. O seu corpo se regenera tão depressa agora que não precisaria descansar e poderia ficar em forma semelhante à dos melhores atletas humanos em questão de semanas.

— Você também tem uma resistência maior agora, novamente por causa das propriedades de cura rápida do corpo. E, não, decididamente você não é nenhum tipo de híbrido. Os nanócitos imitam as funções naturais do seu corpo e consertam todos os danos. É só o que eles fazem. Eles restauram o seu corpo ao estado ideal, portanto, sim, você não mudará fisicamente daqui em diante. Você permanecerá jovem e linda nos próximos anos e séculos.

Mia ouviu a explicação dele, sentindo o coração bater

empolgado com mais força. — Uau — sussurrou ela maravilhada. — Eu nem sei o que dizer. Só... uau.

Korum sorriu para ela e, em seguida, a expressão ficou mais séria. — Quanto à primeira parte da sua pergunta, essa é uma tecnologia relativamente nova para nós. Nós só a tivemos nos últimos poucos milhares de anos.

— Alguns milhares de anos? É muito tempo... — Eles poderiam ter dado a imortalidade aos humanos em qualquer momento nos últimos milhares de anos?

Ele suspirou. — Se você acha.

— Korum — perguntou ela com cuidado —, o que exatamente é esse mandado de não interferência? Foi por isso que vocês não compartilharam nenhuma de suas tecnologias conosco?

Ele assentiu. — Sim. O mandado de não interferência foi definido pelos Anciãos e tem precedência sobre qualquer lei que o Conselho possa aprovar...

— Os Anciãos?

— Os krinars mais antigos que existem. Há nove deles, conhecidos como os Anciãos. Eles são os que vivem há milhões de anos. Lahur é o mais velho deles e dizem que está vivo há mais de dez milhões de anos.

Estupefata, Mia o encarou. — Dez milhões de anos? — Dez milhões de anos antes, os humanos nem mesmo existiam como espécie. E havia krinars vivos que eram tão velhos assim?

— Também é inimaginável para mim — disse Korum, entendendo a admiração dela. — Eles devem ter visto tanta coisa, aprendido tanto durante a vida. Não há nada que possa se comparar à sabedoria dos Anciãos.

— Onde eles estão? — perguntou Mia, sentindo arrepios pelo corpo todo ao tentar imaginar alguém tão velho. — Algum deles veio para a Terra?

— Não, eles estão em Krina. Em grande parte, eles são muito reclusos. Poucos krinars já os encontraram e é assim que eles gostam. Eu vi Lahur à distância, mas fui um dos poucos a vê-lo.

Mia franziu a testa perplexa. — E como eles definiram esse mandado? Como eles garantem que ele seja cumprido?

— Eles não precisam fazer isso, Mia. Os Anciãos são reverenciados em nossa sociedade. Ir contra o que eles dizem é um crime punível com a morte.

— Mas por que fizeram isso? Por que eles definiram esse mandado, para começo de conversa?

— Eu não sei os motivos exatos — admitiu Korum. — Mas sei que dois deles eram parte da equipe de cientistas que direcionou a evolução humana. Eles foram os criadores originais da sua espécie. Se eu tivesse que supor, diria que eles ainda supervisionam esse projeto.

A testa de Mia se franziu mais ainda. — E por que eles deixaram vocês virem para a Terra?

— Porque o Conselho, especificamente eu, Saret e mais alguns, conseguimos convencê-los de que era necessário para a sobrevivência dos krinars. As armas e as tecnologias de vocês estavam evoluindo tão rapidamente e em uma direção tão destrutiva que estavam colocando o planeta em perigo. E como, no fim das contas, a Terra terá que ser o nosso lar, quando a nossa estrela morrer daqui a uns cem milhões de anos, não podíamos permitir que tornassem o planeta inabitável.

Mia digeriu aquilo silenciosamente. Ela ainda não entendia totalmente essa situação dos Anciãos. — E como você foi capaz de me tornar imortal, apesar desse mandado?

— Reclamando-a como *caerle*. — Os olhos dele brilharam. — Podemos fazer exceções para nossas *caerles*.

— Entendo. — Mia olhou para ele, lembrando-se da afirmação dele de que ser uma *caerle* era uma honra. Agora ela entendia por que ele pensava assim. Sim, a *caerle* podia ter poucos direitos na sociedade dos Ks, mas tinham algo que nenhum outro humano podia conseguir: saúde perfeita e uma vida inacreditavelmente longa. Mesmo nos Estados Unidos dos dias modernos, provavelmente havia muitas pessoas que trocariam felizes os direitos e as liberdades que tinham por uma oportunidade de viver até mesmo algumas décadas a mais, ainda mais centenas ou milhares de anos.

— E os meus pais e a minha irmã? — perguntou Mia, prendendo a respiração. — O mandado faz exceções para eles?

Um olhar de pesar sincero apareceu no rosto bonito de Korum. — Não, Mia, sinto muito. Não faz. Eu farei tudo o que puder para mantê-los saudáveis e maximizar o tempo de vida natural deles, mas não posso dar a eles o que dei a você.

Mordendo o lábio com força, Mia desviou o olhar. Ela suspeitara disso, mas ainda doía ouvi-lo confirmar. Ela permaneceria jovem e saudável, enquanto todos à sua volta envelheceriam e morreriam. A ideia era insuportavelmente deprimente.

— Minha querida, venha cá — murmurou ele, puxando-a para os braços dele. — Eu lamento, de verdade. Se serve de alguma coisa, vou fazer uma petição aos Anciãos por você. Mas não sei se adiantará alguma coisa.

— Obrigada — sussurrou ela, olhando-o nos olhos. — Obrigada por isso e por tudo o mais.

— Eu amo você — disse ele baixinho, acariciando as costas dela. — E farei qualquer coisa por você. Sabe disso, certo?

Mia sorriu, com o coração cheio de amor. — Eu amo você mais...

— Isso seria impossível — disse ele e a intensidade da voz dele a deixou atônita. — Eu a amo tanto que dói. Se tivesse me deixado ontem...

Engolindo em seco para evitar uma onda de lágrimas, Mia o abraçou com mais força. — Eu não teria deixado você — disse ela emocionada. — Eu não quero nunca deixar você. Achei que você não me queria mais...

— Eu sempre vou querer você. — Ele parecia totalmente convencido disso.

— Como sabe disso? — perguntou Mia curiosa. — Nós nos conhecemos há menos de dois meses. Como sabe como se sentirá daqui a alguns anos?

Os lábios dele se curvaram em um sorriso terno. — É nisso que a experiência é útil, minha querida. Eu sei como me sinto, soube praticamente desde o início. Na primeira vez em que a segurei nos braços, na primeira vez em que fizemos amor, eu soube que nunca sentira nada parecido. Eu não conseguia pensar em nada além de você, no seu gosto, no seu cheiro, na inclinação teimosa do seu queixo...

Achei que estava perdendo a razão, pois estava ficando tão obcecado por uma garota humana. E uma garota que não queria ficar comigo. Eu queria foder você, sim, mas também queria mantê-la segura, levá-la comigo e nunca deixá-la ir embora...

— Por que não me disse? — perguntou Mia, com o coração pulando ao ouvir as palavras dele. — Por que não me disse antes o que sentia?

O sorriso deixou o rosto dele e a expressão ficou séria. — Porque eu estava com medo — admitiu ele com voz sombria. — Porque eu nunca me senti assim e não sabia como lidar com isso. Pela primeira vez em séculos, eu seguia as emoções, em vez da razão, e nem sempre tomava as decisões mais sábias quando você estava envolvida. Eu queria ter você e não conseguia pensar em nada além dessa necessidade. Eu não fui paciente o suficiente e acabei assustando você... E, depois, como resultado, você se envolveu com a Resistência. Eu a amava e tudo o que você parecia querer era que eu saísse de sua vida para sempre. Mesmo depois, quando você me disse que me amava, eu não tinha certeza se realmente sentia isso ou se só estava jogando e dando-me o que eu queria...

Mia balançou a cabeça, incapaz de acreditar no que ouvia. Ele sempre parecera tão invulnerável e a percepção de que ela tivera o tempo todo o poder de feri-lo era realmente poderosa. — Não, Korum — murmurou ela, erguendo a mão para acariciar o rosto dele. — Eu me apaixonei por você em Nova Iorque. Mesmo achando que você queria prejudicar a minha raça, mesmo sabendo que tinha medo de terminar como sua escrava sexual, ainda assim eu me apaixonei por você... E, agora, não posso mais viver sem você...

Ele respirou fundo e apertou-a ainda mais, enterrando o rosto nos cabelos dela. — E eu não posso viver sem você, minha querida — sussurrou ele. — Acho que nunca vou conseguir deixá-la ir embora, nunca mais...

— Então por que fez isso? Por que tentou me mandar embora ontem?

Ele se afastou, olhando para ela novamente. — Porque percebi que não podia forçá-la a me amar, a querer ficar comigo. — Um sorriso amargo surgiu nos lábios dele. — Eu poderia mantê-la ao meu lado até o fim dos tempos, mas não podia fazer com que me amasse. Não era mais suficiente apenas ter você. Eu queria mais. Queria que me amasse livremente. Achei que você ficaria feliz por eu tê-la deixado imortal, mas, em vez disso, você ficou furiosa... E eu soube então que não podia fazer isso com você, não podia mantê-la comigo contra a sua vontade...

— Ah, Korum — sussurrou Mia. — Não é contra a minha vontade. Não tem sido contra a minha vontade há muito tempo...

A expressão dele se suavizou novamente. — Fico feliz — disse ele baixinho, tirando alguns cachos de cabelo do rosto dela. — Quero que seja feliz comigo. Eu nunca quis que você se sentisse como uma escrava. Eu só não podia suportar a ideia de que alguma coisa lhe acontecesse se eu adiasse o procedimento até que conseguisse se acostumar com Lenkarda e a ficar comigo. Eu achei que estava lhe dando algo que iria querer...

— Eu quero. Eu quero de verdade — disse Mia com

sinceridade. — Como pôde duvidar? Você me deu um presente que não tem preço e eu não pretendia implicar algo diferente disso... Mas, Korum, pode, por favor, prometer uma coisa?

Ele a estudou com um olhar atento. — O quê?

— Pode, por favor, nunca mais fazer nada comigo de novo sem o meu consentimento? Mesmo se achar que é melhor, mesmo se não tiver certeza de que eu vá concordar?

Ele hesitou por um segundo e assentiu relutantemente. Ela notou o quanto lhe custou fazer aquela concessão, o quanto ia contra a natureza dele. Mas, agora, ele prometera e ela sabia que cumpriria a promessa.

— Obrigada — disse ela, acariciando o ombro dele. — Isso significa muito para mim.

Ele sorriu e aproximou-se, beijando-a gentilmente.

Quando ele se afastou, Mia fez uma expressão séria e perguntou: — Sabe o que mais significaria muito para mim agora?

Ele pareceu um pouco desconfiado. — O quê?

— Um café da manhã bem gostoso — disse ela, vendo o rosto dele se iluminar com um sorriso deslumbrante.

NA SEXTA-FEIRA PELA MANHÃ, eles partiram para voltar para Lenkarda.

O restante da visita à Flórida foi tranquilo e a família ficara triste ao vê-los ir embora. Korum prometeu levar Mia de volta para passar alguns dias antes do fim do verão, o que fez com que ganhasse um abraço apertado da mãe e um obrigado sincero do pai de Mia. Marisa estava particularmente emocionada, agradecendo Korum novamente por tudo o que fizera por eles e corando intensamente quando ele lhe deu um beijo no rosto como despedida.

— Vou sentir saudades deles — disse Mia durante o percurso até o aeroporto, onde ele pretendia criar a nave. — Eu queria muito poder vê-los com mais frequência.

— Você poderá fazer isso — disse Korum, mantendo os olhos na estrada. — Quando eu tiver certeza de que é completamente seguro, não há motivo para não vir aqui a cada quinze dias ou algo assim. Não leva tanto tempo assim para vir de Lenkarda...

— De Lenkarda? — perguntou Mia delicadamente. — Achei que íamos voltar para Nova Iorque no outono...

Korum suspirou. — Se ainda quiser isso, então vamos.

— Por que eu não quereria?

Ele deu de ombros. — Você não precisará do diploma se pretende continuar trabalhando no laboratório de Saret. Você não aprenderá mais na faculdade do que aprenderia ficando em Lenkarda...

— É isso que espera? — perguntou Mia. — Que eu decida não voltar para a faculdade?

— Eu prefiro Lenkarda a Nova Iorque — admitiu ele. — Mas não me importo se decidir terminar a universidade. Eu sei que ainda é importante para você e prometi que a traria de volta quando recomeçarem as aulas. Nove meses, isso não é nada no esquema maior das coisas. E se dá a você paz de espírito...

Pela primeira vez, Mia pensou seriamente sobre a possibilidade de não terminar a faculdade. Korum tinha razão, o que ela aprendia no estágio era muito além do que a universidade tinha a lhe ensinar. E, se Lenkarda seria o seu lar, um diploma universitário não serviria para nada. Será que Saret deixaria que ela voltasse ao laboratório depois de uma ausência tão longa? Ela odiaria perder essa oportunidade só para escrever mais alguns trabalhos e estudar para mais algumas provas. Precisava discutir isso com o chefe, e logo, decidiu Mia.

Eles chegaram ao Aeroporto Internacional de Daytona Beach e Korum montou a nave em uma seção bem distante, fora das vistas dos outros humanos. Quando a nave decolou silenciosamente, Mia se lembrou de como ficara assustada ao partir de Nova Iorque, voando para Lenkarda pela primeira vez. Fora apenas três semanas antes? Parecia que uma vida inteira se passara desde então.

A garota que deixara Nova Iorque estivera com medo e traumatizada, incerta sobre o destino que teria e sem saber se podia confiar no homem que amava, o homem que considerara como um inimigo, o homem que ela traíra.

Ela não era mais aquela garota.

Esta Mia se sentia totalmente segura no amor de Korum.

Nos dias anteriores, o relacionamento deles passara por outra mudança sutil. Havia uma abertura agora que não existira antes. Até o momento em que tiveram aquela discussão — até ele ter lhe dado uma opção — Mia ainda tinha dúvidas sobre o relacionamento. Fora uma sensação desconfortável saber que ele tinha todo o poder e escrúpulo algum em usá-lo. E agora ela percebia que se mantivera de certa forma reservada como resultado, que ainda resistira a ele inconscientemente.

Agora, no entanto, era diferente. Sim, ela ainda era a *caerle* dele, mas não se sentia mais como propriedade dele. Ele a amava o suficiente para deixar que fosse embora, para deixar de lado o controle que tinha sobre ela. E aquele conhecimento era como um bálsamo para a alma, curando as cicatrizes deixadas pelo início tumultuado do relacionamento deles.

Às noites, depois de jantar com a família dela, eles deram longos passeios pela praia e simplesmente conversaram. Ela ficara sabendo sobre alguns dos relacionamentos passados de Korum, e houvera muitos. Descobrira que ele nunca se apaixonara antes. Ele, na verdade, achava-se incapaz disso. — Isso realmente me pegou de surpresa, a profundidade dos meus sentimentos por você — confessou ele. Ela percebeu novamente como fora difícil para ele deixá-la ir embora. O fato de que o fizera provara a Mia que os sentimentos dele eram reais, que a relação sexual deles podia se transformar na parceria verdadeira que ela sempre esperara que fosse.

E agora, ao voarem para a Costa Rica, Mia estendeu a mão e apertou a de Korum. — Eu amo você — disse ela e viu um sorriso largo aparecer no rosto lindo dele.

A vida dela não poderia ficar melhor.

EPILOGO

Eles estavam de volta.

Saur falhara, mas o krinar suspeitara que isso aconteceria. Korum era um lutador bom demais para ser morto tão facilmente. Claro, ele não contara com o fato de Mia se ferir. Aquela parte fora inaceitável. Se o inimigo não tivesse matado Saur, o K o teria feito ele mesmo.

Logo ela estaria perto dele de novo. O krinar ergueu a mão e olhou para ela, imaginando-se tocando a carne delicada dela, acariciando aquela pele sedosa. Ela seria tão pequena, tão frágil nos braços dele. Tão vulnerável. Ele poderia fazer o que quisesse com ela e Mia não seria capaz de resistir.

O pênis dele ficou duro ao pensar nisso e ele amaldiçoou a aparente incapacidade de se controlar. Ansioso pela chegada dela, ele fora a um clube x próximo e banqueteara-se em garotas humanas. As três eram muito bonitas e tinham a ambição de uma carreira em Hollywood. Uma delas tinha até mesmo cabelos crespos, mas eram de um tom loiro meio sujo que não o atraíra muito. Ele as fodera por horas, mas deixara o lugar ainda insatisfeito.

Ele *a* queria.

E logo poderia tê-la... e qualquer coisa que quisesse. A semana fora bem produtiva.

Em mais alguns dias, tudo estaria pronto.

Colaborações com meu marido, Dima Zales:

- *O Código de Feitiçaria* – Fantasia épica

Agora, vire a página para ver uma pequena amostra de *A Prisioneira dos Krinars*.

EXCERTO DE A PRISIONEIRA DOS KRINARS

Observação da Autora: *A Prisioneira dos Krinars* é um romance independente completo que acontece aproximadamente cinco anos depois da trilogia *As Crônicas dos Krinars*.

Emily Ross não esperava sobreviver à sua queda fatal na floresta Costa Riquenha e, certamente, nunca pensou que acordaria numa casa estranhamente futurística, feita prisioneira pelo homem mais belo que já viu. Um homem que parece ser mais do que humano...

Zaron está na Terra para facilitar a invasão Krinar – e para esquecer a terrível tragédia que despedaçou sua vida. Mas quando ele encontra o corpo danificado de uma garota humana, tudo muda. Pela primeira vez em anos, ele sente algo mais do que raiva e pesar, e Emily é a razão disso.

Deixá-la partir comprometeria a missão, mas mantê-la o destruiria novamente.

Eu não quero morrer. Eu não quero morrer. Por favor, por favor, por favor, eu não quero morrer.

As palavras continuavam repetindo na sua mente, uma oração sem esperança que nunca seria ouvida. Os dedos dela deslizaram mais uns centímetros na tábua áspera, suas unhas quebrando enquanto tentava manter a pegada.

Emily Ross estava pendurada pelas unhas – literalmente – numa velha ponte quebrada. Centenas de metros abaixo, as águas corriam pelas pedras, o riacho da montanha cheio pelas recentes chuvas.

Aquelas chuvas eram parcialmente responsáveis pelos seus apuros. Se a madeira na ponte estivesse seca, ela provavelmente não teria escorregado, virando o pé durante o processo. E certamente não teria caído no trilho que tinha se quebrado com seu peso.

Foi somente uma segurada de última hora que impediu Emily de despencar para a morte lá embaixo. Ela estava caindo, sua mão direita tinha segurado numa pequena saliência no lado da ponte, deixando-a balançando no ar a dezenas de metros acima das rochas.

Eu não quero morrer. Eu não quero morrer. Por favor, por favor, por favor, eu não quero morrer.

Não era justo. Não era para acontecer assim. Aquelas eram as férias dela, seu tempo de recobrar a sanidade.

Como poderia acontecer de ela morrer agora? Ela não tinha nem começado a viver.

Imagens dos últimos dois anos passaram pelo cérebro de Emily, como uma das apresentações de PowerPoint que ela tinha passado tanto tempo preparando. Todas as noites trabalhadas, todos os finais de semana gastos no escritório – aquilo tudo para nada. Ela tinha perdido o trabalho durante o período de demissões, e agora, estava prestes a perder a vida.

Não, não!

As pernas de Emily se agitaram, suas unhas cavando mais fundo na madeira. O outro braço tentou alcançar, se esticando para a ponte. Isso não podia acontecer com ela. Ela não deixaria. Ela tinha trabalhado muito para permitir que essa estúpida ponte na selva a derrotasse.

Sangue correndo pelo seu braço enquanto a madeira áspera rasgava a pele dos seus dedos, mas ela ignorava a dor. Sua única esperança de sobrevivência era tentar agarrar o lado da ponte com a outra mão, então, conseguiria se içar para cima. Não havia ninguém por perto para salvá-la.

A possibilidade de morrer sozinha na floresta tropical não tinha ocorrido a Emily quando ela embarcou para esta viagem. Ela estava acostumada a fazer trilhas, a acampar. E mesmo com o inferno dos últimos dois anos, ela ainda estava em boa forma, forte e preparada por correr e praticar esportes por todo o Ensino Médio e faculdade. Costa Rica era considerado um destino seguro, com baixos índices de criminalidade e uma população amigável com os turistas. E também era barato – um fator importante para sua poupança que estava minguando rapidamente.

Ela tinha comprado esta viagem *antes*. Antes de o mercado cair novamente, antes de outra rodada de demissões que tinha custado o emprego de milhares de trabalhadores de Wall Street. Antes de Emily ir para o trabalho na segunda, com os olhos vermelhos por ter trabalhado todo o final de semana, apenas para sair do seu escritório no mesmo dia com todos os seus pertences numa pequena caixa de papelão.

Antes de seu relacionamento de quatro anos terminar.

Suas primeiras férias em dois anos, e ela iria morrer.

Não, não pense assim. Isso não vai acontecer.

Mas Emily sabia que estava mentindo para sim mesma. Ela podia sentir seus dedos escorregando mais, seu braço e ombro direitos queimando pelo esforço de aguentar o peso de todo seu corpo. Sua mão esquerda estava a centímetros de alcançar o lado da ponte, mas aqueles centímetros podiam facilmente ser quilômetros. Ela não conseguia ter uma pegada forte o bastante para se erguer com um braço.

Vai, Emily! Não pense, só aja!

Juntando toda a sua força, ela girou as pernas no ar, usando o impulso para levantar mais seu corpo por uma fração de segundos. Sua mão esquerda segurou a tábua saliente, apertando... e o frágil pedaço de madeira quebrou, levando-a a um grito aterrorizante.

O último pensamento de Emily antes de seu corpo bater nas rochas foi a esperança de que sua morte fosse instantânea.

O cheiro da vegetação da selva, rico e penetrante, atiçava as narinas de Zaron. Ele inspirou profundamente, deixando o ar úmido encher seus pulmões. Aqui estava limpo, neste canto da Terra, quase tão sem poluição quanto seu planeta natal.

Ele precisava disso agora. Precisava do ar fresco, do isolamento. Pelos últimos seis meses, ele tinha tentado fugir dos seus pensamentos, viver apenas o momento, mas tinha falhado. Mesmo sangue e sexo não eram mais o bastante para ele. Ele podia se distrair enquanto fodia, mas a dor sempre retornava depois, tão forte como sempre.

Finalmente, aquilo tinha chegado a um nível muito alto. A sujeira, as multidões, o fedor da humanidade. Quando ele não estava perdido numa névoa de êxtase, ele sentia nojo, seus sentidos sobrecarregados de passar muito tempo nas cidades dos humanos. Aqui era melhor, onde ele podia respirar sem inalar veneno, onde ele podia sentir o cheiro de vida em vez de químicos. Em poucos anos, tudo seria diferente, e ele talvez tentasse morar numa cidade humana novamente, mas não agora.

Não até que eles estivessem totalmente estabelecidos aqui.

Aquele era o trabalho de Zaron: supervisionar os assentamentos. Ele tinha feito pesquisa na fauna e flora da Terra por décadas, e quando o Conselho pediu sua ajuda com a próxima colonização, ele não hesitou. Qualquer coisa era melhor do que estar em casa, onde as memórias da presença da Larita estavam em todo lugar.

Não havia mais memórias aqui. Por todas as suas semelhanças com Krina, este planeta era estranho e exótico. Sete bilhões de *Homo sapiens* na Terra – um número impensável – e eles estavam se multiplicando num ritmo frenético. Com seus curtos períodos, somando-se a uma falta de planejamento a longo prazo, estavam consumindo os recursos do seu planeta com extremo desrespeito ao futuro. De certa forma, eles o lembraram de *Schistocerca gregaria* – uma espécie de gafanhoto que havia estudado há vários anos.

Claro, humanos eram mais inteligentes que insetos. Alguns indivíduos, como Einstein, eram até como os Krinar em alguns aspectos dos seus pensamentos. Isso não era particularmente surpresa para Zaron; ele sempre achou que este devia ser o propósito das grandes experiências dos Anciãos.

Ao andar pelas florestas costa-riquenhas, ele se achou pensando sobre sua tarefa naquele momento. Esta parte do planeta era promissora; era fácil imaginar plantas de Krina tentando sobreviver aqui. Ele tinha feito longos estudos no solo, e tinha algumas ideias de como fazê-lo até mais acolhedor para a flora Krinar.

Ao redor dele, a floresta era exuberante e verde, cheia da fragrância das helicônias florescendo e o som do farfalhar das folhas e dos pássaros nativos. Longe, ele podia ouvir o grito de um *Alouatta palliata*, um macaco bugio nativo da Costa Rica, e algo mais.

Franzindo, Zaron aguçou o ouvido, mas o som não se repetiu.

Curioso, ele foi para aquela direção, seus instintos de

caçador em alerta. Por um segundo, o som o tinha lembrado um grito de mulher.

Movendo-se pela densa vegetação da selva com facilidade, Zaron colocou-se em alta velocidade, pulando sobre os pequenos riachos e arbustos à sua frente. Lá, longe dos olhos dos humanos, ele podia se mover como um Krinar sem se preocupar com exposição. Em dois minutos, ele estava perto o bastante para sentir o cheiro. Afiado e acobreado, aquilo fez sua boca salivar e seu pênis se revirar.

Aquilo era sangue.

Sangue humano.

Chegando ao seu destino, Zaron parou, olhando a cena à sua frente.

Adiante, havia um rio, um riacho da montanha transbordando pelas últimas chuvas. E nas rochas grandes no meio, sob uma velha ponte de madeira cruzando o desfiladeiro, havia um corpo.

Um corpo quebrado e contorcido de uma humana.

A Prisioneira dos Krinars está disponível. Se deseja saber mais, acesse meu site em www.annazaires.com/book-series/portugues/.

www.ingramcontent.com/pod-product-compliance
Lightning Source LLC
Chambersburg PA
CBHW072008110726
47910CB00005B/1690